비고츠키, 진화학, 뇌과학, 마을교육공동체의 만남

왜 읽고 쓰고 걸어야 하는가?

왜 읽고 쓰고 걸어야 하는가?

초판 1쇄 인쇄 2024년 4월 10일
초판 1쇄 발행 2024년 4월 19일

지은이 김태정
펴낸이 김승희
펴낸곳 도서출판 살림터

기획 정광일
편집 이희연, 조현주, 송승호
북디자인 꼬리별

인쇄·제본 (주)신화프린팅
종이 (주)명동지류

주소 서울시 양천구 목동동로 293, 2215-1호
전화 02-3141-6553
팩스 02-3141-6555
출판등록 2008년 3월 18일 제313-1990-12호
이메일 gwang80@hanmail.net
블로그 http://blog.naver.com/dkffk1020
한국교육연구네트워크 www.kednetwork.or.kr

ISBN 979-11-5930-282-4 03800

왜 읽고 쓰고 걸어야 하는가

비고츠키, 진화학, 뇌과학,
마을교육공동체의 만남

김태정 지음

살림터

인천광역시 교육감 도성훈

  김태정 전문관은 『왜 읽고 쓰고 걸어야 하는가?』라는 책을 쓰게 된 계기 중의 하나로 인천광역시교육청의 '읽걷쓰' 정책을 언급하고 있습니다. 읽기란 책뿐만 아니라, 타인의 삶을 걷는 것이며, 걷기란 온 몸으로 세상을 읽어가는 것이고, 쓰기란 세상과 소통하고 협력하며 연대하는 과정입니다. 이는 불확실성의 사회, 대전환의 시대에 우리 아이들에게 필요한 것은 세상을 읽어내고 삶을 스스로 디자인할 수 있는 힘입니다. 김태정 전문관은 이 책을 통하여 읽기와 쓰기의 중요성을 언급하는데, 그를 위해 교육심리학은 물론이고 진화인류학, 뇌과학의 성과에 근거하여 일목요연하게 정리하고, 또한 걷기가 인지발달과 정서발달과 어떤 상관성이 있는가에 대해서 설득력 있게 제시하고 있습니다. 아울러 학교와 마을이 함께 읽고 걷고 쓰는 실천 방안에 대해서도 오랫동안 마을교육공동체 업무와 활동을 한 경험에 근거한 제안을 하고 있습니다. 이 책이 '읽걷쓰'가 학교교육과정 속으로 자리하고, 시민문화로 안착되는 데 기여할 수 있을 뿐 아니라, 대한민국 전체로 '읽걷쓰'가 확대되는 데도 일조할 수 있길 희망합니다.

서울특별시교육감 조희연

불확실성의 시대입니다. 한 치 앞을 내다볼 수 없는 오늘의 시대가 마치 바람의 방향에 따라 지형이 바뀌는 사막처럼 느껴질 때가 있습니다. 저는 인생의 앞길이 보이지 않을 때면 종종 "사막을 건널 때는 지도가 아닌 나침반을 따라가라"라는 말을 떠올립니다. 혼란스러울수록 방향이 중요하다는 의미입니다.

어느 경제학자는 불확실성의 시대에 적응하기 위해서는 '감각 키우기(making of sense)'를 통해 '공감능력', '협동능력', '배려심', '인성'을 키워야 한다고 합니다. 이는 제가 계속 얘기하고 있는 '공존의 사회'를 살아가는 감각입니다.

불확실성의 시대를 열어가는 방향이 중요한 때에, 마침 인천시교육청에서 '읽·걷·쓰' 정책을 내놓았습니다. 이를 김태정 전문관이 여러 교육학자와 철학자들의 말을 빌려 의미를 정리했습니다. 저는 이 책을 보면서 우리의 읽고, 쓰고, 걷는 행위가 어떻게 인류를 발전시켜 왔는지 들여다볼 수 있었습니다. 더욱 의미 있게 다가온 것은 혁신교육정책이 우리의 문화를 어떤 방향으로 이끌어 가고 있는지를 확인한 것입니다. 민주주의의 확대로 중앙권력에 맡겨져 있던 '기록관리'가 마을공동체를 비롯한 시민들의 손으로 쓰이기 시작하고 시민들이 삶의 주체로 등장했습니다. 특히 기득권의 전유물이었던 '글'을 시민적 권리로 가져온 것입니다. 여기에 전국에서 펼쳐지고 있는 혁신교육의 마을 교육공동체들이 함께해 왔습니다.

저는 감히 시민들과 함께 읽고, 걷고, 쓰기를 실천하는 것은 더 넓고 깊은 민주주의의 확장이자 혼란의 미래시대를 열어나갈 나침반이라고 말하고 싶습니다. 그 길에 교육이 있습니다.

추천사

부산교육대학교 명예교수 심성보

김태정 전문관의『왜 읽고 쓰고 걸어야 하는가?』는 최근 인천교육청
에서 대대적으로 펼치고 있는 "읽고 걷고, 쓰고(읽걷쓰)"라는 캠페인의
이론적 토대를 튼튼하게 한다.『왜 읽고 쓰고 걸어야 하는가?』가 마을
과 함께하는 읽고·쓰고·걷는 시민 운동이 아동·청소년의 전인적 발
달에 기여하고 수동적 국민에서 주체적 시민으로 전환되는 사회운동
으로 확산되길 희망한다. 김 전문관은 비고츠키, 진화학, 뇌과학의 이
론 그리고 마을교육공동체의 경험을 토대로 자신의 건강만을 위한 폐
쇄적 차원의 개인적 걷기보다 사회적·생태적 걷기를 주창한다. 사회
적·생태적 걷기의 제창은 건강 중심의 개인적 걷기운동을 사회적·생
태적 차원의 걷기운동으로 발전되기를 주장한다. 이러한 주장의 논리
적 기반은 사물 및 사태에 대한 정확한 인식을 갖게 하는 책 읽기와
함께 인천교육청에서의 마을교육공동체 전문관 경험에 바탕을 두고
있다. 생각이나 행동을 신속하게 글로 표현할 수 있는 김 전문관의 탁
월한 능력은 유기적 지식인의 모습을 잘 보여준다.

김 전문관이나 나나 서로 많이 닮아 있는 것은 책 읽기를 좋아하고
이를 통해 세상을 관찰하고 조망하고 또 참여하기를 매우 중요하게
생각한다는 점이다. 그래서 나는 감히 김 전문관을 '이론적 실천가'로
명명한다. '실천적 이론가'를 자임하는 교수로서 나는 이론적 실천가

인 김 전문관을 만난 것을 대단한 영광으로 여긴다. 이론적 실천가의 길을 잘 걷고 있는 김 전문관의 실천적 삶은 학문적 이론가들이 흔히 대학의 상아탑에 갇혀 빠지기 쉬운 한계를 잘 보완해 주기 때문이다. 김 전문관의 읽고·쓰고·걷는 이론적 실천 활동은 학자들의 이론이 흔히 현실 없는 허공으로 빠질 가능성이 있는 관념주의를 예방해 주는 기능을 한다. 김 전문관 같은 이론적 실천가가 있기에 참으로 나같이 학문을 직업으로 삼는 사람들이 곧잘 빠지기 쉬운, 말로만 하는 고준담론 경향을 차단하는 중요한 역할을 맡길 수 있다.

이렇게 김태정 전문관과 나 사이에는 이론과 실천을 이어주는 여러 활동과 운동을 함께 하고 있기에 이론과 실천의 원활한 소통을 가능하게 하여 둘 사이의 사회적 관계를 더욱 공고하게 해준다. 이론과 실천의 긴밀한 소통 과정은 이론 없는 행동이 무모하고, 또는 행동 없는 이론은 공허하다는 칸트의 경구를 상기시킨다. 그리고 이론과 실천을 변증법적으로 종합하고자 한 프레이리의 변혁적 교육학을 떠올린다. '걷기'라는 실천적 활동을 이론에 적용해 보는 추상화 작업 과정을 통해 분석·정리한 『왜 읽고 쓰고 걸어야 하는가?』의 출판을 계기로 '읽걷쓰'가 한 단계 도약하는 사회적·생태적 걷기운동으로 발전하기를 고대한다.

맨발걷기국민운동본부 부회장 안승문

김태정 전문관의 귀한 책 발간을 축하합니다. 지금 사회에서는 인간은 상상할 수도 없는 학습능력을 갖춘 인공지능AI의 시대가 열리고 있다고 합니다. 인류가 오랜 세월 축적해 온 거의 모든 지식과 거대한 최신 데이터들을 학습한 AI가 전면 가동되는 세상이 되면 인간의 존재 양식이 어떻게 달라질지 걱정하는 소리가 높습니다. 그러나, 인공人工의 힘이 세지면 세질수록 대자연의 섭리, 천지인天地人의 조화, 인간의 자연적인 본성을 살려나가는 것이 더욱 중요해질 것입니다. 충분히 생각하고 자연과 함께하고 주위의 사람들과 함께하는 본성의 중요성입니다.

그런 점에서, 입시를 위한 지식의 주입이 아닌 학생들의 성장과 발달을 위한 진정한 교육 방법의 하나로 읽고 쓰고 걷기의 중요성을 설파한 이 책의 선견지명에 박수를 보냅니다. 이 책의 발간을 계기로, 더 많은 학교 교사, 마을 교사들이 흙을 밟으며 지구와 교감하고, 성찰하고, 명상하면서 건강한 삶을 지켜갈 수 있기를 기대합니다.

교육언론[창] 편집장/시흥 마을교육연구센터 대표 주영경

마을 일에 관심을 가지면서, '제 생각을 말이나 글로 표현할 수 있는 사람'이 절실했다. 한 사람, 한 사람이 아쉬웠다. 마을 사업의 기본이 '매체'라 여겼기에, 글 쓰는 이부터 찾았다. 김태정 전문관이 이 책에서 강조하는 마을 '아카이브'와 같은 맥락이라 여긴다.

주변부 도시의 마을에서, 유일한 보루인 학교도 기대와는 달랐다. 학생은 물론 교사 중에도 제 생각을 글로 표현하는 사람은 많지 않았다. 글이 문제가 되기도, 생각이 부족하기도 했다. 생각이 궁하면 들판으로 나가고, 걷기 위한 필수품이 수첩과 펜이기에, 이 이야기는 맞장구가 이어진다. '철학과 과학은 분리되지 않는다(데닛), 정신은 몸 활동의 산물(다마지오)' 같은 구절은 단언적 명쾌함이 시원하다.

읽고 걸으면 지식이 떠오른다. 생각들을 글로 쓰면 길이 생긴다. 나의 길을 우리의 길로 만들기 위해, 함께 걸을 사람을 찾는다. '읽기, 걷기, 쓰기'는 정책이기보다 운동이다. 참으로 '바뀌지 않는' 세상에서 더 친근하고, 더 근본적인, 손에 잡히는 '깃발' 하나가 올랐다.

왜 읽고 쓰고 걸어야 하는가?

내가 교육학에 관심을 갖게 된 것은 '일제고사' 때문이다. 2008년 당시 정부가 '일제고사'를 시행한 것에 대해 양심을 가진 시민들과 교사들은 이를 비판하고 '일제고사 반대 시민행동'이라는 한시적인 연대 운동체를 만들었다. 당시 초등학교에 다니는 자녀들이 있었던 나는 한날한시에 같은 시험을 보게 해서 학생들과 학교를 줄 세우려는 '일제고사'는 반교육적인 처사라고 판단하였다. 당시 전국에서 수천 명의 학생과 학부모가 '일제고사' 당일 시험을 거부하고 체험학습을 떠났다. 그렇게 나는 본격적으로 교육운동으로 뛰어들었다. '평등교육실현을 위한 전국학부모회' 임원이자, '일제고사 반대 시민행동'의 집행위원장 등 다양한 역할을 하다 보니, 교육학에 관한 공부가 필요하다는 생각이 들었다. 이론 없는 실천은 맹동盲動이 될 것이 명확하기 때문이다.

이런 문제의식으로 2009년부터 교육운동가 동료들과 함께 교육사상사를 학습하기 시작하였다. 가난한 시민운동가인 나로서는 대학원에 진학할 재정적 여력이 없었기에 공동체학습을 통해 부족함을 채울수밖에 없었다. 다행히 주변의 교수, 교사 등 교육운동가 동료들이 흔쾌히 공부를 도와주었다. 학습모임을 통하여 로크, 루소, 몬테소리, 피아제, 듀이, 콜버그, 프레네, 프레이리 등이 쓴 책을 함께 읽고 토론하였다. 그러던 와중에 2011년 살림터 출판사에서 비고츠키의『생각과 말』이라는 책이 나왔고, 2012년 비고츠키 학습모임이 결성되어 참여하였다. 2013년『비고츠키 생각과 말 쉽게 읽기』라는 책자 발간에 공동 저자의 한 사람으로 동참하기도 하였다. 이후에도 나는 비고츠키 선집이 출간될 때마다 구해서 읽었고, 2020년부터 2022년까지 마을 교육활동가들과 함께 선집 읽기 모임도 운영한 바 있다. 물론 쉬운 일은 아니었다. 가장 힘든 것은 무엇보다 생계를 위한 노동을 해야 하기에, 전업으로 공부를 하는 사람들과는 달리 틈틈이 책을 읽을 수밖에 없었던 상황이었다. 하루 종일 책만 읽을 수 있으면 좋겠으나 그럴 여건이 아니었다. 그러나 절대 포기하지 않았다. 시간이 조금이라도 나면, 다양한 공부 모임에 참여하거나 학습공동체를 만들어 꾸준히 다양한 분야의 책을 틈틈이 읽었다.

그렇게 틈틈이 조금씩 책을 읽으면서 깨달은 것은 비고츠키의 사상과 진화학, 뇌과학 간의 연관성이다. 최근 프로이트의 주요 주장이 진화학과 뇌과학의 성과를 통해서 그 타당성이 증명되고 있듯이, 비고츠키의 주요 주장도 진화학과 뇌과학의 성과를 통해서 얼마든지 설명될 수 있다.

정신은 뇌 활동의 산물이며, 인간의 마음은 뇌를 포함한 육체와 분리될 수 없다. 그 때문에 심리학은 뇌과학의 성과를 받아들이지 않으면 안 된다. 이는 교육학의 경우에서도 마찬가지이다. 교육학이 근본적으로 인간학이라는 점, 교육이 단지 지식과 기능을 전달하는 것이 아니라 인간의 전인적인 발달을 도모한다는 점에서 교육학 또한 진화학과 뇌과학의 성과를 받아들여야 한다. 이를 반영하듯이 최근에는 진화학과 뇌과학에 기반한 교육학 분야의 연구물이 나오고 있다.

비고츠키의 주장처럼 입말과 글말은 다르다. 입말이 일상적인 경험을 통해 발달한다면, 글말은 학교 교육과 같은 체계적인 교수-학습을 통해서 발달한다. 글말은 글을 배우고 읽는 과정과 글을 쓰는 과정을 통해서 발달하는 것이다. 인간이 다른 포유류는 물론 영장류와도 근본적으로 다른 차이 중의 하나는 말 즉 언어를 가지고 있다는 것이다. 비고츠키 말대로 인간은 '정신의 도구'인 문자(기호)를 사용하는 존재이다. 이를 통해 인류는 자연에 도전하였고, 그 결과 다른 종과는 달리 문화를 일구었다. 그 결과, 인간의 진화는 유전자와 문화 모두의 영향을 받는 공진화供進化의 과정을 통해서 이루어지게 되었다. 즉 인간은 문화를 만들었지만, 또 문화의 영향을 받으면서 진화해 왔고 앞으로도 그럴 것이다. 이는 인간의 발달은 자연적인 경로만이 아니라 문화적인 경로가 결합하면서 이루어짐을 의미한다. 비고츠키가 주목했던 것이 바로 이 점이다.

한편 오랜 진화 과정을 겪으면서 인류는 자신의 조상인 영장류와 다르게 형성된 속성들을 갖게 된다. 대표적인 것이 걷기이다. 과학자들에 따르면 현생 인류의 등장 시점은 대략 4만 년 전으로 추정된다. 이후 농경생활을 하면서 생산력이 발전하면서 문화가 등장하였다. 신발이라는 것은 대략 신석기 이후에 출현한 것으로 추정된다. 물론 최근 고고학적 발견에 의하면 수렵·채집 단계에서도 신발 비슷한 것을 사용했다고 추정하는 연구가 나오기도 한다. 과학적 연구 결과에 따르면 인간이 영장류에서 기원하고, 진화의 과정에서 호미닌 단계를 거쳐서 현생 인류가 탄생하였는데 호미닌 시절부터 직립보행을 했다고 한다. 유인원(침팬지, 오랑우탄 등)도 가끔 서서 걷기는 하지만, 호미닌이나 현생 인류처럼 걷지 않는다.

또한 인류가 신발을 신고 걸어 다니게 된 것은 인류 진화의 긴 시간을 고려한다면 비교적 최근에 나타난 현상이라고 할 수 있다. 사실 농경사회에서도 신발을 신고 다니는 사람들은 소수였다. 시골에서 태어난 나의 부모님들은 신발이 귀했다고 말씀하셨다. 나는 초등학교 시절에 방학에는 시골에서 지내곤 했는데, 추운 겨울을 제외하고는 맨발로 논과 들을 다녔던 기억이 난다. 돌이켜보면 걷기 특히 맨발로 걷기는 가장 인간에게 자연스러운 것인지 모른다. 그래서인지 요즘 맨발 걷기에 관한 관심이 늘어나고 있다. 맨발 걷기가 신체 건강은 물론 정신건강(우울증 등)에도 큰 도움이 된다는 연구 결과들도 나오고 있다.

최근에 인천교육청은 "읽고 걷고, 쓰고(읽걷쓰)"라는 캠페인을 대대적으로 펼친 바 있다. 또한 서울교육청도 '읽고 쓰고 걷는' 활동이 가진 교육적 중요성에 관심을 가지고 다각도로 모색하고 있다. 그런데 왜 읽고, 쓰고 걷는 것이 중요한가? 라고 질문을 받으면 막상 답하기가 쉽지 않은 것도 사실이다.

요즘은 유튜브 채널은 물론 다양한 SNS 어플이 보편화되고 있다. 그야말로 볼거리가 넘쳐나는 세상이다. 하지만 볼거리가 넘치고, 정보가 넘치는데도 문해력이 문제시되고 있다. 텍스트를 소리 내서 읽을 줄은 아는데 그 뜻이 무엇인지 모르는 사람들이 늘어나고 있다고 한다. 이는 정치적 문해력의 실종으로 이어진다. 표면적으로 과거에 비해 사람들의 학령기는 늘어났지만, 시민의식은 그에 비례하지 않는 것 같다. 시민의식이 없거나, 극단적이고 혐오적인 선동에 휘둘리는 사람들이 늘어나는 것 같다.

이는 소통하고 성찰하는 능력을 기를 수 없는 입시교육, 경쟁교육이 만든 폐해이기도 하다. 주어진 문제의 주어진 정답을 주어진 시간 안에 잘 찾는 훈련을 받은 사람들을 능력 있는 사람으로 이해하는 천박한 사회 풍조가 만들어 낸 현상인지도 모른다.

나는 비고츠키 전공자도 아니고, 진화학이나 뇌과학 전공자도 아니다. 그럼에도 내가 용기를 내어 책을 출간한 것은 누구나 교육학, 진화학, 뇌과학에 관심을 가지고 접근할 수 있어야 한다는 생각 때문이다. 비고츠키가 주목한 생각과 말의 관계 문제를 현대의 진화학이나 뇌과학이 설명하고 있다. 이를 소개하는 것으로도 충분히 의미 있는 일이 될 것이다.

무엇보다 내가 이번에 책을 쓰게 된 가장 중요한 동기는 읽기, 쓰기 그리고 걷기의 중요성을 온몸, 그리고 온 삶으로 체감하고 있기 때문이다. 마을교육공동체 활동 중에서도 마을연계교육과정과 마을학교에서 이루어지는 교육활동은 입시경쟁교육과는 다른 교육의 미래를 만들어 낼 수 있는 맹아를 품고 있다. 즉 국가에 의해 일방적으로 주어진 교육과정이 아니라 교사와 시민들이 협력하여 만들어 내는 생성적이고 형성적인 마을연계교육과정과 마을학교를 통해서 새로운 시민 주체가 형성될 수 있다.

마을의 다양한 것들을 주제로 하는 배움을 만들어 내고, 아동·청소년이 주체가 되어, 마을을 이롭게 하는 지역사회에 참여하고, 이를 아카이브(기록)하는 활동은 그야말로 읽고 쓰고 걷는 활동이자, 죽은 지식을 머리에 욱여넣는 낡은 교육을 대체할 미래의 교육이라고 하지 않을 수 없다.

나는 운전을 하지 않기에 대중교통을 이용하고, 웬만한 거리는 두 발로 걸어 다닌다. 또 나는 바쁜 와중에도 마을 사람들과 함께 읽고, 쓰고, 걷는 활동을 하고 있다. 특히, 걷기는 개인의 건강에도 도움이 되며, 나아가 여러 명이 함께하는 '사회적 걷기'로 변화한다면 그 자체로 공동체적 관계를 조성하는 실천이 되기도 한다. 나는 마을과 함께하는 읽고, 쓰고, 걷는 시민 운동이 아동·청소년의 전인적인 발달에 기여하고, 통제와 동원의 대상인 수동적인 국민에서 주체적인 시민으로 전환되는 사회운동, 문화운동으로 확산되길 갈망한다.

이 책은 주경야독을 해야 하는 조건에서 저녁과 주말 시간을 활용하여 지극히 짧은 시간 안에 쓴 글이다. 때문에 부족한 점이 너무나 많음을 미리 밝혀 둔다. 그럼에도 불구하고 이 책이 작금의 암울한 교육 현실을 극복하는 데 조금이나마 도움이 될 수 있기를 감히 기대해 본다.

2024. 4. 김태정

1987년 고등학교를 서울에서 졸업하고 재수를 하면서 민주화 항쟁을 목도하였다. 그 영향으로 1988년 대학생이 된 이후 자연스럽게 학생운동에 참여하였다. 1995년 대학 졸업 이후 한국노동이론정책연구소에서 활동하였다. 2007년 교원 평가에 반대하는 학부모 선언을 계기로 '평등교육실현을 위한 전국학부모회' 결성에 참여하여 집행위원장으로 활동하였다. 2008년 '일제고사반대시민행동' 집행위원장으로 활동하였고, 자율형사립고 반대 투쟁에도 동참하였다. 2012년 '교육혁명공동행동' 집행위원장, 2013년 전국교직원노동조합 참교육연구소 연구원으로 활동하였다.

교육자치와 관련하여서는 2010년 서울 민주진보교육감 추대위원회의 정책위원장, 2014년 인천 민주진보교육감 선거운동본부 정책본부장, 2018년 인천 민주진보교육감 선거운동본부 정책본부장 역할을 수행한 바 있다. 또한 2018년 인천교육감 정책보좌관 역할을 하기도 하였다.

마을교육공동체 활동과 관련하여서는 2014년부터 약 3년간 서울 양천구 교육정책보좌관으로 혁신교육지구업무를 총괄하면서 마을교육공동체사업을 수행하였으며, 2019년부터 현재까지 인천교육청 마을교육공동체 전문관으로 재직하고 있다. 2018년에는 마을교육공동체포럼을 결성하는 데 동참하였으며, 현재 (사)마을교육공동체포럼의 상임 이사로 활동 중이다. 마을교육공동체포럼은 전국적인 규모의 조직으로 마을교육공동체에 참여하는 마을교육활동가, 연구자, 행정가 등 다양한 사람들의 배움과 소통의 연대체로 현재 마을교육공동체 아카데미, 독서 모임, 토론회 등을 정기적으로 진행 중이다.

한편 (사)한국교육연구네트워크의 이사로도 활동하면서 (사)마을교육공동체포럼과 (사)한국교육연구네트워트 등이 공동주최로 2021년부터 4년째 교육사상학교를 운영 중이다. 또한 유튜브 채널 '마을교육공동체TV'의 주요 코너의 진행자로도 참여 중이다.

학부에서는 역사학, 석사과정에서는 사회학을 전공하였고, 최근에는 교육학 박사과정을 밟고 있다. 20대부터 철학, 정치학, 역사학, 사회학, 심리학, 뇌과학 등 다양한 분야의 책을 두루 읽어 왔으며 이를 교육학에 접목하고자 노력하고 있다. 또한 최근에는 직접민주주의의 관점에서 마을교육공동체운동의 담론과 실천을 발전시키는 데 큰 관심을 가지고 있다.

중년의 나이에도 여전히 이십 대 시절의 열정을 가지고 더 많은 민주주의, 더 깊은 민주주의의 실현을 위하여 치열하게 살고 있으며, 틈틈이 고향에 내려가 숲 가꾸기를 하면서 자연과 벗하여 심신을 수양하고 있다.

주요 저서로 2012년 『대한민국교육혁명』, 2013년 『생각과 말 쉽게 읽기』, 2019년 『혁신교육지구와 마을교육공동체는 어떻게 만들어지는가』, 2022년 『시민의 손으로 만드는 교육대전환』 등이 있다.

차례

1부

읽기와 쓰기가 왜 중요한가?

1장.

문해력

① 스마트기기의 확대와 문해력

2023년 12월 경제협력개발기구OECD의 2022년 국제학업성취도평가PISA 결과가 발표되었다. 코로나 팬데믹을 겪었음에도 다행히 한국 학생들의 수학, 읽기, 과학의 평균 점수는 OECD 평균 점수보다 높게 나타났다.

PISA 2018과 PISA 2018의 평균 점수 비교

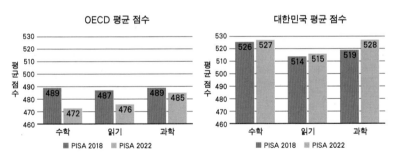

앞의 표에서처럼 교육부 보도자료에 따르면 읽기 점수는 2018년 OECD 평균이 487점에 비해 514점으로 나타났고, 2022년 OECD 평균 476점에 비해 515점으로 나타났다. 이를 두고 일부 언론에서는 현 정부와 교육 당국이 코로나에서도 제 역할을 했다고 두둔한 바 있다. 그런데 과연 그런가?

PISA에서는 미래 사회 시민으로 살아가기 위해 갖춰야 할 소양의 기초수준baseline level을 2수준으로 보고, 2수준 미만인 학생을 '하위 성취수준low performers'으로 구분한다.

한국교육과정연구원이 PISA 2000부터 PISA 2022까지 우리나라 학생들의 읽기 소양 성취수준의 비율 추이를 비교한 연구 결과에 따르면, 2수준 미만의 학생 비율은 PISA 2000에서 PISA 2012까지는 8% 미만이었으나 PISA 2015에서 13.7%로 높이 증가하였다가 PISA 2018에는 15.1%, PISA 2022에는 14.7%로 계속 유지되고 있다.

연구주기 수준	PISA 2000	PISA 2003	PISA 2006	PISA 2009	PISA 2012	PISA 2015	PISA 2018	PISA 2022
6수준	–	–	–	1.0	1.6	1.9	2.3	2.5
5수준	5.7	12.2	21.7	11.9	12.6	10.8	10.8	10.8
4수준	31.1	30.8	32.7	32.9	31.0	25.5	24.6	24.7
3수준	38.8	33.5	27.2	33.0	30.8	28.9	27.6	28.0
2수준	18.6	16.8	12.5	15.4	16.4	19.3	19.6	19.4
2수준 미만	5.7	6.8	5.8	5.8	7.6	13.7	15.1	14.7

PISA 2022에서 우리나라 학생들은 '갈등의 발견과 조정(46.55%)' 정답률이 가장 낮게 나타났는데, 이전 PISA 2018에서도 이와 유사한 결과를 보인 바 있다. '갈등의 발견과 조정'은 '디지털 미디어 환경에서의 읽기' 과정을 반영하여 PISA 2018에서부터 새롭게 반영된 하위 요소 중 하나이다. 또한 '통합과 추론 생성'에서도 PISA 2018에 비해 정답률이 하락하였으며, 텍스트 유형별로 정답률을 살펴보았을 때 '상호작용, 지시, 기술, 서사, 설명, 논증, 복합' 순으로 정답률이 낮아지는 것으로 나타났다.[1]

읽기에서 하위 성취수준 학생들의 비율이 줄어들지 않고 꾸준히 늘어나고 있는 점은 우리나라 학생들의 문해력에 적신호가 들어온 것으로 해석될 수 있다. 또한 어린이, 청소년들이 문해력이 낮은 상태를 극복하지 못하고 성인이 된다면 이는 성인 문해력의 문제로 확산되어질 수 있다.

최근 성인 문해력과 관련하여 웃지 못할 사례들이 넘쳐난다. 가정통신문에 적힌 중식을 점심 식사가 아닌 중국 음식으로 오인하고 '자신의 아이는 중국 음식을 싫어한다'고 항의 전화를 한 학부모, 어느 카페에서 예약 과정에서 실수한 것에 대해 심심深甚한 사과를 드린다고 문자 안내를 하니, '심심한'을 '심심하다'로 읽고 반발한 고객, 회사에서 상사가 유선상有線上으로 이야기하자고 하니, 유선상이 무엇이냐고 질문한 신입직원, 코로나 시기 어느 회사에서 사흘 동안 쉬라고 하자, 사흘을 '4일'로 읽고 나흘째 되는 날, 회사에 가지 않은 직원의 경우 등 별일이 다 벌어지고 있다.

이런 현상이 나타나는 이유는 무엇일까? 가장 많이 지적되는 것은 인터넷과 모바일 기계들의 발달로 사람들이 정보를 얻는 방식이 바뀌었다는 것이다. 유튜브 채널이나 소셜 미디어에 떠돌아다니는 가십gossip 수준의 정보를 수동적으로 소비하고, 지극히 짧은 단문에 의존하여 의사소통하면서 문해력이 떨어졌다는 것이다.

나는 종일 스마트폰을 손에서 놓으려 하지 않는 어린이, 청소년들을 보면 우려가 깊다. 그들이 성인이 되어서도 쉽고 편한 방식으로 심지어 검증되지 않는 소셜미디어에 올려진 자료들에 의존하면서, 스스로 탐색하고, 성찰하고, 사유하는 삶과는 점점 거리가 멀어지게 되지 않

---

1. OECD 국제 학업성취도 평가 연구: PISA 2022 결과 보고서, 한국교육과정평가원 (2023).

을지 걱정이 된다. 스마트폰, 소셜미디어 등 인간이 발명한 것이 인간의 능력을 퇴화시키는 것 같아 심히 우려된다. 그런데 이런 우려를 한 사람이 몇천 년 전에도 있었다. 그 사람이 바로 소크라테스이다.

② 문자 도입에 반대한 소크라테스

사람들은 문자가 보편화되기 이전에는 정보를 어떻게 접하고 보존하였을까? 문자가 등장하기 이전에 사람들은 입말로 정보를 전달하였다. 입에서 입으로 즉 구전된 것이다. 구전이 이루어지려면 기억력이 매우 중요했을 것이다. 선천적으로 기억력이 좋은 사람도 있겠지만, 기억력은 정보를 반복적인 입력과 출력을 하는 과정을 통해서 높아질 수 있기에 당시에는 암송 등이 매우 중요한 기능을 했다. 그런데 문자가 발명되고 보편화되면서 암송은 그 중요성이 줄어들었다.

서양문명에서 그리스 문명의 중요성은 매우 크다. 현대사회까지도 영향을 미치는 그리스 시대의 주요 철학자로 우리는 소크라테스, 소크라테스의 제자 플라톤, 플라톤의 제자 아리스토텔레스를 꼽는다. 그런데 소크라테스는 입말이 아닌 글말, 즉 문자의 도입에 대해 반대하였다고 한다. 왜일까? 매리언 울프는 소크라테스가 문자 언어를 반대한 이유를 세 가지로 정리하여 소개하고 있다. 이를 인용해 보겠다.

"첫째, 소크라테스는 개인의 지적 생활에서 구어와 문어가 하는 역할이 매우 다르다고 단정했다. 둘째, 기억과 지식을 내면화하는 데 문어가 요구하는 새로운 요건들은 훨씬 덜 강제적이라는 점에서 소크라테스는 그것이 파국적이라고 보았다. 셋째, 사회와 도덕과 덕이 발전하는 데 구어가 독특한 역할을 하며, 소크라테스는 그것을 열렬히 옹호했다. (중략)

소크라테스는 문자 언어의 '죽은 담론'과는 달리 구술 언어, 즉 '살아 있는 말'은 의미와 음성, 가락, 강세와 억양, 리듬으로 충만한 동적인 실체이며 검토와 대화를 통해 여러 개의 층을 하나하나 벗겨 낼 수 있다고 생각했다. 반면, 문어는 되받아 말하지 못한다. 문어의 이러한 불가변적 침묵이 소크라테스식 교육의 핵심인 문답식 대화 프로세스를 가로막는 요소였다. (중략) 소크라테스가 더 신경 쓴 민감한 문제는 문자 언어가 곧 실재로 오해될 수 있다는 점이었다. 꿋꿋한 불투과성의 겉모습에 근본적으로 본질이 위장될 수 있기 때문이다. (중략) 소크라테스는 언어와 기억과 지식이 상호연계 된 거시적인 관점에서 문자가 기억의 비방recipe이 아니라 오히려 그것을 파괴할 수 있는 잠재 인자라고 결론지었다. (중략) 소크라테스는 '질문에 답하지 못하는 것은 물론이거니와 질문조차 하지 못하는 파피루스 뭉치같이 사고하는' 이들을 비난한 적도 있다. (중략) 그가 두려워한 것은 지식의 과잉과 그로 인한 결과, 즉 피상적인 이해였다."[2]

소크라테스의 우려가 정당한 측면이 없지 않음에도 그는 문자의 도입과 확대를 막을 수 없었다. 무엇보다 소크라테스는 문자 즉 글말이 가진 장점을 간과하였다. 비고츠키가 지적했듯이 입말과 글말은 다르다. 입말을 사용할 때와 글말 즉 문자를 사용할 때 사이에는 큰 차이가 있다. 인간은 이 문자를 통해서 사고능력을 발전시켜 왔고 찬란한 문명을 일구어낼 수 있었다. 이를 주목한 사람이 바로 비고츠키다.

---

2. 『책 읽는 뇌』, 메리언 울프 지음, 이희수 옮김, 살림(2014), 106~113쪽.

2장.

비고츠키를 통해 본
읽기와 쓰기의 중요성

입으로 하는 말로도 충분히 우리는 의사소통을 할 수 있다. 그럼에도 왜 인간은 글말을 사용하여 읽고 쓸까? 대체 입말과 글말의 차이는 무엇이고, 글말의 사용이 인간의 발달에 있어서 왜 중요한 것일까? 또 입말에서 글말로 발달은 어떻게 이루어지는가? 나아가 이 말의 발달이 사고 즉 생각의 발달과 어떤 관계가 있을까? 1부의 2장에서는 이런 질문들에 대한 답을 비고츠키의 저작 『생각과 말』을 통해서 찾아보고자 한다.

① 입말과 글말의 차이

대부분의 어린이는 학령기에 접어들면서 글말을 배우게 된다. 한국의 경우에는 학교에 가기 전에 한글을 다 떼어야 한다는 강박을 가진 보호자들에 의해 아동들은 글말 익히기를 강요받고 있으나, 발달의 과정을 고려한다면 이는 결코 바람직한 현상이라고 할 수 없다. 왜냐하면 입말을 배우는 것과는 달리 글말을 배우는 과정은 순탄하지 않기 때문이다.

왜 글말을 배우는 것이 어려울까? 그 이유는 무엇보다 입말과 글말은 같지 않기 때문이다. 나만 해도 어릴 때 글말을 배우는 과정이 매우 어려웠던 것으로 기억한다. 자음과 모음을 연결하는 것도 어려웠고, 발음과 다른 글자를 받아쓰기하는 것은 더욱 어려웠다. 왜 글말은 어려울까? 글말은 입말과 무엇이 다를까? 비고츠키의 이야기를 들어보자.

"연구는 글말의 발달이 입말의 발달을 반복하지 않는다는 것을 보여준다. 그 두 과정 사이에 존재하는 모든 유사성은 본질적이라고 보다는 외적이고 증상적이다. 글말은 입말을 문자적 기호로 번역하는 것 이상이다. 글말에 숙달한다는 것은 단순히 쓰기 기능을 배우는 것이 아니다. (중략) 글말은 완전히 고유한 발화 기능이다. 그 구조와 기능하는 양식은 내적 발화의 구조와 기능 양식이 외적 발화의 다른 것과 같이 입말과 다르다. 글말은 그 발달의 가장 낮은 단계에 있어서조차도 높은 수준의 추상화를 요구한다. 글말은 음악적 억양과 표현성을 갖지 않는, 즉 일반적으로 소리의 측면을 갖지 않는 언어이다. 글말은 입말의 가장 본질적인 특징인 물리적 재료를 갖지 않는 생각과 표상의 언어이다. 이 고유한 요인은 입말의 형성을 위해 존재하는 심리적 요인의 총체를 완전히 변화시킨다.

입말을 통하여 어린이는 객관적 세계에 대한 어느 정도의 높은 수준의 추상을 획득하였다. 글말을 통하여 어린이는 새로운 과업에 당면하게 된다. 어린이는 말 자체의 물리적 측면으로부터 추상화해야 한다. (중략) 글말은 다른 측면에 있어서도 입말에 비해 더욱 추상적이다. 그것은 대화자 없는 담화이다. 이는 어린이에게 친숙한 대화적 발화와는 완전히 다른 상황을 만든다. 글말이 향하는 대상은 완전히 부재하거나 필자와의 접촉이 끊긴 상태이다. 글말은 담화-독백이다. (중략) 글말은 어린이에게 이중의 추상화를 요구한다. 그것은 발화의 음성적 측면으로부터 추상화와 대화자로부터의 추상화를 요구한다. (중략) 소리가 결여된 발화는 어린이들에게 대수가 산술보다 어려운 만큼이나 입말보다 어려울 것이다. 글말은 발화의 대수이다. 대수를 학습하는 과정은 산술의 학습과정을 반복하지 않는다. 그것은 새롭고 더 고차적이며 산술적 사고를 뛰어넘는다."[3]

위 인용문에서 확인할 수 있듯이 비고츠키는 입말과 글말의 결정적인 차이를 추상화로 파악하고 있다. 추상적인 사고능력은 인간을 인간과 가장 가까운 종인 다른 영장류(침팬지 등)와도 다른 존재로 만들었다.[4] 이 책의 1부 3장에서 소개하겠지만, 진화학과 뇌과학자들은 언어의 사용을 인간이 추상적인 사고능력을 갖게 된 중요한 원인으로 파악하고 있다. 이는 다른 종과는 확연히 다른 인간의 고유한 능력이다. 언어는 바로 이 추상화를 가능하게 한다.

비고츠키가 지적한 것처럼 글말은 입말의 음성적인 측면에 더 이상 얽매이지 않는다. 소리가 사라져도 문자(기호)를 통해서 우리는 화자가 말하고자 하는 것(혹은 했던 것)을 이해할 수 있다. 또, 말하는 사람이 그 자리에 없어도 문자(기호)를 읽는 사람은 문자(기호)를 남긴

---

3. 『생각과 말』, L.S. 비고츠키 지음, 비고츠키 연구회 옮김, 살림터(2011), 463~464쪽.
4. 넷플릭스가 제작한 다큐멘터리 [언노운: 뼈동굴]에 따르면 남아프리카에서 25만 년 전으로 추정되는 호미닌 중의 하나인 '호모 날레디'는 인간만이 했던 것으로 추정되었던 매장 행위를 하였다. 또한 동굴 안의 무덤으로 가는 길목에서 가로 세로의 추상적인 줄무늬를 새긴 암석도 발견되었다. 이는 영장류에서 인간으로 진화하는 과정에 다양한 종들이 존재하였음을 보여주는 사례 중 하나라고 할 수 있다.

사람의 의도를 이해할 수 있다. 이를 통해서 소리로부터 그리고 대화자로부터 추상화가 이루어진다.

비고츠키는 소리를 가지지 않는 글말을 대수에 비유하였다. 대수는 그 사전적인 의미를 찾아보니 '수학의 한 분야로 수 대신에 문자를 쓰거나, 수학 법칙을 간명하게 나타내는 것으로 방정식의 문제를 푸는 데서 시작되었다'라고 한다. 산수를 배우는 과정은 눈에 보이는 사물을 대상으로 출발하기에 다소 직관적이고 자연스러운 측면이 있지만 대수를 배우는 과정은 그렇지 않다. 그래서 대수를 하려면 배우고자 하는 사람의 동기와 의식적인 노력이 필요하다. 이는 글말도 마찬가지이다. 비고츠키는 이에 대해 다음과 같이 서술하였다.

> "입말의 경우 발화를 위한 동기를 만들어 낼 필요가 없다. 이러한 의미에서 입말은 역동적인 상황의 경로에 의해 규제된다. 그것은 온전히 이로부터 도출되며 동기화 과정의 유형과 상황의 조건에 따라 진행된다. 반면 글말의 경우 우리는 상황을 창조해 내야 하거나 또는 좀 더 정확히 말하면 상황을 사고로 표현해야 한다. 글말의 사용은 상황에 대한 근본적으로 다른 관계를 전제로 한다. 그것은 더 자유롭고 더 독립적이며 더욱 의지적이다. (중략) 마침내 언어의 의미론적 체계는 통사론과 음성학에 그랬던 것만큼 낱말의 의미에 대한 의도적인 작업과 특정한 순서로의 배열을 요구한다. 이는 글말이 내적 발화에 대해 가지는 관계가 입말과 다르다는 사실로부터 유래한다. 외적 발화의 발달은 내적 발화의 발달에 앞선다면, 반대로 글말은 후자의 발달 이후에만 오직 나타나며 내적 발화의 존재를 전제로 한다."[5]

입말과는 달리 글말을 사용하려면 동기와 의지가 중요하다. 우리가 글을 쓸 때를 떠올려 보자. 글을 사용한다는 것은 특별한 동기와 필요가 있어야 한다. 또한 글을 쓰려면 생각할 수밖에 없다. 어떤 낱말을 사용할지, 단어들을 어떻게 배치해야 할지, 그 배치가 통사적으로 문제가 없는지 몇 번이고, 때에 따라서는 몇십 번이고 생각해야 한다. 즉 글말을 사용한다는 것은 매우 의도적인 행위이고, 의식적인 노력의 산물이다.

흥미로운 것은 글말이 내적 말 이후에 발달한다는 점이다. 어린이들의 말 발달의 과정을 살펴보자. 어린이들은 처음에는 자신을 둘러싼 사람들이 하는 말을 따라 하면서 말을 배운다. 그런데 어느 순간부터 어린이는 혼잣말을 하게 된다. 이는 자신에게 하는 말이다. 혼잣말에 관한 피아제와 비고츠키의 해석은 완전히 다른데, 피아제가 혼잣말을 아동의 자기중심성 혹은 자폐성과 연관시켰다면 비고츠키는 자신에게 하는 혼잣말이 어느 순간 소리 없는 내적 말로 발전하는 것에 주목하였다. 혼잣말이 어린이의 자기 행동 통제의 정신적인 수단이듯이 내적 말 또한 자신의 생각과 행동을 조절하는 정신의 도구가 된다.

그런데 중요한 것은 글말은 내적 말과도 다르다는 점이다. 비고츠키는 내적 말과 글말의 차이를 다음과 같이 설명하였다.

"내적 발화는 생략되어 있고 속기술식으로 표상화되어 있으며 최대한 축약되어 있다. 글말은 최대한 전개되어 있으며 입말보다도 형식에 있어서 훨씬 더 완성적이다. 글말은 생략을 포함하지 않지만 내적 발화는 생략으로 가득 차 있다. 통

---

5. 『생각과 말』, L.S. 비고츠키 지음, 비고츠키 연구회 옮김, 살림터(2011), 465~466쪽.

사적으로 내적 발화는 거의 술어로만 온전히 이루어져 있다. 입말에서 대화 상대자에게 명제의 주어와 관련 요소들이 이미 알려진 경우에 통사가 술어화되는 것과 마찬가지로 대화의 주어와 상황의 총체가 생각하는 이에게 알려져 있는 내적 말은 거의 전적으로 술어로 구성된다. (중략) 반대로 글말은 그것이 상대방에게 이해되기 위해서 상황의 세세한 부분이 모두 확립되어야 한다. 글말은 말의 가장 확장된 형태이다. 입말에서 생략될 수 있는 것들조차 글말에서는 명확히 되어야 한다. 글말은 다른 이에게 최대한 이해 가능하도록 되어야 한다. 모든 것이 완전히 펼쳐져야 한다. 최대한 압축된 내적 말로부터 최대한 확장된 글말로 전이하기 위해서 어린이는 의미 조직의 자발적 구성에 있어 대단히 복잡한 조작을 할 수 있어야 한다.

(중략) 의식적 파악과 의도는 어린이 글말의 초기를 지배한다. 글말의 기호와 사용은 어린이에 의해 의식적이고 자발적으로 동화된다. 반면 입말은 무의식적으로 학습되고 사용된다. 글말은 어린이가 더욱 지성적으로 행동하도록 압력을 가한다. 그것은 말하는 과정 바로 그 자체에 대한 의식적 파악을 요구한다. 글말의 배경이 되는 동기는 더욱 추상적, 지성적이며 욕구와는 멀리 떨어져 있다. (중략) 어린이는 특히 글말과 문법 덕분에, 자신이 학교에서 하는 것을 의식적으로 파악하고 자신의 기능을 의도적으로 사용하는 것을 배운다. 어린이의 능력은 무의식적, 자동적인 측면에서 의지적, 의도적 그리고 의식적 측면으로 이동한다. 글말과 문법에 대한 교수-학습은 이러한 과정에서 근본적인 역할을 한다."[6]

위 인용문은 비고츠키의 놀라운 통찰이 드러나는 부분이다. 우리는 말과 글을 배우고 사용하는 것이 너무도 자연스러워 입말과 글말의 차이를 종종 잊고 지낸다. 그런데 사실 입말과 글말 사이에는 큰 차이가 있다. 일기나 편지를 써본 경험이 있는 사람은 이 말의 의미를 이해할 수 있을 것이다.

비고츠키의 주장처럼 입말은 매우 축약적이면서도 다면적이다. 이런 축약의 사례는 우리말에서도 쉽게 찾을 수 있다. 예를 들어 전라도 사투리인 '거시기'가 그러하다. "아참! 그것 거시기 하네." 할 때의 거시기는 '그것'에 대해 말하고자 했으나 적당한, 그리고 얼른 생각나지 않거나 바로 말하기가 거북할 때 쓰는 군소리로 감탄사에 해당한다. 말하기가 거북한 그 마음을 글말로 옮기려면 한참 걸릴 것을 '거시기' 단 한 마디로 표현하는 것이다. 또한 거시기는 감탄사가 아닌 대명사로도 사용한다. "아가야. 부엌에 가서 뭐냐? 그 거시기 좀 가지고 와라"라고 할 때 이때의 '거시기'는 이름이 얼른 생각나지 않거나 바로 말하기 곤란한 사물을 가리키는 대명사로 사용하는 경우이다. 거시기는 사람을 가리킬 때도 사용할 수 있다.[7] 또한 입말은 주어, 목적어 없이 술어로만 사용된다. 아주 극단적으로 생략이 되어도 소통을 할 수 있다. 우리는 자주 "응"이라는 짧은 말로 의사소통을 한다. 우리는 일상에서 이런 경험을 자주 한다.

이에 비하여 글말은 축약이 어렵다. '카톡'과 같은 앱으로 채팅을 할 경우에는 아주 특별한 맥락적인 상황이 아닐 경우, 너무 짧은 글을

---

6. 『생각과 말』, L.S. 비고츠키 지음, 비고츠키 연구회 옮김, 살림터(2011), 466~470쪽.
7. 2019년에 방영된 '녹두꽃'이라는 드라마에서는 탐관오리(貪官汚吏) 백이방의 서얼(庶孽)인 백이강을 사람들은 '거시기'로 부른다. 백이방의 지시에 따라 온갖 패악질을 일삼는 백이강을 사람들은 '거시기'로 부르면서 두려워하고 또한 혐오한다. 입말은 이렇게 매우 축약적으로 사용될 수 있다.

보내면, 상대방이 이해를 못 하거나 완전히 다르게 이해하는 경우를 누구나 경험해 보았을 것이다.

이처럼 입말을 글말로 옮기는 것은 대단히 어렵다. 입말과 달리 글말을 사용하려면 특정 사물과 특정한 상황을 표현하기 위해서 문법에 맞게 단어들을 펼쳐놓아야 한다. 예를 들어 우리가 영화나 드라마를 보고 나서 그 내용과 느낌을 이야기를 나누는 경우와 글로 써서 전달하는 경우를 비교해 보면 후자가 더 많은 시간을 소요하게 된다. 글말은 비고츠키의 주장처럼 '펼쳐야' 하기 때문이다.

한편, 입말과 글말의 사용의 근본적인 차이는 -비고츠키가 지적한 것처럼- 입말이 자동적이고 심지어 무의식적인 것에 가깝다면 글말은 자동적이지 않으며 매우 의식적이라는 점이다. 우리들이 사용하는 말의 대부분은 일상적 생활에 필요하거나 가십gossip적인 것들이 대부분이다. 당신이 오늘 나누었던 대화의 내용을 되돌아보라. 가정에서, 일터에서, 마을에서 만난 사람들과 당신이 했던 대화를 생각해 보라. 거의 대부분은 소소한 일상에 대한 것이거나 일상적으로 자주 다루어 온 주제들이거나 이러저러한 소문에 관한 것이리라. 그런데 그조차도 글로 옮기려면 상당한 노력, 의식적인 노력을 요구한다. 상황을 길게 펼치고, 문법에 맞게 단어를 배열해야 하고, 기억을 계속 떠올리면서 수정해야 한다. 하물며 시와 소설과 같은 문학작품을 쓰고, 학술적인 논문을 쓸 경우는 얼마나 많은 의식적인 노력이 필요하겠는가?

글을 읽고 쓰는 것의 중요성이 여기에서 확인된다. 입말로 소통하는 것은 일정한 한계가 있다. 아주 일상적이고 간단한 것들은 입말을 통해 소통한다. 그런데 중요한 계약을 한다거나, 거대한 건축물이나 복잡한 기계의 구조에 관해서 설명할 경우를 생각해 보라. 입말로만 전달이 제대로 될 수 있을까?

강조하지만, 인간이 구체적인 것을 당장 눈앞에 보이지 않고, 잡히지도 않는 추상적인 것으로 전환할 수 있는 것은 글말이라는 문자(기호)의 사용 덕이다. 구체적인 사물(상황)을 문자(기호)라는 상징으로 표현하고 이해할 수 있다는 것, 이것은 다른 동물들이 가지지 못하는 매우 고유한 고등한 정신적인 기능이다. 글말은 추상적인 사고능력을 더욱 발달시킨다.

글을 읽을 때 우리는 그것이 문학작품이든 신문의 사설이든 논문이든 머릿속에서 끊임없이 그 내용을 재현한다. 영상매체와의 차이점이 바로 이것이다. 영상을 볼 때와는 달리 글을 읽을 때 우리는 글에서 표현하는 사물과 상황을 어떤 식으로든 상상하고 그려보게 된다. 나는 소년 시절 삼국지, 수호지, 시튼 동물기를 읽으면서 장면들을 상상하며 책을 읽었다. 지금도 나는 글을 보면서도 머릿속에서 끊임없이 상상하고 추론한다.

글을 쓸 때는 또 어떤가? 글을 쓴다는 것은 매우 의식적인 것이다. 구체적인 사물(인물 포함)과 상황을 추상적인 기호인 글로 옮겨야 한다. 기억을 최대한 떠올려야 하고, 때론 기억에 기반하여 새로운 이야기를 구성해야 한다. 낱말들을 하나하나 머릿속에서 끌어내고, 문법적인 규칙에 따라서 이리저리 배열하고 수정(이 책을 쓰는 내내 내가 하고 있는 작업이다)해야 한다. 글 전체의 논리적인 구조를 구상하고, 마치 생선의 몸처럼 머리, 몸통, 꼬리로 배치하면서 이야기를 만든다. 문학작품이든 신문 기사든 논문이든 마찬가지이다. 잘 쓰인 논문, 잘 쓰인 변론문은 잘 만들어진 건축물과 같다. 이 과정은 높은 수준의 추상적인 사고를 요구로 한다. 아동·청소년의 인지적 발달에 있어서 글쓰기가 중요한 이유가 여기에 있다.

그러나 현실에서는 글쓰기의 중요성이 너무나 쉽게 간과된다. 소설

미디어를 통해 짧은 글쓰기에만 익숙한 세대가 되는 것은 참으로 안타까운 일이다. 요즈음은 책이나 논문도 짧게 쓰는 것이 유행인 것 같다. 신자유주의 교육 상품화로 연구자들이 끊임없이 실적에 대한 압박을 받아서 그럴 수도 있겠지만, 결코 바람직한 현상으로 보이지 않는다. 무엇보다 대학 서열 체제와 입시경쟁교육은 문제 풀이 훈련을 강요하기에 학생들에게 진지한 글쓰기를 할 시간을 허용하지 않는다. 때로는 독후감 쓰기가 장려되어지고, 인문학 고전 읽기도 권유하곤 하지만 시험 문제 하나로 등급이 달라지는 현실에서는 글쓰기는 매우 부담스럽게 다가온다. 겨우 어렵게 독후감이나 서평 쓰기를 하는 경우도 사교육업체들이 만들어 낸 각종 요약본을 베끼는 수준으로 전락하고 있다. 그리고 이는 초중등교육에만 해당하는 것은 아닐 것이다. 참으로 통탄할 일이 아닐 수 없다.

이상의 논의를 통해서 입말에서 글말로의 발달이 추상적인 사고능력의 발달은 물론 의지적이고 의식적인 행위라는 측면에서 인간의 인지발달에 있어서 얼마나 중요한 의미를 갖는지 살펴보았다. 한마디로 말의 발달이 생각의 발달을 추동하는 것이라 할 수 있다. 그렇다면 말이 곧 생각을 의미하는 것일까? 말 발달과 생각 발달의 관계는 어떻게 형성되고 작동될까? 이를 다음 절에서 살펴보겠다.

② 생각과 말, 그리고 낱말

비고츠키는 심리학의 핵심 문제로 '생각과 말'의 문제를 설정하면서 이는 생각과 낱말의 '관계'의 문제라고 하였다. 비고츠키의 다른 저작들에서도 반복적으로 나타나는 특징은 사물과 현상을 '관계적으로 보는 것'이다. 이는 변증법적 사유의 하나라고 할 수 있다. 실상 모든 사물과 현상들은 관계 속에서만 그 의미를 획득한다. 비고츠키의 글을 인용해 보겠다.

　　"심리학 자체만큼이나 오래된 생각과 말의 문제는 이러한
점에서, 즉 사고와 낱말 사이의 관계라는 점에서 전혀 조망
되지 않았으며 암흑 속에 가려진 것으로 보인다. (중략) 의식
은 통합된 전체이며 개별기능들은 분해될 수 없는 통일된 활
동에 연결되어 있다는 관념은 현대 심리학에 있어 새로운 것
이 아니다. 그러나 의식과 통일과 개별기능들의 연결은 당연
한 것으로 전제되었을 뿐 실험 대상이 되지 않았다. (중략)

　　(중략) 사고와 낱말이 일치한다면, 이들이 동일한 것이라
면 이 둘 사이에 어떠한 관계도 생겨날 수 없을 것이며 무엇
도 실험 대상이 될 수 없게 된다. 사물이 사물 그 자체와 맺
는 관계를 실험 대상으로 삼는다는 것은 불가능하기 때문에,
사고와 말을 구분하지 않는 이는 누구든 사고와 낱말의 관
계에 대한 문제로 접근하는 길을 폐쇄하며 이 문제를 미리
해결 불가한 것으로 만든다."[8]

　　앞의 인용문에서 우리는 비고츠키가 생각과 말은 동일하지 않으며,
그 둘을 구분할 수 있어야 한다고 주장함을 확인할 수 있다. 그런데
생각과 말은 서로에게 영향을 준다. 그 중심에 생각과 낱말의 관계가
놓여 있다. 그런데 왜 말의 일반이 아니라 낱말인가?

　　그것은 그의 변증법적인 방법론과 관련이 있다. 우리는 사물과 본질
을 현상, 즉 보이는 것만으로는 결코 이해할 수 없다. 우리의 눈에 보

---

8. 『생각과 말』, L.S. 비고츠키 지음, 비고츠키 연구회 옮김, 살림터(2011), 24~26쪽.

이는 대로만 따른다면 태양이 지구 주위를 도는 것이 진실일 것이다. '둥근 해가 동쪽에서 떠서 서쪽으로 진다'라는 표현에서처럼 지구는 가만히 있는데 마치 태양이 움직이는 것처럼 보이기 때문이다. 그런데 과학적 발견은 우리에게 현상 그 이면의 본질을 이해할 수 있게 해주었다. 그것이 가능한 것은 사물과 현상을 분석할 수 있는 인간의 인지적인 능력 때문이다.

그러면 어떻게 해야 현상을 넘어서 본질에 도달할 수 있을까? 사물을 잘게 나누고 분해하면 본질에 대한 분석이 가능할까? 비고츠키는 단호하게 이를 부인한다. 비고츠키는 사물을 '요소로 분해하는 것'을 비판한다. 그는 당시 심리학자 '분트W. M. Wundt' 등이 참여한 뷔르츠부르크 학파에 대해 다음과 같이 비판하였다.

> "말을 사고의 외적인 표현, 사고의 의복으로 보는 이들, 즉 사고와 낱말을 포함한 모든 감각적인 연결로부터 해방시키고 사고와 낱말의 연결을 순전히 외적인 연결로 상상하는 뷔르츠부르크 학파는 (중략) 말로 하는 생각을 그 요소로 분해하여 사고 부분과 낱말 부분으로 나누면서 그들은 이 부분들이 서로 간에 이질적이 되도록 만들었다. (중략) 통일된 전체를 개별의 요소로 파편화하는 방법으로는 생각과 말의 내적 관계를 연구할 수 없기 때문이다.
>
> (중략) 이런 식으로 말을 개별의 요소로 분해하여 전체에 고유한 내적 자질을 설명하고자 하는 심리학은 전체의 통일에 적합한 요소의 자질을 찾아 헛되이 헤매게 될 것이다. 분석 과정에서 전체의 성질은 증발하고 분산해 버린다. (중략) 물을 요소-수소와 산소-로 분해하는 것은 우리에게 구체적

인 전체의 자질-불체를 물에 띄우고 불을 끄는-을 설명해 주지 못한다. 그것은 분석이라기보다는 도리어 일반으로의 상승, 즉 진정한 의미에서의 해체이다."[9]

사고와 말은 같지 않지만 서로 분리될 수도 없다. 즉 생각은 말이 없이는 불가능하다. 우리는 말을 통해 생각한다. 때문에 생각과 말을 분리하는 순간, 마치 물을 수소와 산소로 분해한다고 하여 물의 성질을 설명할 수 없는 것처럼, 생각과 말의 관계를 파악할 수 없게 된다. 여기서 우리는 비고츠키가 전체를 이해하기 위해서는 각 요소, 즉 부분들의 산술합이 아니라 전체와 부분과의 관계 속에서 이해할 수 있어야 한다는 변증법적 방법론을 사용하고 있음을 알 수 있다.

모든 사물은 부분들의 단순한 총합이 아니다. 부분과 부분들은 서로 영향을 주고받으면서 부분의 총합 이상의 전체를 형성한다. 생각과 말의 관계만 그러한 것은 아니다. 모든 사물에 적용될 수 있다. 이는 개인에게는 물론이고 조직이나 국가에도 적용될 수 있다. 부분(요소)들로 잘게 쪼갠다고 해서 곧 전체를 이해할 수 있는 것, 사물의 본질을 이해할 수 있는 것은 아니다. 그렇다면 쪼개는 것 즉 분해하는 것이 아니라면 분석이라는 것은 어떻게 하면 가능할까? 그것은 요소가 아닌 '단위로서 분할하여 분석하는 것'이다. 비고츠키의 글을 계속 따라가 보자.

"전체로서 '말로 하는 생각'에 내재하는 모든 기본적인 속성을 그 자체에, 살아있는 세포처럼, 가장 단순한 형태로 담

---

9. 『생각과 말』, L.S. 비고츠키 지음, 비고츠키 연구회 옮김, 살림터(2011), 26~29쪽.

아낸 소리와 의미의 살아있는 통일인 낱말 그 자체는 이러한 분석 결과가 입증하는 바와 같이, 두 부분-말 부분과 생각 부분-으로 부서져 버렸으며, 이 두 부분에서 연구자들은 계속해 외적이며 기계적인 연합적 연결을 확립하였다. 낱말의 소리와 낱말의 가치는 결코 서로 연결되지 않는다. (중략) 사고로부터 뜯겨 나간 소리는 자질을 가지고 있는 어떤 소리가 어째서 인간의 말소리이며 무엇이 그것을 그렇게 만드는지 설명하지 못한다. (중략) 심리학은 요소들로 분해하는 방법을 단위로 분할하는 분석 방법으로 바꾸어야 한다. (중략) 더 이상 분해될 수 없으며 전체로서의 말로 하는 생각에 내재한 속성들이 들어 있는 그와 같은 단위는 무엇일까? 우리는 이 단위를 낱말의 내적 측면, 즉 '낱말의 의미'에서 발견할 수 있는 듯하다. (중략) 우리는 '말로 하는 생각'이라고 부르는 통일된 단위가 함께 묶여 있는 것을 여기서 즉 '낱말의 의미'에서 발견할 수 있다."[10]

생물은 세포로 구성된다. 만일 세포가 모두 죽는다면 생물은 더 이상 생물이 아니게 될 것이다. 세포는 생명을 분석하기 위한 가장 기본적인 단위이다. 생물을 이해하기 위해서는 생물을 구성하는 기본적인 단위인 세포를 이해해야 하고, 세포 간의 관계를 이해해야 한다.

그렇다면 생각은 무엇으로 구성될까? 즉, 생각을 구성하는 기본단위는 무엇일까? 다시 강조하지만 우리는 말을 통해 생각한다. 무엇을 먹을 것인지, 언제 운동할 것인지, 누구를 어떻게 만날 것인지, 모두를

10.『생각과 말』, L.S. 비고츠키 지음, 비고츠키 연구회 옮김, 살림터(2011), 29~32쪽.

우리는 말을 통해 생각한다. 그러면 말은 무엇으로 구성될까? 말의 기본단위는 무엇일까? 그것은 낱말이다. 생물이 세포로 구성되듯이 말은 낱말로 구성된다. 비고츠키는 이 낱말을 '소리와 의미의 살아있는 통일체'라고 보았다.

비고츠키는 요소로 분해하는 것이 아니라 단위로 분할하여 분석하는 방법론을 제시하고 있는데, 그 단위를 낱말의 내적 측면인 '낱말 의미'로 설정하고 있음을 알 수 있다. 마치 생명의 기본단위가 세포인 것처럼, 마치 마르크스가 자본주의 분석의 기본단위로 상품을 설정한 것처럼, 비고츠키는 낱말과 낱말의 의미에 주목하고 있다. 그는 인간의 의식을 다루는 심리학을 사고와 말의 관계로 설정하였으며, 이를 탐구하는데, 그 분석단위를 '낱말 의미'로 설정하고 있는 것이다.

> "낱말은 언제나 하나의 개별적인 대상과 연관되지 않으며 전체 그룹이나 대상의 전체집단과 연관된다. 영향력에 관한 각 낱말은 숨겨진 일반화이며 모든 낱말은 이미 일반화되어 있고, 심리학적 관점에서 보면 '낱말의 의미'는 무엇보다 일반화된 것이다. (중략) 낱말의 가치는 생각의 영역에 속하는 정도만큼 말의 영역에도 속한다. 의미가 부재한 낱말은 낱말이 아니라 공허한 소리일 뿐이기 때문이다. 그 의미를 빼앗긴 낱말은 더 이상 말의 영역에 속하지 않는다. (중략) 말의 최초 기능은 의사소통적인 기능인 듯하다. 말은 무엇보다 사회적 접촉의 수단 즉 표현과 이해의 수단이다. '요소로 분해하는 분석'에서 말의 이러한 기능은 대체로 지적 기능과 분리되었으며 두 기능 모두가 서로 말에 대해 평행하고 독립적인 것처럼 말에 할당되었다. (중략) 낱말 가치는 말의 이

두 기능에 대한 단위이며 동시에 생각의 단위이다."[11]

주지하다시피 인간의 의식이 어떻게 형성되고 작동되는가를 탐구하는 것이 심리학(신경과학)의 과제이다. 비고츠키는 심리학의 과제를 생각과 말의 관계를 이해하는 것으로 설정하였다. 그는 이를 위해서 '낱말 의미'를 분석의 기본단위로 삼아야 한다고 주장했는데, 낱말 의미가 의사소통 기능과 지적 기능에 대한 가장 기본적인 단위이자 생각(사고)의 단위이기 때문이다. 비고츠키의 주장은 매우 의미심장하다. 1부의 3장에서 살펴보겠지만 현대의 신경과학에서도 의식의 문제를 다루는 데 있어 언어를 매우 중요시한다. 언어는 의식의 발달을 이끌어 낸다. 언어는 사고의 발달을 추동한다.

그런데 왜 낱말의 의미를 기본단위로 삼았을까? 우리는 말을 통해 의사소통한다. 이 과정을 살펴보면 의사소통은 결국 사물과 상황을 어떤 특정한 낱말을 통해 그 속성과 특징을 표현하는 것, 즉 일반화가 이루어지기에 가능하다. 예를 들어 '사과apple'를 먹는다고 생각해 보자. 세상에 똑같은 사과는 없다. 같은 품종이고 같은 나무에서 열매를 맺었다고 하더라고 크기와 생김새, 색깔이 조금씩 다르다. 그렇게 각각 다르지만, 우리는 그 과일을 '사과'라고 부르고 맛있게 먹는다. 다시 말해 사과라는 낱말은 사과라는 과일의 속성을 담은 일반화된 의미를 담고 있다. 만일 이 의미가 없다면 누군가 '사과'라고 큰 소리를 내어도 그것은 '사과'라는 낱말로 기능하지 못한다.

어린아이들이 말을 배울 때를 생각해 보자. 아직 말을 가지지 못한 아기는 괴성을 내고, 옹알이하면서 자신이 원하는 사물을 향해 손을

---

11. 『생각과 말』, L.S. 비고츠키 지음, 비고츠키 연구회 옮김, 살림터(2011), 32~34쪽.

뻗는다. 대부분의 아빠는 나처럼 아이를 볼 때마다 "아빠 보고 싶었구나, 아빠 한번 해 보렴" 하면서 아빠라는 낱말을 수백 번, 수천 번은 반복했을 것이다. 그런데 어느 날 아기가 자신을 향해 "빠" 혹은 "바"라는 짧은소리를 내뱉게 된다. 그 짧은소리에 아빠가 환희로 아이에게 반응하면서 아이와 아빠의 소통은 시작된다. 무의미한 소리였던 "빠"와 "바"가 아빠를 의미할 때 소통이 시작되는 것이다. 이처럼 언어가 기본적으로 의사소통을 위한 도구라고 할 때, 낱말의 의미는 매우 중요하다.

그런데 내가 사용하는 낱말과 다른 사람이 사용하는 낱말이 비록 그 음성적 형태가 동일하다고 하더라도 그 의미가 다르면 결코 소통이 일어날 수 없을 것이다. 또한 지적인 대화나 소통에 기반한 협력도 불가능할 것이다. 예를 들어 '자유'라는 단어가 어떤 사람들에게는 사유재산을 가진 개인의 무제한 이윤추구를 위한 자유를 의미하는 데 반해, 어떤 사람들에게는 인간으로 누려야 할 권리를 침해받은 데 분노하고 권리를 지킬 행위를 실천할 수 있는 자유를 의미할 경우, 이런 둘 사이에 소통은 불가능에 가까울 것이다.

더욱 중요한 것은 인간의 인지발달에서 글말이 가진 중요성이다. 계속 강조하지만 우리 인간이 다른 동물과 다른 것 중 하나는 언어를 가지고 있다는 점이다. 언어를 통해서 우리는 고등 정신 기능, 즉 지적인 기능을 가지게 되었다. 이것이 가능했던 것은 '정신의 도구인 기호'를 인간만이 사용할 수 있기 때문이다. 글을 읽고 글을 쓰는 것은 문자라는 기호를 사용하는 것이다. 악보에 음표를 쓰고 읽는 것, 수학 공식을 사용하여 건물의 무게를 추정하는 것, 인공위성을 쏘아 올릴 수 있는 것도 모두 우리가 기호를 사용할 수 있기 때문이다. 그런데 기호가 기호가 될 수 있는 것은 기호가 특정한 의미를 담고 있고, 그

것이 기호를 사용하는 사람들 사이에서 공통의 의미를 갖는 것으로, 혹은 일반화된 것으로 받아들여지기 때문이다. 그렇다면 일반화는 어떻게 형성되는 것일까? 비고츠키는 일반화가 '사회적 접촉'으로 이루어진다고 단언한다.

> "합리적인 이해, 의도적인 사고와 전달 그리고 정서적 체험에 토대를 둔 사회적 접촉은 반드시 이미 알려진 수단의 체계를 필요로 한다. (중략) 사회적 접촉이 기호가 없이는 불가능한 것과 같이 의미 없이도 불가능하다는 것이 명확해졌다. 의식의 경험이나 내용을 다른 사람에게 전달하기 위해서는 이를 알려진 부류, 즉 주어진 현상의 무리에 문의하는 방법밖에 없었으며 이는 무리가 이미 알다시피, 반드시 일반화를 필요로 한다. (중략) 일반화는 사회적 접촉의 발달과 함께 가능해지는 것이다. 따라서 인간 삶에 내재하는 사회적 접촉의 가장 고등한 형태는 오직 인간이 생각의 도움으로 일반적인 방식으로 실재를 반영할 수 있기에 가능하다. (중략) 개념이 준비되어 있으면 낱말은 거의 언제나 준비되어 있다. 따라서 낱말 가치는 말의 단위일 뿐만 아니라 일반화와 접촉의 단위, 의사소통과 생각의 단위라고 간주할 만한 근거가 충분하다."[12]

비고츠키의 주장은 매우 중요하다. 진화학자들도 언어의 탄생은 사회적 접촉, 구체적으로는 가르침과 같은 사회적 협력의 산물임을 주목

---

12. 『생각과 말』, L.S. 비고츠키 지음, 비고츠키 연구회 옮김, 살림터(2011), 34~36쪽.

하고 있다. 일반화는 사회적인 접촉이 없이 형성될 수 없다. 다시 '사과apple'의 예를 들어보자. 사과를 장미과에 속하는 달면서 신맛이 나는 과일의 일종으로 사람들 사이에서 합의가 이루어지지 않는다면, 그래서 심지어 사과를 감자와 같은 채소라고 여기는 사람들이 생긴다면 '사과'라는 낱말은 의미를 가질 수 없다. 사과를 사과라고 부르고 소통할 수 있는 것은 수많은 사람이 반복적으로 접촉하면서 일반화를 했기 때문이다. 역으로 일반화가 되었다는 것은 그만큼 사회적 접촉이 일어났음을 의미하는 것이다. 다시 말해 낱말의 의미(가치)가 말의 단위가 될 수 있는 것은 수많은 사회적 접촉을 통해 일반화가 이루어졌기 때문에 가능한 것이다.

반복적인 사회적 접촉은 문화를 만든다. 인간이 고등정신기능을 갖는다는 것은 본능에 종속되는 동물적 존재를 넘어서 문화적인 존재가 될 가능성을 연다. 이는 정신의 도구인 문자와 같은 기호를 사용함으로써 가능하다.

비고츠키는 사회적 접촉의 가장 고등한 형태가 가능한 것은 구체적인 것, 즉 실재를 일반화할 수 있기에 가능하다는 점을 강조한다. 다시 말하지만, 기호는 일반화를 수반한다. 일반화가 없이 기호는 존재할 수 없다. 앞서 살펴본 것처럼, 낱말이 의미하는 바가 일반화되지 않으면 소통은 불가능하다. 일반화가 없이 개념은 형성되지 않는다. 개념은 실재하는 사물의 일반화를 통해서만 형성된다. 그 때문에 낱말의 의미는 말의 기본단위이고, 나아가 사고의 기본단위가 된다. 그래서 비고츠키는 '개념이 준비되어 있으면 낱말은 거의 언제나 준비되어 있다'라고 단언한 것이다.

인간은 입말을 쓰는 것을 넘어서서 글말이라는 문자언어를 발명해냄으로 세상을 자신만의 방식으로 바라보고, 탐구하고, 변화시켜 나가면서 문명을 만들어 왔다. 입말에서 글말로의 발달, 즉 기호의 사용은 한 개체의 발달 수준에서도 중요하다. 낱말의 의미가 사고의 기본단위이기에, 낱말의 결핍은 사고의 결핍으로 이어지게 된다. 사용할 수 있는 낱말의 숫자가 제한된다는 것은 소통의 어려움은 물론이고 사고능력 그 자체의 제약으로 이어질 수 있다.

그런데 생각은 단지 글말의 발달에만 의존하는 것일까? 생각하는 능력의 발달은 정서와는 아무런 상관이 없는 것일까? 절대 그렇지 않을 것이다. 사회적 접촉은 정서적 경험을 포함하고 있다.

인간은 기계가 아니다. 인간은 유기체이며 생명체이다. 인간은 AI와는 달리 육체를 가지고 있다. 맥스 테그마노프가 인공지능이 소프트웨어는 물론 하드웨어도 가질 가능성을 배제하지 않았고,[13] 제프 호킨스도 AI가 '지능 폭발'로 인간에 범접한 지능을 가질 가능성이 이론적으로 완전히 불가능하지 않음을 암시하였으나 그것은 앞으로도 상당한 시간이 걸릴 것이며, 이론적으로만 가능한 일이라고 지적한 것[14]도 같은 이유이다.

AI는 육체를 가지고 있지 않다. 이에 비해 인간은 육체를 가지고 있고, 육체를 가지기에 정서를 갖는다. 이런 점에서 정서와 지능을 분리하는 것은 매우 비과학적인 것이다. 그것은 인간의 영혼(정신)과 육체가 분리되어 있다는 주장만큼이나 비과학적이다. 실제로 우리가 무언가를 접하고 지각하고 인식하고 반응하는 것은 순수한 지적 작동만으로 이루어지지 않는다. 비고츠키는 바로 이 지점을 강조한다.

---

13. 『맥스 테그마크의 라이프 3.0』, 맥스 테그마크 지음, 백우진 옮김, 동아시아(2017), 48~49쪽.
14. 『천 개의 뇌』, 제프 호킨스 지음, 이충호 옮김, 이데아(2022), 232~235쪽.

"생각과 말의 관계에 대해, 삶의 다른 측면인 의식에 대해 이야기할 때 생겨나는 첫 번째 질문은 지성과 열정의 연관에 관한 것이다. 잘 알려진 바와 같이 우리 의식의 지적 측면과 감정적·의지적 측면을 분리하는 것은 전통적 심리학의 근본적인 결함을 드러낸다. (중략) 처음부터 생각을 열정으로부터 분리한 사람은 생각의 원인들을 설명할 방법을 영원히 가로막는데, 그 까닭은 생각에 대한 결정적인 분석은 반드시 사고의 추진 동기로서 이러저러한 방법으로 사고 작용의 방향을 결정하는 필요와 흥미, 즉 동기와 경향성의 발견을 가정하기 때문이다.

마찬가지로 생각을 열정으로부터 분리한 사람은 생각이 정신적 삶의 정서적·의지적 측면에 미칠 역효과에 대한 연구를 사전에 불가능하게 만드는데, 그 까닭은 정신적 삶에 대한 결정론적인 분석은 그 체계로부터 인간의 행동을 결정하는 마법적인 힘을 생각에 부여하지 않으며 또한 사고를 행동의 불필요한 부속물, 즉 무력하고 헛된 행동의 그림자로 변형하는 것을 배제하기 때문이다.

(중략) 복잡한 전체를 구성단위로 분해하는 분석은 우리가 검토하고 있는 모든 연구에 필요 불가결한 질문의 해결을 가능케 하는 방법을 다시 보여준다. 그것은 정서적이고 지적인 과정의 단위인 역동적인 의미체계가 존재함을 보여준다. 그것은 모든 관념에는 이 관념에 반영된 실재에 인간이 맺는 정서적 관계의 흔적이 포함되어 있음을 보여준다."[15]

---

15. 『생각과 말』, L.S. 비고츠키 지음, 비고츠키 연구회 옮김, 살림터(2011), 38~39쪽.

지능과 감정을 분리하는 것은 플라톤으로부터 비롯된 서구의 이원론적인 세계관이 만든 결과라고 할 수 있다. 이원론은 정신과 육체의 분리, 정신노동과 육체노동의 분리, 지능과 감정의 분리로 이어진다. 그러나 유기체로서의 인간, 생명체로서의 인간은 정신과 육체가 분리될 수 없다. 지능과 감정, 인지와 정서도 마찬가지다. 비고츠키는 당시 전통적인 심리학이 이 부분을 간과하였다고 비판한 것이다. 인간의 사고는 정서로부터 분리될 수 없다. 심리학에서는 정서라는 것은 정동을 포함한다. 그런데 정동은 신체로부터 비롯된다. 리사 펠드먼 배럿이 『감정은 어떻게 만들어지는가?』에서 정동 실재론, 개념, 사회적 실재론을 근거로 보편적인 감정의 신화를 비판하면서 인지와 정서가 통합적으로 작동됨을 논증한 것에서도 확인되듯이, 인간의 지적활동은 정서적인 것과 분리될 수 없다. 비고츠키는 '모든 관념에는 인간이 맺는 정서적 관계의 흔적이 포함되어 있음'을 지적한 바 있다. 개념이나 관념은 지극히 이성적이고 지적인 활동의 산물로 여겨질 수 있으나, 실상은 정서적인 것들과 정서적인 관계들의 흔적들이 담겨져 있다. 왜냐하면 인간의 모든 지적활동은 유기체로서의 인간이 생명을 유지하기 위한 활동에 기반하기 때문이다. 생명체인 우리 인간은 먹고, 자고, 배설하며 때론 섹스를 한다. 우리는 다른 동물들처럼 쾌락을 쫓고 고통을 회피하려 한다. 또한 우리는 또한 감각하고 느끼는 존재이다. 감각하고 느끼지 않는 순수한 지적활동은 존재할 수 없다. 심지어 우리가 상상을 할 때조차도 우리의 뇌는 감각하고 느꼈던 것을 불러내서 다시 느낀다.

　　이 책의 3부 1장에서 다시 다루겠지만, 인간은 육체를 가지고 있기에 인간의 정신활동은 정서(감정)와 분리될 수 없다. 때문에 안토니오 다마지오와 같은 뇌과학자는 마음의 형성에 앉어서 기억, 느낌,

의식과 더불어 감정의 중요성을 강조한 바 있다. 다마지오는 '욕망과 정욕, 돌봄과 양육, 애착과 사랑, 기쁨과 슬픔, 두려움과 공포, 분노 혹은 동정, 동경, 경외, 질투, 부러움, 경멸 등의 감정도 사회적 배경에서 작용하며, 이 감정이 호모 사피엔스의 지능을 뒷받침한다'라고 지적하였다.[16]

비고츠키 또한 생각은 정서와 분리될 수 없음을 지적한다. 너무도 당연한 것인데도 우리는 이를 종종 잊고 살아간다. 그러나 인지와 정서는 결코 나누어질 수 없다. 인간의 기억조차도 정서의 영향을 받는다. 외상성스트레스장애PTSD를 겪는 경우 기억상실을 겪기도 한다. 우울증이 심한 경우에는 해리 현상을 겪기도 한다.

그런데도, 적지 않은 사람들이 인지발달과 정서발달을 분리하여 접근해 왔다. '인성 따위는 중요하지 않고 오로지 높은 성적만 받으면 된다'라는 천박하기 짝이 없는 입시경쟁교육에 순응해 왔다. 심지어 사랑이라는 이름으로 정서적 학대를 하면서도 아이가 높은 학업성취를 통해 성공하길 바라는 부모들도 있다.

마이클 아이건은 '정서적인 양분과 정서적인 독毒은 서로 얽혀 있으며, 사랑이 독을 가질 때 부모는 만성적으로 아이를 우상화하는 경향이 있는데, 그 결과 만성적으로 괴롭힘을 받은 아이들만큼이나, 불행해질 수 있음'을 보여준 바 있다.[17] 이런 아이들은 인지적인 측면에서는 높은 성취를 보일 수 있으나, 인격적인 측면에서는 낮은 성숙을 보

---

16. 『느낌의 진화』, 안토니오 다마지오 지음, 임지원·고현석 옮김, 아르테(2019), 155쪽.
17. 『독이 든 양분』, 마이클 아이건 지음, 이재훈 옮김, 한국심리치료연구소(2009) 정신분석가인 마이클 아이건은 독이 든 사랑을 받은 아이들이 어떻게 불행하게 되는가를 다양한 사례를 통해서 보여주고 있다. 최근 '괴물 부모' 즉 아이를 위한다는 미명 하에 교사에게 악성 민원을 넣는 학부모들은 아이건이 지적한 '독이 등 양분'을 아이에게 주고 있는 사람들일 가능성이 매우 높다.

이게 된다. 문제는 이런 아이들이 사회적으로 높은 지위를 획득했을 때이다. 주변 사람들은 물론이고 사회 전체에 재앙적인 결과를 가져올 수 있다.

흔히 인지적 발달과 정서적 발달이 균형을 이루어야 한다고 한다. 그런데 이는 각각 따로 발달하는 것이 아니다. 비고츠키의 말대로 우리가 무엇을 인식한다는 것은 지적인 작동과 정서적인 작동이 결합하는 것이다. 즉, 인지는 지적 측면과 정서적 측면이 동시에 작동한다. 이는 매우 중요하다. 무엇을 제대로 알 수 있으려면 정서적인 경험을 수반해야 한다. 올바른 성장과 발달은 인지와 정서의 고른 발달을 의미한다.

그렇다면 인지와 정서, 사고와 정서, 생각과 마음의 관계는 어떻게 이해할 수 있을까? 이 둘은 분리될 수 없으나 그렇다고 해서 사고가 곧 정서가 될 수 없고, 정서가 곧 사고가 될 수 없는 일이다. 또 정서나 사고가 낱말로 표현된다고 해서 낱말과 일치할 수도 없다. 마음이나 생각이 모든 낱말로 표현될 수 있으면 좋겠지만 그런 일은 불가능하다. 여러분들은 자신의 마음이나 생각을 그대로 말로 표현할 수 있는가? 머릿속에서 번뜩이는 생각을 입말은 물론이고 글말로 표현하는 것이 얼마나 어려운가? 또 입말이 글말로 표현되는 과정에서 본래의 생각은 변형되지 않던가? 왜 그럴까? 그것은 낱말은 고유한 의미를 가지고 있기 때문이다. 즉 사고가 낱말로 표현되는 것은 낱말이 가지고 있는 의미를 매개로 한다. 정서와 사고 그리고 낱말의 이 복잡한 관계를 비고츠키는 놀라운 시적인 은유로 표현하였다. 이를 인용해 보겠다.

"사고는 모여드는 구름에 비유될 수 있다. 이 구름은 낱말의 빗방울을 세차게 쏟아낸다. 따라서 사고에서 말로의 전이는 사고를 나누어 그것을 낱말로 재구성하는, 대단히 복잡한 과정이다. 사고와 낱말과 일치하지 않을 뿐 아니라 심지어 그것을 표현하는 낱말의 의미와도 일치하지 않기 때문에 사고로부터 낱말로 가는 길은 반드시 의미를 거쳐져야 한다. (중략) 사고는 기호를 통해 외적으로 매개될 뿐 아니라 의미에 의해 내적으로 매개된다.

(중략) 사고는 결코 낱말의 직접적 의미와 등가물이 아니다. 의미는 사고가 언어적 표현으로 나아가는 경로를 매개한다. 즉 사고로부터 말로 가는 경로는 간접적이고 내적으로 매개된 것이다.

(중략) 사고 자체는 다른 사고로부터 나오는 것이 아니라 우리의 충동과 동기, 정서와 감정을 포함하는 의식의 동기적인 영역으로부터 나오기 때문이다. 사고의 뒤에는 감정적, 의지적 경향이 있다. (중략) 우리는 사고의 동기를, 구름을 움직이게 하는 바람에 비유해야 한다. 다른 이의 생각에 관한 진정하고 완전한 이해는 그 진실한 감정적-의지적 토대를 발견할 때만 가능하다.

(중략) 사고와 말의 연결은 본래부터 단박에 주어지지 않는다. 이 연결은 발달 자체의 경로 속에서 나타나며 그 자체역시 발달한다. (중략) 작은 물방울 속에 태양이 비추어지듯 의식은 낱말 속에 비추어진다. 소小세계가 대大세계에 관련되듯이, 살아있는 세포가 유기체와 관련되듯이, 원자가 우주와 관련되듯이, 낱말은 의식과 관련된다. 실제로, 낱말은 의식의

소세계이다. 뜻이 담긴 낱말은 인간 의식의 소우주이다."[18]

비고츠키는 사고의 뒤에는 정서가 있음을 분명히 하였다. 때문에 사고를 구름으로, 정서를 구름을 움직이는 바람으로 비유한 것이다. 그렇다면 사고는 어떻게 표현될까? 바로 낱말이다. 이 낱말을 비고츠키는 구름이 쏟아내는 빗방울로 표현한 것이다. 정말 놀라운 은유가 아닐 수 없다. 비고츠키는 의식은 낱말 속에 비추어진다고 하였다. 또 낱말의 인간의식의 소우주라고 하였다. 맞다. 우리 인간은 낱말을 통해 세상을 인식하고, 그려내고, 설명한다. 우리 인간은 낱말들을 사용하여 내가 아닌 타자들을 명명하고, 소통하며, 관계 맺으며, 세상을 바꾼다. 비고츠키는 인간의 의식을 분석하기 위한 기본 단위로 낱말의 의미, 뜻이 담긴 낱말을 그는 주목하였다. 뇌과학자 디크 스왑은 우리의 뇌가 우리 자신이라고 주장한다. 나는 우리의 말이 우리 자신이라고 주장하고자 한다. 그런데 이 말은 사고를 표현하는 것이고 사고의 뒤편에는 정서가 있다.

간혹 우리는 귀에 들리는 소리에, 눈으로 보는 문자 그 자체에 얽매이는 경우가 있다. 이는 소통과 이해를 가로막는다. 왜냐하면 사고의 뒤에는 정서가 있기 때문이다. 말하는 사람, 글을 쓴 사람의 정서를 이해하지 못하면 소통은 일어나지 않는다. 또한 사고 즉 생각이 곧 낱말이 될 수 없기에, 생각과 낱말은 즉각적으로 일치하지 않고 기호라는 외적 매개와 의미라는 내적 매개를 통해서만 전달되기에 의식과 의식과의 직접적인 소통은 불가능하다. 그렇기 때문에 우리가 상대방의 마음을 읽어내려면 기호와 의미라는 간접적인 매개를 익히지 않고

---

18. 『생각과 말』, L.S. 비고츠키 지음, 비고츠키 연구회 옮김, 살림터(2011), 666~673쪽.

는 불가능하다. 바로 여기서 읽고 쓰기의 중요성이 다시 제기된다.

③ 말과 생각의 발달 경로: 사회적인 것에서 개인적인 것으로

비고츠키는 생각과 말의 관계가 심리학의 주요한 과제이며, 말의 발달이 생각의 발달을 이끌어 낸다는 것을 논증하였다. 말의 발달과 생각의 발달과의 관계를 설명하는 데 비고츠키는 피아제의 주장을 논박하면서 자신의 주장을 정립한다. 비고츠키는 아동의 '자기중심적인 말', 혹은 '혼잣말'이 인지발달에 있어 매우 중요한 계기임을 포착하였는데, 이는 피아제가 자기중심적 말을 자폐적 사고와 연관 지은 것과는 대조적이다. 비고츠키는 아동의 자기중심적인 말은 자폐적인 것도 아니고, 자기 만족적인 것도 아니고, 있어도 없어도 되는 무의미한 것이 아니며, 오히려 어린이가 처한 난관을 해결하는 데 꼭 필요한 '생각의 도구'라고 주장하였다.

> "자기중심적 말은, 달리 표현하면 상황을 말을 통해 이해하고 결과의 개요를 그리며 다음에 할 행동의 계획을 세우려는 시도는 친숙하지만 좀 더 복잡한 상황에서의 어려움에 대한 반응으로 생겨났다. 더 큰 어린이는 다르게 행동했다. 그는 면밀하게 조사하고 숙고한 후 해결 방법을 발견하였다. 무슨 생각을 하고 있었냐는 질문에 그는 유의미한 정도로 유치원생들의 말로 생각하기와 관련지을 만한 응답을 항상 내놓았다. 따라서 유치원생에게는 크게 말하기를 통해 도달되는 동일한 작용이 초등학생에게 있어서는 내적이고 소리 없는 말에서 이미 도달된다고 우리는 가정한다. (중략) 자기중심적 말이 생각의 도구가 됨을, 즉 과업의 달성을 허용하

며 행동 이전에 나타나는 계획 형성의 기능을 수행함을 우리는 말해야만 한다. (중략) 어린이의 의도와 계획에 행동을 종속시켜 그것을 방편적 활동의 수준으로 격상시켜 낱말 자체가 어린이의 행동을 계도하고 지휘하기 시작하는 것을 우리는 관찰할 수 있었다."[19]

자기중심적인 말, 다시 말해 소리 내어서 하는 혼잣말이 학령기 전의 아동에게 있어서 생각의 도구가 된다는 것은 아이들의 행동을 조금만 주의 깊게 관찰해도 알 수 있다. 내 딸이 어린아이였을 때의 행동을 예로 들어보겠다. 딸아이가 네 살 정도 되었을 때이다. 어느 날 저녁 딸아이가 욕실 문 앞에서 이렇게 말하는 것을 보았다. "지야는 이제 치카치카를 해야 해" 처음에는 나는 욕실에 아무도 없는데 누구와 이야기하는지 궁금해서 물끄러미 아이를 지켜보았다. 아직 자신의 이름도 제대로 발음하지 못하는 어린 딸은 자기 자신에게 말하고 있던 것이다. 칫솔질을 해야 한다는 것을 자신(지야)에게 이르는 것이었다. 자기 전에 이를 닦아야 한다는 엄마와 아빠의 말을 들어왔던 아이는 자신의 행동을 통제하기 위해, 칫솔질이라는 과업을 수행하기 위해 혼잣말을 했던 것이다.

아이들을 키워본 사람들을 잘 알겠지만, 유치원 연령대의 아이들은 또래와 같이 놀기도 하지만, 장시간 혼자 놀기도 하고 혼잣말도 한다. 그런데 학령기에 접어들면 소리 내어 자신에게 하던 말이 이제 소리 내지 않는 말 즉 내적 말로 전환된다. 그런데 흥미롭게도 혼잣말은 어린아이들만 사용하는 것은 아니다. 어른이 되어서도 나를 포함해 우

---

19. 『생각과 말』, L.S. 비고츠키 지음, 비고츠키 연구회 옮김, 살림터(2011), 94~96쪽.

리는 여러 가지 일이 중첩되면 일의 순서를 놓치지 않기 위해서 혼잣말을 하는 경우가 종종 있다.

피아제는 아이들이 혼잣말하는 것을 아동의 자기중심성에서 비롯되는 것으로 보았다. 이에 비해 비고츠키는 자기중심적 말은 생각의 도구로, 내적인 말(말로 하는 사고, 무언의 숙고)과 기능적인 면에서 동일하며, 때문에 피아제처럼 자기중심적 말은 어느 순간 증발해 버리는 것이 아니라 내적인 말로 발전한다고 주장하였다.

> "마침내, 피아제가 확립한 사실인 학령기에서 자기중심적 말의 급격한 소멸은, 우리로 하여금 이 경우에 벌어지는 것은 단순한 자기중심적 말의 소멸이 아니라 그것의 내적 말로의 변형 또는 그것의 내부로의 침전일 것이라고 가정할 수 있게 해준다. (중략) 어린이들이 자기중심적인 말을 사용하는 것을 비판적으로 비교해 보면 무언의 숙고 과정은 자기중심적 말과 그 기능적 측면에서 동등하다는 것을 의심할 바 없는 사실로 확립할 수 있도록 인도해 줄 것임을 보여주었다."[20]

자기중심적인 말이 이처럼 생각의 도구라는 비고츠키의 관점은 피아제가 사회적인 말을 발달의 역사에서 뒤에 놓고 있는 것과는 다른 발달의 경로를 설정하는 것으로 이어진다. 비고츠키는 자기중심적인 말이 사회적인 토대로부터 나타났다고 주장하면서 발달의 경로를 피아제와 다르게 배치하였다.

---

20. 『생각과 말』, L.S. 비고츠키 지음, 비고츠키 연구회 옮김, 살림터(2011), 98~99쪽.

"의사소통과 사회적 연결의 기능은 말의 최초 기능이며 이는 어린이와 어른에 있어서 동일하다. 즉, 말을 통해 주변에 있는 사람들에게 작용하는 것이다. 이와 같이 어린이 최초의 말은 순전히 사회적인 것이며 이를 사회화라고 부르는 것은 부정확한 명명이 될 것이다. (중략) 우리는 피아제처럼 '사회화된'이란 표현으로 말의 그 형태를 명명하기보다는 의사소통적인 말이라 명명하기를 선호한다. 따라서 이 가설에 따르면, 집단적 협력의 형태인 행동의 사회적 형태를 개인의 심리적 기능의 영역으로 전이시키는 어린이에 의해 자기중심적인 말은 사회적인 토대로부터 나타난다."[21]

"자기중심적인 말은 외적인 말에서 내적 말로 이행하는 동안 나타나는 형태이다. 바로 이것이 자기중심적 말이 이론적으로 초미의 관심을 끄는 이유다. 그러므로 전체 도식은 이런 형태를 취한다. 사회적 말→자기중심적 말→내적인 말. (중략) 전통적인 이론은 계기들을 이렇게 배열한다. 외적인 말→속삭이는 말→내적 말. 그리고 다른 한편으로 이는 피아제의 배열과도 대치된다. (중략) 말을 사용하지 않는 자폐적 생각→자기중심적 말과 자기중심적 생각→사회화된 말과 논리적 생각.

(중략) 피아제에게 이것은 자폐증과 논리적 사고 사이에 위치한 대단히 개인적인 것으로부터 사회적인 것으로 나아가는 이행의 한 단계이지만, 우리에게는 이것(자기중심적인

---

21. 『생각과 말』, L.S. 비고츠키 지음, 비고츠키 연구회 옮김, 살림터(2011), 107쪽.

말)은 외적인 말과 내적 말 사이에 위치한, 사회적인 말로부터 자폐적인 말로 하는 생각을 포함하는 개인적인 말로 나아가는 이행의 형태이다. (중략) 어린이의 생각 발달 과정에서 진정한 이동은 개인적인 것에서 사회화된 것으로 달성되는 것이 아니라 도리어 사회적인 것에서 개인적인 것으로 달성된다. 이것이 우리가 관심을 두고 있는 문제에 대한 이론적 연구와 실험적 연구의 주요 결론이다.”[22]

위 인용문에서처럼 비고츠키는 자기중심적인 말을 사회적인 말에서 출발하여 내적 말로 나아가는 과정의 산물이자 이행의 형태로 파악하고 있다. 말과 생각의 발달은 개인적인 것에서 출발하여 사회적인 것으로 나아간다는 통념과는 다르게 역으로 사회적인 것에서 개인적인 것으로 발달한다. 비고츠키는 이 점을 분명히 한다.

이와는 달리 피아제는 어린이가 처음에는 자기중심적인 말과 사고를 하다가, 나이를 먹으면서 사회적인 말과 그에 따른 사고를 하게 된다고 여겼다. 이러한 생각은 여전히 널리 퍼져 있다. 언뜻 보면 타당해 보이지만 이는 사실이 아니다.

앞서 나는 나의 아이가 '아빠'라는 낱말을 사용하게 될 때까지 수백 번, 수천 번의 반복적인 낱말의 사용이 아이 내부로부터가 아니라 아빠인 나로부터 이루어졌음을 기술한 바 있다. 단지 '아빠'라는 낱말만 그러한가? 모든 낱말, 모든 개념은 아동의 외부 즉 사회에서 아동의 안으로 즉 개인으로 이동한다.

비고츠키는 말이 의사소통과 사회적 연결을 하는 기능을 갖고 있으

---

22. 『생각과 말』, L.S. 비고츠키 지음, 비고츠키 연구회 옮김, 살림터(2011), 108~110쪽.

며, 말은 사회적인 산물이며, 때문에 자기중심적인 말도 사회적인 토대로부터 비롯된 것임을 명확히 하였다. 즉 말의 발달은 그 방향이 개인에서 사회로 향하는 것이 아니라, 사회에서 개인으로 향한다. 이는 발달의 순서에서도 마찬가지이다. 사회적인 말이 앞에 있고 자기중심적인 말이 뒤에 놓인다.

이는 말의 발달이 사회적 관계인 가르침과 같은 협력을 통해 출발했다는 진화학자들의 주장 특히, 유전자와 문화가 같이 진화한다는 주장과도 맞닿아 있다. 심리학자 조너선 하이트가 농경과 목축이 시작된 후, 양과 소의 젖을 소화할 수 있는 유전자를 가진 개체들이 등장한 것 등을 예로 들면서 자연DNA과 문화가 공진화해 온 것을 밝힌 것처럼,[23] 인간의 말 발달과 사고의 발달 또한 문화와 밀접한 관련이 있다. 잘 알려진 것처럼 무리 생활을 하는 침팬지도 심지어 늑대도 소리를 내어 의사소통하지만, 인간처럼 정교한 언어를 사용하여 서로 의사소통하지 않는다. 다른 동물들은 인간만큼 고도화되고 사회적으로 연결된 삶과 문화를 영위하지 않는다.

나아가 비고츠키는 실천 없이, 실재(현실)에 대한 숙달 없이 개념과 생각은 발달할 수 없다고 주장하였다. 그는 피아제가 사물 즉 실재를 주목하고 있지 않으며, 이 실재와의 관계를 통해서 정신이 발달한다는 점을 놓치고 있음을 지적하였다.

> "실재의 부재不在와 어린이의 이 실재에 대한 태도의 부재,
> 바꾸어 말하면 어린이의 실천적 활동의 부재는 이 경우에
> 근본적인 것이다. 바로 이러한 어린이 생각의 사회화가 피아

---

23. 『바른 마음』, 조너선 하이트 지음, 왕수민 옮김, 웅진지식하우스(2014), 387~388쪽.

제에 의해 실천 밖에 놓여 있는 것, 현실과 분리된 것, 다른 측면에서는 사고발달로 이끄는 정신의 순수한 접촉으로 간주된다. (중략)

여기에서처럼, 현실에 숙달하도록 방향 잡힌 어린이의 사회적 실천을 조금도 고려하지 않는 채, 현실로부터 완벽하게 초연한 순수한 의식들과의 접촉으로부터 어린이의 논리적 생각과 어린이의 발달을 도출하려는 시도가 피아제 전체 구성물에서 중심을 이룬다."[24]

위 인용문에서처럼 비고츠키는 지식은 실재를 숙달하는 과정에서 형성됨에도, 피아제는 실재에 대한 숙달 없이, 다시 말하면 실재와의 관계, 실재에 대한 경험 없이 하나의 사고를 다른 사고로 순응시키면서 지식(개념)이 형성된다고 보았다고 비판하였다. 이를 다른 말로 하면 이는 교수-학습은 실재하는 것에 대한 경험과 분리할 수 없다는 것이다. 그 때문에 비고츠키는 아동들이 혼합주의적 사고를 하던 수준에서 벗어나는 것은 경험, 실천, 훈련을 통해서 가능하다고 강조하였다.

"(중략) 그러나 만약에 어린이의 경험으로 접근할 수 있고, 어린이가 실천적으로 확증할 수 있으며, 그리고 훈련에 의존하여 발견할 수 있는 그런 것의 범위 안에 있는 사물에 관하여 우리가 어린이에게 질문한다면, 그런 경우에는 당연히 어린이에게서 혼합적인 대답을 기대하기 어렵다."[25]

---

24. 『생각과 말』, L.S. 비고츠키 지음, 비고츠키 연구회 옮김, 살림터(2011), 145쪽.
25. 『생각과 말』, L.S. 비고츠키 지음, 비고츠키 연구회 옮김, 살림터(2011), 148쪽.

비고츠키는 '피아제가 사회적 상황의 가치를 충분히 고려하지 못했다'라고 지적하면서 자기중심적 말의 상관계수는 어린이들 간에 더 밀접한 사회적 접촉을 하는 유치원에서 더 높았음'을 강조하였다. 그는 피아제가 '어린이가 노동하지 않기 때문에 사물과의 실질적인 접촉을 확립하지 못해, 그것들을 제대로 살펴보지 않고 믿는다'라고 한 것을 인용하면서, 또 실천 활동이 왜 사고발달에 중요한 것인지 다시 지적하면서, '관념적이고 초월적인 아동성이 아니라 구체적인 현실에 근거한 역사적 아동성, 이행적인 아동성의 발견이 중요하다'고 주장하였다.[26]

주지하다시피 인류가 개념적 지식을 형성하는 과정은 오랜 역사를 통해 수없이 반복되고 누적된 경험과 실천과 훈련을 바탕으로 이루어진다. 마찬가지로 개체로서의 인간 또한 실재에 대한 경험과 실천과 훈련(숙달)을 통해서만 진정한 개념을 획득할 수 있다. 실재하는 것과 관계를 맺지 못하는 교육, 앎과 삶이 분리된 시험을 위한 공부, 죽은 지식을 주입하는 교육은 결국 사유하지 못하는 인간을 만들어 낼 것이다. 이런 점에서 구체적인 실재에 근거해야 하며, 실재에 대한 숙달과 사회적 실천을 강조한 비고츠키의 주장이 함의하는 바는 매우 크다.

비고츠키의 이러한 논의는 경험을 강조한 듀이의 문제의식과 비교해도 좋을 것이다. 듀이는 『경험과 교육』에서 경험은 '계속성의 원리와 상호작용의 원리가 서로 교차되고 통합되는 것, 다시 말해 씨줄과 날줄처럼 엮인다'고 주장하였다. 경험으로서의 교육이라는 관점에서 듀이는 '전통적인 교육은 외적 조건에만 강조를 두는 편향을 가지며. 이

---

26. 『생각과 말』, L.S. 비고츠키 지음, 비고츠키 연구회 옮김, 살림터(2011), 152쪽.

에 비해 20세기 초반에 등장한 신교육(진보교육사조)은 내적 조건에만 강조를 두는 편향을 가졌다'라고 양자를 모두 비판하였다. 또한 듀이는 경험이 '경험하는 사람만 변화시키는 것이 아니라 경험이 일어나는 객관적인 조건들도 변화시키게 된다는 것'에 주목하였다.[27] 듀이에게 경험은 인간이 세계와 접촉하고 관계 맺는 것이다. 인간은 경험을 통해 성장하고 발달한다. 마찬가지로 비고츠키도 실재하는 것을 직접 경험하는 것의 중요성을 간과하지 않았다.

④ 개념 형성과 개념 발달

인간이 언어 즉 말을 통해 생각을 발전시켜 왔음은 주지의 사실이다. 말은 입말과 글말로 나뉜다. 입말은 소리를 가지는 외적 말과 혼잣말 그리고 소리를 가지지 않는 내적 말로 나눌 수 있다. 글말은 글이라는 기호를 통해서 표기되고 소통되는 말이다. 글말의 사용은 인간에게 개념적 사고를 가능하게 한다. 즉 말의 발달이 개념적 사고, 즉 사고의 발달을 이끌어 낸다. 아이가 자라면서 말과 사고 또한 발달한다. 말이 발달하는 과정을 통해서 생각도 발달한다. 앞에서 살펴본 것처럼 어린아이들은 자기중심적인 말, 즉 혼잣말을 하곤 한다. 그런데 아동이 커나가면서 어느 순간 혼잣말은 사라지고, 타인에게 들리지 않는 내적 말을 한다.

예를 들어 물건을 손가락으로 짚으며 소리 내어 수를 세던 어린아이가 자라나면서 어느 순간부터는 암산도 할 수 있게 된다. 암산이 가능하다는 것은 숫자라는 기호를 통해서 추상적인 사고를 할 수 있기 때문이다. 잘 알려진 것처럼 숫자 0은 자연에서는 존재하지 않는다. 수

---

27. 『아동과 교육과정/경험과 교육』 존 듀이 지음, 박철홍 옮김, 문음사(2002), 127~140쪽.

학사에 따르면 0은 인도-아라비아 숫자 중 가장 늦게 발명된 숫자이다. 고대의 0은 단순히 빈 자리의 의미로 빈 곳을 메우는 기호로 사용되었다가 6세기 말 이후부터 '아무것도 없음'을 나타내는 하나의 '수'로 인정받게 되었다. 즉 0은 개념적 사고의 산물이다. 그렇다면 이 개념은 어떻게 발달하고 형성될까? 비고츠키의 주장에 귀 기울여 보자.

"우리는 생각과 말의 전체를 가장 단순한 형태로 보여주는 단위를 낱말의 의미에서 발견했다. (중략) 의미가 없는 낱말은 낱말이 아니다. 그것은 공허한 소리일 뿐이다. 즉 의미는 필수적이고 변별적인 신호이며, 낱말 자체를 구성한다. 이것은 내적 측면에서 바라본 낱말 그 자체이다. (중략) 일반화와 낱말의 의미는 동의어이다. 모든 일반화는, 모든 개념의 형성은 가장 특수하고 매우 실제적이며 가장 명백한 사고 작용이다. 따라서 우리는 낱말의 의미를 생각의 현상으로 간주할 수 있는 토대를 가지게 되었다.

(중략) 낱말의 의미는 오직 생각이 낱말과 연결되고 낱말 속에 구체화되는 한에서 생각의 현상이고 반대로 그것은 오직 말이 생각에 연결되고 생각으로 명료해지는 한에서의 말의 현상이다. 그것은 언어적 생각의 현상 혹은 의미를 부여받은 낱말의 현상이다. 그것은 말과 생각의 통합체이다. (중략) 생각과 말의 관계는 어떤 사물이 아니라 과정이다. 이 관계는 생각에서 말로, 역으로 말에서 생각으로 향하는 움직임이다. (중략) 사고는 낱말로 표현되는 것이 아니라 낱말에서 성취된다. 따라서 낱말에서의 생각이 되어짐에 대해 말하는 것이 가능할 것이다."[28]

비고츠키는 의미가 없는 낱말은 낱말이 아니라고 단언한다. 비고츠키 말대로 '공허한 소리'에 불과하다. 그런데 의미를 갖는다는 것은 무엇인가? 어떤 소리가 낱말이 된다는 것은 그 소리를 낸 사람과 듣는 사람 사이에 의미 즉 뜻이 통한다는 것을 말한다. 예를 들어 사람과 사과와 토마토가 다르게 받아들여지는 것은 음성상의 차이만이 아니라 사과와 토마토라는 낱말 의미에 대한 사용자 간의 공통된 합의가 있어야 한다. 즉 지역을 달리해도 사과는 사과로, 토마토는 토마토로 그 의미가 받아들여져야 한다. 때문에 비고츠키는 낱말 의미와 일반화를 같은 것으로 본 것이다.

비고츠키는 개념은 낱말과 기호의 사용과 적용을 통해 형성됨을 분명히 하고 있다. 비고츠키에게는 왜 낱말과 기호가 그토록 중요한가? 낱말과 기호 자체가 일반화를 전제로 하기 때문이다. 낱말을 사용한다는 것은 곧 개념의 형성으로 이어진다. 사물의 공통된 특성을 추상화하는 것이 개념이다. 개념은 사전적으로 '특정한 사물, 사건이나 상징적인 대상들의 공통된 속성을 추상화하여 종합화한 보편적 관념'으로 정의되며, 일반화는 사전적으로 '여러 개체가 가지고 있는 공통된 특성을 부각하여 하나의 개념이나 법칙을 성립시키는 과정 혹은 그 결과로 얻어진 진술'로 정의된다. 즉 일반화는 개념을 만들고, 개념은 사고를 발달시킨다. 일반화는 그 개념 형성을 가능하게 한다. 그리고 낱말과 기호는 일반화이다. 그 때문에 비고츠키는 '개념은 말없이, 말로 하는 생각 없이는 불가능하다'라고 한 것이다.

비고츠키는 생각과 말의 관계를 집요하게 탐구하였다. 그는 생각은 낱말을 통해서 연결되고 구체화되고 명료화된다고 주장한다. 중요한

---

28. 『생각과 말』, L.S. 비고츠키 지음, 비고츠키 연구회 옮김, 살림터(2011), 570~571, 583~584, 587, 595쪽.

것은 비고츠키가 생각과 말의 관계를 '사물이 아닌 과정'으로 파악하고 있는 점이다. 과정이라는 것은 정적인 것이 아니라 동적인 것을 의미한다. 동적이기에 생각에서 말로 그 방향이 하나로 고정된 것이 아니다. 말에서 생각으로의 이동도 가능하다. 이는 낱말의 발달이 생각의 발달로 이어짐을 뜻한다. 낱말 의미의 발달이 생각의 발달로 이어지는 것이다. 그런데 이미 검토하였듯이 비고츠키는 낱말 의미가 생각과 말의 관계를 분석하는 기본단위라고 하였고, 낱말은 그 자체로 일반화임을 분명히 하였다. 다시 말하면 사고의 발달은 개념의 발달이다. 그런데 이 개념은 말없이는 불가능하다. 비고츠키의 주장을 계속 따라가 보겠다.

> "개념 형성 과정에 대한 실험적 조사는, 주의력을 능동적으로 조절하는 수단, 속성들을 분할, 구분하며, 이러한 속성들을 추출하고 종합하는 수단이나 낱말이나 다른 기호를 기능적으로 사용하는 것은 전체로서의 과정의 기본적이고 필수 불가결한 부분임을 드러내 주었다. 낱말에 의한 개념 형성이나 의미 습득은 모든 기본적인 지적 기능들이 그들의 특정한 조합을 통해 참여하는 복잡하고 역동적인 활동의 결과로 생긴다. (중략) 비록 연상, 주의, 표상, 판단 또는 결정적 성향의 과정 모두가 개념 형성의 복잡한 종합적 과정에 필수적인 것이기는 하지만 개념 형성의 과정은 이들 기능으로 환원될 수 없다.
>
> (중략) 개념은 말없이는 불가능하며 개념적 사고는 말로 하는 생각 없이는 불가능하다. 기본적으로 개념 발달을 책임지는 직접적 요인으로 간주될 수 있는, 전체 과정의 새롭

고 본질적이고 핵심적인 특성은, 개념 형성 과정의 수단으로 특정하게 말을 사용하고 기호를 기능적으로 적용하는 것이다."[29]

위 인용문에서 보듯이 비고츠키는 개념은 낱말과 기호의 사용을 통해서 형성됨을 명확히 하고 있다. 낱말과 기호의 사용 없이 개념을 획득하는 것은 불가능하다. 만일 낱말이나 기호의 사용에 제약을 받는다면, 이는 개념에 기반한 사고의 제약으로 이어질 것이다. 개념이 사물의 공통된 속성을 추상화하여 종합한 것이라고 할 때, 개념의 부재, 개념의 빈곤은 인지발달에 있어 매우 부정적인 결과를 가져올 수밖에 없다.

그런데 위 인용문에서 비고츠키는 매우 흥미롭게도 '특정하게'라는 수식어를 달았다. 왜일까? 나는 두 가지 해석이 가능하다고 본다. 하나는 일상적인 경험만으로는 개념 형성은 불가능하며, 가르침 다시 말해 교수-학습이라는 체계적이고 특별한 협력적 실천 활동으로 개념 형성이 가능하다는 것이다.

또 다른 하나는 개념 형성이 한 개체의 발달 과정에서 특정한 시기에 도달했을 때 가능하다는 것이다. 너무 어린 연령대에서는 개념 형성은 불가능하다. 다시 말해 말과 기호의 사용과 적용은 아주 어린 나이에는 불가능하다. 비고츠키는 개념 형성은 청소년 시기에 이르러서야 가능하다고 주장한다. 어린 연령기에서는 말과 기호를 사용할 수 있는 숙달 정도에 도달하지 않았기 때문이다. 낱말 의미의 발달 과정은 앞에서 말한 것처럼 기능발달과 숙달을 요구한다. 이 때문에 개념

---

29. 『생각과 말』, L.S. 비고츠키 지음, 비고츠키 연구회 옮김, 살림터(2011), 259~261쪽.

은 직접적으로 가르칠 수 없다.

> "개념 형성을 위한 근본적 바탕은 그 기본적이고 핵심적인 실체의 일부로서, 개인의 말이나 기호의 기능적 사용을 통해 스스로의 정신 과정을 숙달했느냐에 있다. 이와 같이 보조적인 수단을 통하여 자기 자신의 행동 과정에 관해 숙달하는 것은 다른 요소들의 도움과 함께, 오직 청소년기에만 그 발달의 최종적인 단계에 도달할 수 있다. 개념의 형성은 습관의 형성과 동등하게 간주될 수 없음이 실험적으로 밝혀졌다."[30]

개념 형성이 청소년 시기에 이르러서 가능한 첫 번째 이유는 말이나 기호를 사용하여 정신활동을 수행할 수 있는 경험이 충분해야 하기 때문이다. 즉 숙달되어야 한다. 이제 막 말을 배우고 글자를 알게 된 어린아이들이 개념적 사고를 하는 것은 불가능하다. 두 번째 이유는 이 책의 4부에서 살펴보겠지만 청소년 시기에 이르러 뇌에서 추론적인 사고를 담당하는 전전두엽 등이 본격적으로 발달하기 때문이다. 비고츠키는 동료 루리아와 함께 심리학, 진화학, 의학 등의 성과를 재구성하여 이에 대해 언급하였다.

또한 비고츠키는 과학적 개념의 중요성을 강조하는 동시에 일상적 개념과 과학적 개념의 관계에도 주목하였다. 우리가 사물의 본질에 도달하기 위해서는 좀 더 단순한 사실들, 현상들의 나열 그리고 기억의 연합을 넘어서는 보다 높은 사고능력을 획득해야 한다. 그것이 바로

---

30. 『생각과 말』, L.S. 비고츠키 지음, 비고츠키 연구회 옮김, 살림터(2011), 263쪽.

의식의 발달이며 개념적인 사고능력이다. 비고츠키는 바로 이 문제를 '과학적 개념'의 형성으로 설명하고 있다. 그는 과학적 개념에 대해 다음과 같이 말했다.

> "과학적 개념의 본질은 마르크스에 의해 대단히 심오하게 정의되었다. '사물의 외양과 그 본질이 일치한다면 모든 과학은 쓸모없을 것이다.' 이것이 과학적 개념의 본질이다. (중략) 따라서 과학적 개념은 반드시, 개념 밖에서는 불가능한, 대상과의 또 다른 관계를 전제로 하며, 그 과학적 내용 안에 포함된 이러한 다른 관계는 개념들 간의 관계, 즉 개념체계의 존재를 반드시 전제로 한다. (중략) 이것을 순수하게 논리적인 관점에서 이해한다면 어린이의 자연발생적 개념과 비자연발생적 개념을 구분하는 것은 일상적 개념과 과학적 개념을 구분하는 것과 일치한다는 것이 명백해진다."[31]

그렇다면 일상적 개념과 과학적 개념의 차이는 무엇일까? 이에 대해 비고츠키는 과학적 개념은 일상적 개념의 경로와 다르며 이는 과학적 개념 형성에 있어 언어 및 언어적 정의가 주요한 요소로 작동하기 때문이라고 말한다.

> "첫 번째 무리. (중략) 실험적 연구보다 경험적인 지식과 관련이 깊다. (중략) 두 개념 발달이 일어나는 내적 조건과 외적 조건이 다르다는 사실을 무시해서는 안 된다. 과학적 개

31. 『생각과 말』, L.S. 비고츠키 지음, 비고츠키 연구회 옮김, 살림터(2011), 430쪽.

념은 자연발생적 개념과는 전혀 다르게 어린이의 개인적 경험과 관련을 맺는다. 학교의 교수-학습에서 개념은 어린이의 개인적 경험이 취하는 경로와는 완전히 다른 경로를 따라 생겨나고 발달한다. (중략) 종합하면, 교수-학습 과정에서 형성되는 과학적 개념은 어린이의 경험과 상이한 관련을 맺고, 그들이 나타내는 대상과 다른 관계를 가지고 있으며, 그들이 탄생에서부터 마지막인 최종 형태에 이르기까지 다른 경로를 따른다는 점에서 자연발생적 개념과 다르다."[32]

"그 까닭은 과학적 개념 발달의 주요한 요소가 언어적 정의로부터 시작된다는 사실 때문이다. 이 언어적 정의는 조직화된 체계 속에서 구체적, 현상적 수준으로 내려가는 경향이 있고, 일상적 개념은 이와 다르게 어떤 한정된 체계 밖으로 발달하여 일반화를 향해 위로 올라가는 경향이 있기 때문이다."[33]

그렇다면 일상적 개념과 과학적 개념은 상호관계는 어떠할까? 비고츠키는 아동을 대상으로 한 일련의 실험 결과에 근거하여 일상적 개념과 과학적 개념의 관계를 상호의존적이라고 주장한다.

"이는 체계와 그에 연결된 의식적 파악은 어린이에게 특정적인 개념 형성과 사용의 방법을 대체하면서 외부로부터 어린이 개념의 영역으로 도입되는 것이 아니라, 그들 자신이 이

---

32. 『생각과 말』, L.S. 비고츠키 지음, 비고츠키 연구회 옮김, 살림터(2011), 390쪽.
33. 『생각과 말』, L.S. 비고츠키 지음, 비고츠키 연구회 옮김, 살림터(2011), 372쪽.

미 어린이 안에 충분하게 풍부하고 성숙한 개념이 존재함을 함의하는데 이것 없이는 어린이는 자신의 자각과 체계화의 대상이 되어야 하는 것을 갖지 않으며, 과학적 개념의 영역에 먼저 출현한 구조적 체계는 일상적 개념의 영역으로 전이되어 그들을 재구조화하고 그들의 내적 본질을 위로부터 변화시킨다는 사실에 대한 증거이다. 자연발생적 개념에 대한 과학적 개념의 의존과 자연발생적 개념에 대한 과학적 개념의 호혜적 영향은 과학적 개념이 그 대상에 대하여 가지는 고유한 관계로부터 나온다."[34]

비고츠키의 주장은 프레이리가 비판한 죽은 지식을 머릿속에 욱여넣는 '은행저축식' 교육의 한계가 무엇인지 다시 상기시킨다. 예를 들어보자. 만일 학생들이 민주주의를 배운다고 생각해 보자. 민주주의에 대한 사전적인 정의를 알려준다고 민주주의라는 개념이 형성되지 않을 것이다. 민주주의를 일상 속에서 경험하는 실재적인 과정이 없다면 그것은 실효성을 가질 수 없다. 기후위기 시대의 환경보호에 관한 배움도 마찬가지이다. 내가 사는 일상의 시공간인 지역(마을)의 환경문제가 무엇인지 찾아내고 해결 방안을 모색하고 실천하는 과정을 통해서만 환경보호의 의미에 대해 제대로 배울 수 있을 것이다.

⑤ 협력과 발달

앞에서 살펴본 것처럼 현상을 넘어 본질을 파악하는 능력은 일상적 경험을 통해서 얻어지는 일상적 개념에만 의존해서는 안 되며 과학적

---

34. 『생각과 말』, L.S. 비고츠키 지음, 비고츠키 연구회 옮김, 살림터(2011), 429~430쪽.

개념의 획득을 통해 가능하다. 그렇다면 과학적 개념의 획득은 어떻게 해야 가능할까? 바로 '교수-학습'이다. 비고츠키가 말한 것처럼 여전히 '자연발생적 생각' 그리고 '복합체적 사고' 단계에 머물러 있는 이들에게 필요한 것은 무엇일까? 이 질문에 대한 답도 바로 '교수-학습'이다. 비고츠키는 다음과 같이 주장했다.

> "일상적 개념을 통한 수행 수준에서 급격한 증대와, 과학적 생각의 고양된 수준으로 나아가는 점진적 발달은 지식의 누적이 틀림없이 더욱 상승한 수준의 과학적 형태의 생각으로 이끌며 이것은 이어서 자연발생적 생각의 발달에 영향을 미친다는 것을 보여주었다. 이것은 학령기 어린이의 발달에서 교수-학습이 선도적 역할을 한다는 증거이다."[35]

인간이 말을 배우는 과정은 모방에 기초한, 교수-학습이라는 협력의 산물이다. 즉 협력이 발달을 이끈다. 또한 글말을 배우고 글을 쓰는 것은 어린이의 다른 기능의 발달을 야기한다. 여기서 '근접발달영역'에 대한 언급이 나타난다.

> "협력을 통해, 인도를 따르면서, 도움을 통해서 어린이는 늘 자신이 독립적으로 할 수 있는 것보다 더 많은 과제를 그리고 더 어려운 과제를 해결할 수 있다. (중략) 어린이가 혼자서 할 줄 아는 것으로부터 협력을 통해 할 수 있는 것으로 이동할 수 있는 가능성이 큰가, 적은가 하는 것은 어린이의

---

35. 『생각과 말』, L.S. 비고츠키 지음, 비고츠키 연구회 옮김, 살림터(2011), 429~430쪽.

발달과 성공의 역동성을 특징짓는 가장 섬세한 지표이다. 그것은 근접발달영역과 온전히 일치한다. (중략) 어린이에게 있어 협력과 모방을 통한 발달, 특별하게 인간만이 가진 의식의 모든 자질들의 근원, 교수-학습을 통한 발달은 근본적인 사실이다.

(중략) 넓은 의미에서 모방은 학습이 발달에 영향을 미치는 주요 형태이다. 말의 학습, 학교에서의 학습은 상당 부분 모방에 토대를 두고 있다. 사실상 어린이는 학교에서 자신이 혼자서 할 줄 아는 것을 배우는 것이 아니라 아직 할 줄 모르는 것을, 교사와의 협력을 통해, 교사의 지도 아래서 성취할 수 있는 것을 배운다. 이것은 어린이가 새로운 것들을 배우는 교수-학습의 근본적인 사실이다. (중략) 다른 말로 하면, 어린이가 오늘 협력을 통해 할 줄 아는 것을 내일은 혼자서 할 줄 알게 될 것이다.

(중략) 교수는 어린이에게서 아직 성숙하지 않은 것을 그 출발점으로 삼는다. 학습의 가능성은 어린이의 근접발달영역에 따라 결정된다.

(중략) 학습은 오직 발달에 앞설 때만 가치를 지닌다. 그렇다면 학습은 성숙하고 있는 단계에서 발견되는, 즉 근접발달영역에서 발견되는 모든 일련의 기능들을 일깨우고 그에 생명을 불어넣는다."[36]

인간의 발달은 자연발생적인 산물만으로 볼 수 없다. '유전이냐 양

---

36. 『생각과 말』, L.S. 비고츠키 지음, 비고츠키 연구회 옮김, 살림터(2011), 477~483쪽.

육이냐'라는 고전적인 대립은 유전과 문화의 결합이라는 패러다임이 등장하면서 해소되었다. 여기에는 문화적 발달이라는 개념을 제시한 비고츠키를 포함한 비고츠키 학파의 공헌이 크다.

문화적인 발달의 중심에는 협력이 있다. 인간은 누군가의 도움을 통해서만 생존할 수 있으며, 누군가와의 협력을 통해서 발달할 수 있다. 교육의 목적은 인간의 전인적인 발달이다. 몸의 성장과 더불어 정신의 발달이 이루어져야 한다. 그 발달은 오로지 협력을 통해서만 가능하다. 말의 발달도 마찬가지이다. 입말은 일상에서 경험을 통해서 어느 정도 터득할 수 있다. 이것은 어느 정도는 오랜 진화의 과정에서 인간 안에 내재된 능력이라고 할 수 있다. 하지만 글말을 배우는 것은 다르다. 그것은 의지적이고 의식적인 행위인 동시에, 타자와의 협력을 통해서만 가능하다.

글말을 통해 즉 문자(기호)를 통해 인간은 수많은 지식(개념)을 획득한다. 이를 통해 복합체적인 사고를 넘어서 개념적인 사고를 할 수 있게 된다. 일상적인 개념은 일상적인 경험을 통해서 획득할 수 있지만, 과학적인 개념은 교수-학습이라는 체계적인 실천을 통해서만 얻을 수 있다. 어린이는 또래는 물론이고 자신보다 나이가 많은 사람들을 모방하면서 배운다.

학교에서의 학습도 그 출발점은 모방이다. 그런데 이 모방은 일방적인 것이 아니라, 교사와 학생(어린이) 사이에서 일어난 협력의 산물이다. 이 협력이 발달을 이끌어 내는 것이다. 만일 협력하지 않는다면 학습은 일어나지 않는다. 학습이 일어나지 않으면, 발달도 일어나지 않는다. 그 결과 어린이는 오늘은 누군가의 도움을 얻어서, 즉 협력을 통해서 할 수 있는 것을 내일은 혼자서도 할 수 있게 된다. 학습은 협력적 관계에 기초한다. 바로 이 학습이 발달을 이끌어 내는 것이다. 다시 말해 발달은 협력을 통해 이루어진다.

한편, 놓치지 말아야 할 것은 청소년기에 개념적 사고는 시작될 수 있지만, 성인이 되었다고 해서 항상 개념적 사고를 하지 않는다는 점이다. 성인이 되어서도 읽기와 쓰기가 중요한 이유가 여기에 있다. 고등학교는 물론 대학을 졸업하고도 성인들은 개념적 사고를 하기보다는 복합체적 사고의 수준에 머무를 수 있다. 복합체적 사고는 사물을 총체적으로 보지 못하는 사고를 의미한다. 사물들을 관계적으로 이해하지 못하는, 현상에 사로잡혀 본질을 보지 못하는 사고, 개념에 근거하지 못하는 사고를 의미한다.

데이비드 맥레이니가 지적한 것처럼 우리의 감정, 판단, 행동은 합리적이지 않다. 사람들은 '자신의 믿음을 확인시켜 주는 정보를 찾고, 그에 반하는 정보를 무시하는 확증편향을 갖기 쉬우며, 쉽고 빠른 지름길을 찾으려 하는, 다시 말해 논리적인 숙고를 회피하는 발견적 학습 즉, 휴리스틱스에 의존하며, 사실을 철저하게 고려하지 않고 무리하게 일반화하는 논리적 오류'에 빠지기 쉽다.[37]

또한 복합체적 사고는 사실에 기반하지 않고, 논리에 기반하지 않은 정보의 덩어리에 의존하는 사고다. 적지 않은 사람들이 소셜 미디어를 통해서 검증되지 않은 정보를 믿고 이리저리 휘둘린다. 그래서 억울한 죽음에 내몰리는 사람들이 생기고, 죄를 짓고도 벌을 피해 가는 약삭빠른 정치인들을 광신도처럼 지지하기도 한다. 이들은 소리 내어 글을 읽을 수는 있으나 개념적으로 사고하지 못한다. 그 결과 성찰적인 사유는 절대 일어나지 않는다. 비고츠키의 말대로 복합체적 사고에 머무를 뿐만 아니라 심지어 원시적인 다시 말해 야만적인 수준

---

37. 『착각의 심리학』, 데이비드 맥레이니 지음, 박인균 옮김, 추수밭(2012), 15~18쪽.

으로 전락하기도 한다.

　이 장에서 우리는 비고츠키의 역작『생각과 말』을 통해서 인간의 인지발달 즉 생각의 발달에서 왜 말이 중요한지, 특히 입말만이 아닌 글말이 왜 중요한지 살펴보았다. 비고츠키의 이러한 주장은 그의 사후 동료 루리아에 의해 신경과학으로 발전했고, 무엇보다도 진화학과 뇌과학을 통해서 뒷받침되고 있다. 그렇다면 진화학과 뇌과학은 말 발달에 대해, 생각과 말의 관계에 대해 어떻게 설명하고 있을까? 다음 장에서는 이를 살펴보도록 하겠다.

3장.

진화학과 뇌과학을 통해 본
말 발달

① 말 발달에 있어 비고츠키와 루리아의 진화학과
뇌과학에 대한 주요 언급

필자가 비고츠키의 주장과 현대의 진화학, 뇌과학과의 연관성에 주목한 것은 비고츠키와 동료 루리아가 『역사와 발달』, 『도구와 기호』 등을 통해 당시의 진화학, 뇌과학의 성과를 통해 언급했기 때문이다. 비고츠키가 활동하던 20세기 초반 이미 진화학과 의학의 성과로 계통 발생적으로 대뇌 반구의 피질(신피질)이 다른 종에 비해 매우 늦게 형성되었다는 것과 함께, 이 신피질로 인해 하등동물과는 다른 고등정신기능을 가지게 된 것이 알려졌다. 비고츠키와 동료들도 당시 이를 주목하였다. 즉 인간의 고등정신기능 발달은 생물학적인 진화의 산물이며, 그 결과 다른 동물의 뇌와는 다른 구조적인 특징을 갖게 되었다는 것이다. 비고츠키는 다음과 같이 주장하였다.

"우리는 (중략) 행동의 생물적 발달에 있어 각각의 결정적 단계가 신경체계의 구조와 기능상의 발달과 일치한다는 것을 안다. 우리는 전체적으로 두뇌 발달이 좀 더 오래된 층 위에 새로운 층을 건설함으로써 일어난다는 것, 따라서 모든 하등동물의 고대 두뇌가 같은 방식으로 배치된다는 것, 고등정신기능 발달의 새로운 각 단계가 중앙 신경 체계 속에 새로운 층을 건설하는 것과 함께 일어난다는 것을 안다. 고등심리기능 발달의 새로운 각 단계와 두뇌 발달의 새로운 각 층의 연결을 설명하기 위해서는 조건 반사라는 회로가 완결되는 장소로서 대뇌 반구의 피질의 역할과 중요성을 떠올리는 것으로 충분하다. 이것은 기본적인 사실들이다."[38]

나아가 비고츠키와 루리아는 언어의 기능적 측면만이 아니라 언어 자체가 고등심리기능에 어떤 기여를 하는지를 밝히고자 하였다. 그리고 유인원의 도구 사용과 어린이의 그것이 어떻게 다른지에 관해 설명하면서 고차의식 형성에 있어 '언어'의 중요성을 강조하였다.

"조작 과정에서 말을 사용하기 때문에 어린이는 유인원의 도구 사용 행동에서 관찰되는 것과 비교할 수 없는 큰 자유를 획득하여 자신이 직접 지각할 수 없는 장場에 있는 도구를 사용하여 실행적인 상황을 해결할 가능성을 얻는다. (중략) 이 모든 조작에서 정신과정의 구조 자체가 근본적으로 변화한다. 행위의 장을 향하던 비매개적인 조작들은 복잡한 간접적인 행동들로 대체된다. 조작에 포함된 말은 심리적인 기호체계가 되고 이는 완전히 특수한 기능적인 중요성을 얻게 되며 행동의 완전한 재조직화로 이끈다."[39]

---

38. 『역사와 발달』, L.S. 비고츠키 지음, 비고츠키 연구회 옮김, 살림터(2013), 89쪽.
39. 『도구와 기호』, L.S.비고츠키, A.R.루리아 지음, 비고츠키 연구회 옮김, 살림터(2012), 120~121쪽.

잘 알려진 것처럼 유인원도 도구를 사용한다. 그런데 유인원의 도구 사용은 인간에 비해 매우 제한적이다. 예를 들어 천장에 맛있는 먹을거리가 매달려 있고 막대기가 두 개 그리고 노끈이 놓여져 있는 상황을 생각해 보자. 막대기 하나는 짧고 하나는 더 길지만 어느 것도 매달려 있는 먹을거리에 도달할 길이는 되지 않는다. 이 상황에서 유인원은 이리로 저리로 막대기를 휘둘러 보지만 먹을거리에 막대기는 닿지 않아 천장에 매달린 먹을거리를 얻는 데 실패한다. 이에 비하여 어린이는 말을 한다. 어린이는 "막대기들이 너무 짧구나. 더 긴 막대기가 필요해. 아! 이 막대기와 저 막대기 두 개를 묶으면 긴 막대기가 되겠네"라고 하면서 말을 통해 문제를 해결할 수 있다. 유인원은 상황에 종속되지만 어린이는 말을 통해 상황에 갇히지 않게 된다. 유인원은 지각의 장에 갇히지만 어린이는 말을 통해 지각의 장을 벗어나게 된다. 말을 통해 어린이는 현재의 상황에서 벗어나 미래의 행동을 계획할 수 있게 되는 것이다. 말을 사용함으로써 어린이는 공간과 시간의 제약을 벗어난다. 또 눈으로 보고, 귀로 듣는 감각적 영역에서 벗어난다. 이를 통해 외부적 자극으로부터 수동적으로 반응하는 주의가 아니라 의식적인 주의로 전환할 수 있다. 말을 통해 자신이 집중해야 할 것을 선택할 수 있고, 이를 통해 현재 상황이 아닌, 새로운 상황을 계획하거나 예견하게 할 수 있게 만든다.

"이것은 현재 상황에 직접 적응하게 하는 마력으로부터 어린이의 정신을 자유롭게 해준다. 말을 사용하면서 행동의 공간장과 함께 시간장 또한 실제적이며 예견 가능한 상황으로 작용하게 되고, 시각 영역처럼(비록 좀 더 모호하기는 하지만) 미래의 장에서 본 관점으로 현재에 작용하여 때때로 현재의

상황이 능동적으로 생성한 변화들을 과거의 관점으로 현재
에 작용하여 때때로 현재의 상황이 능동적으로 생성한 변화
들을 과거의 관점으로 반응하면서 어린이의 주의를 역동적
으로 주도하는 능력을 어린이에게 제공한다. 특히 말을 사용
하면서 주의를 자유자재로 할당할 수 있게 된 덕분에 미래
행동의 장은 추상적인 언어 표현에서 생생한 상황으로 변형
된다. 그 안에서 기본적인 구도로서, 가능한 행동이라는 일
반적인 배경으로부터 미래의 행동계획을 구성하는 모든 요
소가 분명해진다."[40]

비고츠키와 루리아는 언어(기호, 상징 등)의 사용이 고등심리기능을
발달시킨다고 주장하였다. 실험과 관찰을 통해 확인할 수 있듯이 언어
에 미처 숙달하지 못한 어린 아기는 움직이는 모든 것에 눈길을 돌린
다는 것을 발견하였다. 즉 대상이 움직이는 동안만 집중하게 된다. 이
는 다른 동물들에서도 나타나는 현상이다. 예를 들어 쥐를 쫓던 고양
이는 쥐가 구멍으로 들어간 뒤 잠시 그 앞을 두리번거리다가 이내 다
른 곳으로 이동한다(만화영화 '톰과 제리'의 고양이 톰처럼 시계를 보면
서 생쥐 제리가 구멍에서 나오기를 느긋하게 기다리는 고양이를 여러분
이 만날 일은 아마도 거의 없을 것이다). 반면 말을 할 수 있는 어린이
는 현재 존재하지 않는 대상에도 주의를 기울일 수 있다. 말을 배운다
는 것은 사건(사물)의 과거 현재 미래를 인식할 수 있게 한다. 말을 배
우면서 아이들은 현재 자신이 있는 장소에서 벗어나게 된다. 말을 통
해서 시간과 공간의 제한에서 벗어나게 된다는 것이다. 이는 현대의

---

40. 『도구와 기호』, L.S.비고츠키, A.R.루리아 지음, 비고츠키 연구회 옮김, 살림터
    (2012), 152쪽.

뇌과학자들이 '현재'만 존재하는 1차적 의식과 과거-현재-미래에 대한 개념을 가질 수 있는 고차의식을 구분하는 설명과 거의 유사하다.

한편 유인원과 어린이에게 똑같이 도구를 사용하게 한 실험에서 유인원보다 어린이들이 더 높은 성과를 낸 결정적인 차이를 두고 비고츠키는 언어의 사용에 주목하였다. 중요한 것은 비고츠키와 루리아가 유인원의 도구 사용이 생물학적인 진화의 산물이라면, 어린이의 도구 사용은 '행동의 역사적 발달의 산물'이라고 주장한 점이다.

> "계통발생적 수준에서 고등정신기능의 근본적인 발생적 특징은 그들이 생물학적 진화가 아니라 행동의 역사적 발달의 산물로 형성된다는 사실이다. 즉 고등정신기능은 특정한 사회 역사를 담고 있다. 고등정신기능의 개체발생을 구조적 관점에서 볼 때 그들의 특수한 성질은 자극에 대해 직접적으로 반응하는 기초적인 정신 과정의 직접적인 구조와는 반대로, 그들을 매개적 자극(기호)의 사용에 기초해서 세워지며 이런 영향으로 간접적인 특성을 품는다는 사실이다. 마지막으로 기능적인 측면에서 볼 때 고등정신기능들은 기초적인 기능들에 의해 수행되었던 역할에 비해 본질적으로 다른 새로운 역할들을 하며 행동의 역사적 발달의 산물로 출현한다는 사실로 특징지어진다."[41]

도구를 사용하는 것은 인간만의 고유한 특징이 아니다. 영장류들도 도구를 사용하여 열매를 따고, 곤충을 잡아먹는다. 심지어 조류 일부

---

41. 『도구와 기호』, L.S.비고츠키, A.R.루리아 지음, 비고츠키 연구회 옮김, 살림터 (2012), 163쪽.

도 도구를 사용한다. 그러나 영장류나 까치가 인간처럼 말하고 글을 읽고 쓰지는 못한다. 영장류가 도구를 사용한 것은 생물학적 진화의 산물이다. 그러나 인간이 언어를 사용하게 된 것은 생물학적 진화만이 아니라 '행동의 역사적 발달의 결과'이다. 행동의 역사적 발달은 무엇인가? 대체 인간은 다른 동물과 어떻게 다르게 행동할까? 다른 동물보다 인간이 유독 더 두드러지게 하는 행동은 무엇일까? 기초적 정신과정과 고등한 정신과정의 차이가 기호라는 매개적 자극의 사용에 근거한다면, 이 기호는 어떻게 등장하였을까?

비고츠키와 루리아는 언어(기호)의 등장은 협력의 산물이며, 언어를 통한 고등정신기능의 사회적 기원이라고 강조하였다. 즉 고등정신기능을 출현시킨 행동의 역사적 발달은 협력을 의미한다고 할 수 있다. 이 사회적 협력을 통해서 등장한 기호는 사회적 연결의 수단이자 자신의 행동을 숙달하는 수단이 된다. 기호 즉 상징은 협력에서 출발하고, 사회적 양식을 담고 있다. 이는 인간의 의식을 단순하게 외부 자극에 반응하는 뇌 활동의 산물로만 이해하는 기계적인 사고, '인식'은 대상 세계를 반영하는 것에 불과하다는 반영이론[42]과도 다르다.

우리가 흔히 범하는 오류 중의 하나는 인격이나 개성이라는 것을 마치 태어나면서부터 부여된 그 무엇으로 생각하는 것이다. 그러나 인격과 개성은 그 개체가 태어난 환경, 그 개체가 관계 맺는 사람들 간

---

42. 반영이론에 대한 비판은 『변증법』, J. 이스라엘 지음, 까치(1988)를 참조하길 바란다. "반영 명제는 외적 세계에 관한 지식이 우리의 의식 속의 반영으로서 표현된다는 것을 뜻한다. 즉 우리가 소유하고 있는 지식은 주체와 무관하고 이 주체에 대해 외적으로 실존하는 객관적 현실의 영상이라는 의미이다. 따라서 이 명제는 현실과 이것에 대한 의식의 평행론을 함축하고 있다. 이는 첫째 주체의 능동적 역할을 주정될 뿐 아니라, 현실과 현실에 관한 우리의 말 사이의 이원론적 분리로 피할 수 없게 된다. 둘째, 이 경우 주체는 시기의 수동적인 수용자로 전락하며, 인식의 근본 범주로서 사회적 실천의 의미를 부정하고 있다."

의 관계 속에서 형성된다. 개인심리학에서 성격 형성과 관련하여 그토록 유아 시기를 포함한 발달의 역사에서 겪는 애착 관계나 양육자의 태도를 강조하는 이유가 무엇이겠는가?

인간은 먹어야 하고, 배설해야 하고, 잠을 자야 한다. 이것이 동물로서의 인간이 생존을 위해 가장 필수적인 행위다. 인간의 행동은 이로부터 결코 자유롭지 못하다. 그런데 인간이 먹고, 배설하고, 잠자는 것은 다른 동물과 달리 매우 사회적이고 매우 조직적이며 문화적인 삶을 사는 존재이다. 먹이를 구하는 과정, 먹이를 먹는 과정만 봐도 그러하다. 먹이를 구하러 시장에 가서 화폐를 주고 구매하는 영장류는 없지 않은가?

인간이 다른 동물과 구분되는 것은 언어(기호)를 획득하고 사용하는 것이라고 할 때 이것은 매우 사회적인 관계의 산물임을 놓쳐서는 안 된다. 말은 소통의 수단이다. 소통이라는 것은 상호적이다. 즉 상대가 있다는 것이다. 인간의 아이는 언어(기호)를 통해서 자신이 속한 집단, 사회와 소통하고 연결된다. 이를 통해 그가 속한 사회의 문화적 규범들이 언어(기호)를 통해 한 개체 안으로 침투하게 된다. 비고츠키식으로 말하면 '사회적 관계를 주체의 인격 내부로 이행'되는 것이다. 이 과정을 통해 기호는 자신의 행동을 숙달하게 하고 통제하는 수단이 된다.

의사소통은 반드시 협력적인 관계를 전제로 한다. 언어(기호)를 익히고 쓰는 것도 협력적인 산물이다. 다시 말해 고등한 정신기능의 발달은 개체의 자연발생적인 성장의 산물이 아니라 사회적인 행동이 언어(기호)를 통해 개인적인 행동으로 전환하면서 일어나며, 이는 그 자체로 협력을 전제로 한다.

한편, 비고츠키와 루리아는 실어증 환자를 예로 들면서 '언어의 붕괴가 기호 조작의 몰락으로 이어지며 다시 고등정신 체계 전반의 붕괴로 이어짐'을 논증하였다.

"언어적 상징의 장애를 겪으면서 나타나는 고등정신기능의 전반적인 붕괴는 실어증에서도 가장 생생하게 찾을 수 있다. 여기서 언어의 붕괴는 기호 조작의 몰락(또는 상당한 장애)을 동반한다. 하지만 이러한 붕괴는 결코 고립된 단일 증상으로 나타나지 않고, 모든 고등정신 체계의 활동에서 전반적이며 가장 심오한 장애를 수반한다. 일련의 특별한 실험에서 우리는 고등 조작을 할 수 없게 된 실어증 환자가 실행적 활동에서 시각적 영역의 기본 법칙들에 전체적으로 종속됨을 확립하였다. (중략) 실제로는 고등정신기능이 저차적 기능에 침투하여 행동의 가장 깊숙한 층조차 개조하기 때문에, 고차적 기능과 저차적 기능 간 연결의 와해는 기초정신과정들을 그 구성 요소들을 분리시켜 행동의 전체 구조를 근본적으로 바꾸고 이를 가장 원시적이고 '원형정신적' 형태의 활동으로 환원시킨다."[43]

인간 뇌가 다른 영장류와도 다른 해부학적 특징과 기능을 가지고 있음은 비고츠키의 동료인 알렉산더 루리아가 진행한 연구로도 확인된 바 있다. 루리아는 비고츠키가 사후에도 연구를 꾸준히 하였고 그 결과 신경심리학의 아버지로도 불리고 있다. 1977년에 사망한 루리아

---

43. 『도구와 기호』, L.S.비고츠키, A.R.루리아 지음, 비고츠키 연구회 옮김, 살림터 (2012), 196~197쪽.

는 중요한 연구 성과들을 발표하였는데, 주로 뇌의 영역별 기능에 관한 연구였다. 그는 후두엽과 시각, 측두엽의 청각, 두정엽과 지각의 합성 등의 연관성을 연구하였는데, 이들 부위의 손상이 언어적 기능의 상실로 이어질 수 있음을 논증하였다.[44]

위 인용문에서 놓치지 말아야 할 것은 실어증과 같은 장애 즉 언어(기호)라는 정신 도구의 상실이 뇌라는 물질적인 실체와 연결되는 것에 관한 주목이다. 인간의 정신은 뇌라는 물질과 분리될 수 없다. 이는 뇌의 손상으로 정신의 도구인 언어를 사용할 수 없는 경우를 통해서도 분명히 확인된다. 또한 언어를 사용하지 못하게 되면 고차적인 정신 활동을 방해받게 되며, 종국에는 원시적인 수준으로 돌아가게 된다. 그만큼 인간의 인지적인 발달에서 언어와 언어를 사용하는 능력이 중요하다. 다시 말해 말하는 능력을 잃으면 사고하는 능력도 위협받는다.

비고츠키와 루리아가 진화이론과 의학적 성과를 토대로 말 발달에 대해 논의한 내용은 현대의 진화학, 뇌과학의 연구 성과를 통해 그 타당성이 다시 확인되고 있다. 다음 절에서 이에 대해 살펴보겠다.

② 진화학과 뇌과학을 통해 본 말의 발달

주지하다시피 인간과 다른 종의 차이점 중의 하나는 인간은 언어(기호)를 사용한다는 것이다. 우리는 앞에서 생각과 말의 관계를 통해 말 발달이 사고발달과 밀접한 연관이 있음을 확인하였다. 그런데 여기서 궁금증이 생긴다. 세상에 수많은 동물이 있고, 심지어 영장류 중 일부는 인간과 DNA가 무려 97%나 비슷하다는데 왜 그들은 우리처럼 언어를 사용하지 못할까? 대체 말의 기원은 무엇일까?

---

44. 『신경심리의 원리와 평가』, A.R.루리아 지음, 김명선 편역, 하나의학사(1997).

수전 그린필드는 언어가 발달하도록 만든 진화의 압력을 집단생활에 따른 사회적 결속의 필요성에서 기원한다고 유추한다.

> "손도끼로 무장한 호모 에렉투스는 이제 더 쉽게 큰 먹잇감을 죽이고 고기를 자를 수 있게 되었다. 사냥에 수반되는 협동 작업 및 큰 고기를 분배하는 과정에서 호모 에렉투스와 그 후손들은 점점 더 큰 규모로 사회적 집단을 형성하며 살아가게 되었다. 여기서 언어가 등장하게 된다. 인간 이외의 영장류는 1대 1로 상대방의 몸을 치장해 주는 행동을 통해 집단 내의 사회적 결속을 유지한다. 그러나 집단이 커지면 이렇게 하는 데 시간이 점점 더 많이 걸리고 결국 사회적 결속을 유지하는 게 힘들어진다. 언어가 말로 하는 치장 행동의 일종을 진화하면서 집단이 더 커질 수 있었을지도 모른다. 말로 하는 의사 표현은 동시에 여러 사람에게, 심지어 구성원 전부에 전달될 수 있다. (중략) 호모 에렉투스 시대 이후로 우리의 두개골과 그 속에 위치한 뇌가 끊임없이 바뀌어 왔다는 것을 알 수 있다. 후두가 아래로 내려오기 시작하면 뇌와 척수는 말할 때 요구되는 정교한 호흡조절에 필요한 구조를 발달시켰다. 그러나 호모 에렉투스는 이런 특징을 갖고 있지 않았다."[45]

그런데 다시 질문해 보자. 집단생활을 하는 다른 동물들도 있다. 늑대들도 소리나 몸짓이나 표정을 통해서 의사소통하기도 한다. 벌들도

---

45. 『브레인 스토리』, 수전 그린필드 지음, 정병선 옮김, 지호(2004), 263~264쪽.

날갯짓으로 소통한다. 그런데 왜 유독 인간만 언어를 발달시켜 왔을까? 무엇이 긴 진화의 시간 동안 현생 인류가 머나먼 자신의 조상과도 다른 언어를 사용할 수 있는 신체적 구조를 갖게 했을까?

여기서 케빈 랠런드의 주장을 소개하고자 한다. 그는 동물들이 생존을 위해 다른 개체로부터 배운다는 것에 주목하였다. 배우는 과정은 모방을 통해서 이루어지는데, 포유류의 일부 종은 생존의 방식을 어린 개체들한테 가르치기도 한다. 랠런드는 가르침과 가르침을 통한 누적적 문화, 문화적 추동에 주목하였다.

"우리는 자연선택이 더 효과적이고 보다 정확한 형태의 사회적 학습을 선호할 것이라고 예상할 수 있고, 이것이 두뇌의 진화에도 영향을 줄 것이라고 예측할 수 있다. 영장류들 간 비교연구 데이터는 이러한 예측을 지지하는데, 영장류에게서 사회적 학습, 혁신성, 두뇌 크기 간의 강한 상관관계가 발견되며, 사회적 학습이 지능과 관련 있는 것으로 여겨지는 몇몇 형질들과 실험실 인지 테스트에서의 수행도와 상관관계가 있기 때문이다. 이러한 발견은 '문화적 추동' 과정이 일부 영장류 계통에 작용했음을 암시한다. 이는 다시, 복잡성이 단계적으로 축적되는 문화를 왜 인간만 가지고 있는 질문을 제기한다.

(중략) 그에 대한 한 가지 뻔한 대답은 가르침이다. 내가 말하는 가르침은 명시적인 지도뿐만 아니라 좀 더 미묘한 여러 과정을 포함한다. 예를 들어, 시선 마주치기, 함께 주의하기, 학생들에게 도움을 주기 위해 무엇에 주목해야 하는지 또는 어떤 기호가 무엇을 뜻하는지 말해주는 것이 포함된다.

이렇게 정의하면, 가르침은 자연에서는 흔하지 않지만 인간 사회에서는 보편적으로 존재하는 것이다."[46]

케빈 랠런드는 가르침이 인간의 언어 진화에 대한 다양한 가설 중에서도 가장 적합하다고 주장한다. 그는 누적적 문화와 가르침이 함께 진화했으며, 인류가 다른 종과는 달리 자신의 종족을 매우 광범위하게 가르치는 종으로 진화하였다고 주장한다. 이렇게 된 것은 가르침이 가진 여러 가지의 장점들 때문이라고 논증한다. 무엇보다 가르치는 것에 있어서는 언어가 매우 효율적이라는 것이다.

케빈 랠런드는 언어가 가르침을 훨씬 더 경제적이고 효율적으로 만들었고, 자연선택이 이를 강화했을 것으로 추정하면서 언어의 발생을 진화의 관점에서 접근한다. 그가 언급한 언어의 장점은 즉, 적은 비용으로 가능하고, 정확하게 가르칠 수 있고, 추상적인 개념을 담을 수 있다는 것이다. 여기서 그가 언어의 장점으로 추상적 개념을 언급한 것은 비고츠키가 인지발달에 있어서 언어의 추상성이 가진 중요성을 언급한 것과 다르지 않다. 이렇게 현대의 진화학자들의 언어에 대한 논의는 비고츠키의 주장과 매우 유사하다.

언어를 통해서 인간은 동물적인 단계를 벗어날 수 있게 되었다. 그 결과 다른 어떤 종보다도 효율적으로 종을 보존하고, 전 지구적으로 인간 종이 확장해 나갈 수 있게 되었다. 그 중심에는 '협력'이라는 인간 종의 특성이 있다. 케빈 랠런드의 이야기를 계속 따라가 보겠다.

"먼저, 언어가 혈족을 가르치기 위해 진화했다면, 언어가

---

46. 『다윈의 미완성 교향곡』, 케빈 랠런드 지음, 김준홍 옮김, 동아시아(2023), 243쪽.

정직했을 것이라고 기대할 수 있다. 가르침이 이루어질 때, 송신자와 수신자의 이해가 상충할 여지가 없다. 학생의 생존율과 번식률이 상승하면서 선생의 포괄적 적합도도 상승한다. (중략) 마찬가지로, 초기 언어의 협동성도 쉽게 이해할 수 있다. 언어가 가르침을 위해 진화했다면, 언어는 이미 협력하는 시기에 등장한 것이다. (중략) 언어가 가르치는 맥락에서 어떻게 나타날 수 있었는지, 그리고 기호가 어떻게 그 의미를 획득하게 되었는지 그 이유를 예상하는 것도 어렵지 않다. 단순한 주의를 끄는 명령만으로는 대다수 메시지를 전달하기 어렵지만, 그러한 명령어가 사회적 학습을 촉진시킨다는 것이 증명되었다. (중략) 아이는 익숙하지 않은 대상에 반응하는 어른의 표정이 어떠한지를 관찰하며, 이를 바탕으로 대상에 접근할 것인지 회피할 것인지를 결정한다. 이러한 언어적 단서의 사용과 그에 따른 응시, 함께 주의하기는 모든 대상의 속성들, 그 대상을 어떻게 다루어야 하는지, 단어의 뜻이 무엇인지에 대한 아이들의 학습을 촉진한다. (중략) 언어의 일반성 또한 가르치는 맥락에서 자연스럽게 설명된다. 언어를 통한 가르침은 일단 시작되기만 하면, 다양한 추출 식량 획득 방법, 식량 가공 방법, 사냥 기술과 같은 온갖 배우기 어려운 기술들에 적용될 수 있다. (중략) 인간은 그 어떤 동물들보다 막대한 양의 학습된 지식을 여러 세대에 걸쳐 전달한다."[47]

---

47. 『다윈의 미완성 교향곡』, 케빈 랠런드 지음, 김준홍 옮김, 동아시아(2023), 246~250쪽.

가르침은 가르치는 자와 배우는 자 사이의 관계에서 나온 산물이다. 가르치는 자와 배우는 자가 서로 협력하지 않는다면 가르침은 일어나지 않는다. 즉 가르침이 언어를 탄생시켰고, 가르침이 협력에 근거한다면 협력이 언어를 만들어 낸 동력이라고 해도 과언은 아닐 것이다. 또한 언어를 통해서 인간의 협력은 더욱 고도화되었다.

　언어는 비고츠키가 말한 것처럼 일반화이다. 랠런드 또한 언어 특히 단어(낱말)는 대상의 속성을 담고 있고, 단어(낱말)의 의미에 대한 학습을 통해 일반화됨을 강조하였다. 이 언어를 통해 인간은 학습하고 지능이 발달한다. 이는 한 개체의 수준을 넘어선다. 기호를 통해 한 세대에서 발견 혹은 발명한 지식(개념)이 다음 세대로 이어지면서 문명을 만들었다.

　이는 아이러니하게도 인간이 다른 동물보다 육체적으로 나약하게 태어나기 때문이다. 사실 인간은 다른 동물들에 비해 협력하지 않으면 생존하고 번식하기 어렵다. 인간의 아기는 다른 어떤 동물의 아기보다 약한 몸을 가지고 태어나고, 매우 긴 유년 시절을 보낸다. 나약한 인간 아기는 다른 누군가의 도움으로 생존해 나가면서 무엇보다도 언어를 익히고 사용하면서 고등한 정신을 갖게 된다. 인간이 언어를 배울 수 있는 능력을 지니게 된 것은 오랜 진화의 산물이다.

　마이클 토마셀로는 인간의 의사소통 방식이 다른 종과는 다른 이유로 '첫째, 인간의 언어 의사소통은 기호적symbolic이며, 다른 사람의 주의 상태와 심적 상태를 외부 세계의 특정 대상으로 향하게 하여 타자와 주의를 공유할 수 있으며, 둘째, 인간의 의사소통은 문법적으로, 언어기호를 패턴화된 방식으로 서로 조합하여 사용하며 패턴은 개별적인 고유 의미를 가진다'는 점을 강조하였다. 토마셀로는 언어의 기원을 계통발생적인 것과 개체발생적인 것으로 나누어 설명하고 있다. 계통발생적 기원에 대해 그는 영장류의 의사소통 방식을 소개하면서 '인간 이외의 영장류는 타자를 위해 외부 세계나 대상이나 사건을 가리키거나, 제스처를 취하지도 않으며, 모방을 통해 타자로부터 배우는 것도 아니기 때문에 인간 이외 영장류의 의사소통적 기호는 인간의 언어기호와 같이 사회적으로 공유된 혹은 사회적으로 구성된 것으로 보이지 않는다'고 단언한다. 토마셀로는 '인간이 기호를 사용하는 스킬은 생물학적 적응의 직접적인 결과로 약 20만 년 전 현존 인류의 출현과 함께 최근에 발생한 것으로 보이는데, 인간의 언어기호 학습은 문화적(모방적) 학습에 의해, 사회적으로 학습되는' 특징을 갖는다고 설명한다.[48]

토마셀로는 앞서 비고츠키가 발달의 경로를 사회적인 것에서 개인적인 것으로 본 것과 매우 유사하게 인간이 언어(기호)를 배우는 과정을 사회적인 과정, 문화적인 학습의 과정으로 본다. 이는 비고츠키가 발달을 자연발생적 경로와 문화적 경로의 결합으로 본 것과 다르지 않다. 즉 아이는 타자와의 관계를 통해서, 타인과의 상호작용이라는 문화적 학습을 통해서 기호를 내면화하면서 정신을 발달시킨다. 토마셀로는 다음과 같이 주장한다.

"다시 말해, 아이가 언어기호의 관습적 용법을 배우는 경우, 그들이 학습하는 것은 과거에 그 문화의 선조들이 타자와 주의를 공유하고, 타자의 주의를 조정하는 데 유용하다고

---

48. 『언어의 구축』, 마이클 토마셀로 저, 김창구 역, 한국문화사(2011), 17~23쪽.

알게 된 방식들이다. (중략) 따라서 언어기호를 내면화해 감
에 따라- 어린아이들이 그 기호에 내포된 인간의 시점을 학
습함에 따라-아이들은 특정 상황의 지각적, 운동적 측면뿐
아니라, 현재의 상황이 그 기호 사용자인 '우리들'에 의해 파
악될 수 있는 하나는 방식-유아가 알고 있는 여러 방식 중
에서-을 인지적으로 표상하게 된다."[49]

비고츠키가 말의 발달 과정과 관련하여 피아제처럼 개인적인 것에
서 사회적인 것으로 발달하는 것이 아니라 반대로 사회적인 것이 개
인적인 것으로 발달한다는 것을 논증했듯이, 진화인류학자인 토마셀
로는 인간이 말을 배우는 과정은 타자와의 관계 속에서 가능하며, 언
어를 통해서 타자와 소통할 뿐 아니라, 언어기호를 내면화하여 자신과
자신을 둘러싼 환경과 사물들을 인지적으로 표상하면서 파악할 수
있다고 주장한다. 즉 인간은 언어를 통해 세상을 표상한다. 이것이 다
른 포유류는 물론 영장류와도 다른 '차이'다. 그렇다면 한 개체의 발
달 과정에서 언어는 어떻게 형성되는가?

토마셀로에 따르면 개체발생적인 기원으로 인간의 아이가 '타자를
자신과 같이 의도를 가진 주체로 이해하는 적응은 개체발생 이후 생
후 9~12개월에 두드러지게 나타나며, 이를 통해 기호적 의사소통 행
위에 부호화되어 있는, 즉 발화로 표현된 타자의 의사소통 의도를 이
해할 수 있게 되는데 대체로 유아의 언어는 1살이 지나면서 출현'함
을 주장한다.[50] 이는 아이를 키워본 사람이라면 누구나 경험으로 터득
하는 진실이다. 토마셀로는 인간의 아이들은 다른 동물과는 달리 언

49. 『언어의 구축』, 마이클 토마셀로 저, 김창구 역, 한국문화사(2011), 24~25쪽.
50. 『언어의 구축』, 마이클 토마셀로 저, 김창구 역, 한국문화사(2011), 63쪽.

어를 학습할 때, 발화에 적응하고 문법을 발달시키는 두 가지 작업이 동시에 진행됨을 강조한다.

"첫째, 아이들은 발화와 표현에서 단어, 형태소, 구와 같은 작은 단위들이 하는 역할들의 확인을 통하여 이것들을 전체 발화와 표현에서 추출해 낸다. 둘째, 아이들은 유사한 구조와 기능을 가진 다양한 발화 전체 혹은 발화의 부분에서 패턴을 발견하고, 이를 통해 다소 추상적인 카테고리와 구문을 창조할 수 있게 된다. 이것들은 보다 작은 요소와 보다 큰 패턴이라고 하는 문법의 두 얼굴이다. 그리고 나서 발화를 산출할 때 아이들은 자신의 구문 패턴을 템플릿으로 사용하고, 그 템플릿 내부에 이전에 추출한 단어, 형태소, 구- 종종 기능적 제약의 범주 내에서-를 삽입하여, 창조적이지만 관습적인 발화를 산출할 수 있게 된다. 즉, 중요한 포인트는 단어를 학습하고 문법을 학습하는 것은 실제로 완전히 동일한 발달 프로세스의 한 부분이라는 것이다."[51]

토마셀로의 주장은 비고츠키가 생각과 말의 관계 문제는 곧 생각과 낱말의 관계 문제이고, 특히 말의 발달과 사고의 발달은 낱말 의미의 발달의 문제라고 주장한 것과 일면 유사한 측면이 있다. 주지하다시피 아동이 단어 즉 낱말을 체득하는 과정은 낱말이 표상하는 대상의 의미를 이해하는 과정이다. 또 말을 배우는 과정은 단순히 낱말들의 나열이 아니라 낱말들의 배열의 규칙을 터득하는 과정을 수반한다. 즉

51. 『언어의 구축』, 마이클 토마셀로 저, 김창구 역, 한국문화사(2011), 64~65쪽.

단어만이 아니라 형태소, 구와 같은 단위들의 기능과 발화 전체의 구조와 패턴을 터득해 나간다. 이 과정에서 낱말 의미 또한 발달해 나간다. 그렇게 인간은 언어를 획득하고 언어를 통해 사고능력을 키워나가면서 고등정신기능을 갖게 된다.

한편, 진화심리학자 스티븐 핑커는 인간에게 언어는 '본능'이라고 단언한다. 그는 언어는 진화를 통해 형성된 '인간 뇌의 생물학적 구조의 일부이며, 의식적인 노력이나 정규교육 없이도 어린아이로부터 자연발생적으로 발달하며, 모든 개인에게 균질한 본능'이라고 주장하였다.[52] 핑커의 주장은 기본적으로 촘스키의 '보편문법' 즉 '모든 언어의 문법에 공통된 하나의 설계도'라는 개념을 발전시킨 것이라 할 수 있다. 그런데 문법적인 능력도 생득적인 것이라는 주장은 신중하게 검토해야한다. 문법의 경우 문화권 즉 언어공동체마다 다르다는 점에서 문법은인류가 지구 전체로 퍼져나가면서 각각의 생태적 조건에 적응하면서만들어 낸 문화적이고 역사적인 과정에서 각자 고유한 형태로 형성된것으로 이해할 수도 있다. 때문에 말을 할 수 있는 능력은 진화의 과정에서 획득된 선천적인 능력이라고 할 수 있을지 모르지만, 문법을익히는 과정은 타고난 것이 아니라 후천적으로 학습하는 문화적 과정의 산물이라고 할 수 있다.

문법을 익히는 과정은 입말을 익히는 과정에서도 일부 이루어지지만, 글말(문자)을 익히는 과정에서 점점 더 구체화되고 정교화된다. 글말을 익히는 과정 즉 문자언어를 읽고 쓰는 과정은 오랜 진화의 과정을 통해 인간이 음성언어 즉 입말로 의사소통하는 능력을 지닌 후에

---

52. 『언어본능』, 스티븐 핑커 지음, 김한영·문미선·신효식 옮김, 동녘사이언스(2008), 24쪽, 467쪽.

도 한참 후, 문화적 진화의 과정을 통해서 형성된 것이기에, 뇌가 글말을 받아들이는 경로는 입말을 사용할 때와는 일정하게 다르게 작동할 수 있을 것이라는 가정을 가능하게 한다.

진화학자들은 이처럼 언어가 인간 고유의 것이며, 언어를 통해 인간은 지식을 누적하고 이를 다음 세대에 전하면서 다른 종과는 비교할 수 없는 고등한 능력을 가지게 된 것으로 설명한다. 그렇다면 뇌과학은 언어에 대해 어떻게 바라보고 있을까?

인류는 오랜 진화의 과정 특히 직립보행으로 인간은 다른 영장류와도 다른 해부학적 특징을 갖게 되었다. '후두의 형태가 변화하면서 숨 쉬는 것과 삼키는 것을 분리해서 할 수 있게 되었고, 목뿔뼈(설골)가 아래쪽으로 위치하면서 다양한 소리를 낼 수 있게' 되었다. 최근에는 '언어와 관련된 유전자가 발견되었는데, FOXP2라고 불리는 유전자는 인간은 물론, 명금류, 생쥐, 고래, 영장류 등 소리를 내서 의사소통하는 동물들에게서 발견되며, 인간의 경우 이 유전자에 돌연변이가 있는 경우 말 실행증이라는 문제를 갖게 된다'고 한다. 한편 '인간의 두 뇌는 다른 동물과는 달리 언어만을 담당하는 영역이 대뇌의 왼쪽 반구에 있는데, 언어를 이해하는 기능을 담당하는 베르니케 영역, 베르니케 영역 주변에 있으며 말소리를 베르니케 영역으로 연결하는 게슈윈트 영역, 발음하는 기능을 담당하는 브로카 영역'으로 구분된다. 이 영역을 연결하는 것은 '활모양섬유속이라는 신경섬유로 인간은 유인원보다 굵다'고 한다.[53]

이런 생물학적인 특성을 가진 인간의 아기는 놀라운 언어 능력을

53. 『인간의 뇌』, 리타 카터 지음, 장성준·강병철 옮김, 김영사(2020), 147~149쪽.

보유하고 태어난다. 뇌과학자인 지나 리폰은 인간의 아기는 신생아 때부터 놀라울 정도로 언어적인 능력을 지니고 있음을 지적한다.

> "신생아는 녹음된 말이 정방향으로 재생되는 소리와 역방향으로 재생되는 소리의 차이를 구분할 수 있다. 겉으로 보기에는 명백하게 유용한 기술이 아닐지도 모르지만 뇌가 말과 유사한 패턴으로 배열된 소리에 반응하고 무작위로 수집한 소리에는 반응하지 않도록 이미 점화되어 있음을 여실히 보여준다. 아기들은 자신의 언어와 외국어와의 차이도 구분할 수 있다. (중략) 아기의 청각겉질은 태어난 후 초기 몇 달 사이에 극적으로 발달하는데, 신경세포와 세포 간 연결선의 성장은 경험에 따라 달라지므로 결국 아기에게 노출되는 소리와 유형은 아기가 알아듣고 반응할 언어를 결정한다."[54]

한편, 뇌과학자 장 디디엉 뱅상은 비고츠키가 종종 인용했던 게슈탈트 심리학자의 한 사람이었던 '뷜러'를 인용하면서 언어의 세 가지 기능에 주목하였는데, 그것은 '첫째, 표현기능. 즉 언어는 발화자의 생각과 감정을 표현하는 데 쓰이는 점, 둘째, 명령, 신호, 호소 기능. 즉 언어가 수신자에게 특정 반응을 불러일으키기 위해 쓰이는 것, 셋째, 서술 기능, 즉 언어는 사물들의 상태를 기술하기 위해서 쓰이는 것' 등이다.[55] 뱅상은 언어는 본능이지만 이를 발현하기 위해서는 뇌세포인 뉴런 체계들 전체가 필요하다는 점을 지적하였다.

---

54. 『편견 없는 뇌』, 지나 리폰 지음, 김미선 옮김, 다산사이언스(2023), 233~234쪽.
55. 『뇌 한복판으로 떠나는 여행』, 장 디디에 뱅상 지음, 이세진 옮김, 해나무(2010), 596쪽.

"언어의 개체발생 연구는 최근 들어 기능 핵자기공명 촬영술과 양전자방출 단층촬영술로 열렬한 관찰 대상이 되고 있다. (중략) 우리의 대상의 조작과 언어 기능이 적어도 아동 발달의 초기 단계에서는 동일한 뇌 구조를 근간으로 삼는다는 사실을 알고 있다. 언어장애가 있는 환자들의 '인지적 프로필'을 상세히 분석해 보면 그러한 프로필은 결코 고립되어 떨어져 있지 않고 세계에 대한 조작과 이해에 관련된 다른 기능들이 거의 항상 매우 다양한 방식으로 관련이 있음을 알 수 있다. 그러므로 우리는 언어가 모든 인간에게 있는 본능임은 분명하지만 그 본능의 발현은 인간의 수완과 지능을 발전을 보여주는 또 다른 위업들에 쓰이는 뉴런 체계들 전체를 필요로 한다고 결론 내릴 수 있겠다."[56]

한편, 라마찬드란은 '언어는 인류의 특징 중의 하나로, 어휘, 의미, 문법으로 구성되며, 뇌의 여러 부위에서 각각이 다른 측면에서 특성화되어 있음'을 주목한다. 예를 들어 '브로카 영역은 문법과, 베르니케 영역은 의미와 관련되어 있다는 것'이다. 그는 인간의 언어가 매우 고유하고 원숭이나 돌고래의 소통과도 다른 특징을 갖는데, '첫째, 구사하는 어휘가 많고, 둘째, 인간만이 고유하게 단어를 가지고 있으며, 셋째, 단어를 자유로이 사용할 수 있으며, 넷째, 인간만이 비유와 유추를 사용할 수 있고, 다섯째, 유연하고 반복적인 구문론은 인간 언어에만 있다'라는 점을 지적하였다. 그는 스티븐 핑커의 '언어가 본능'이라는 주장은 '너무나 일반적이어서 유용하지 않으며, 언어와 추상적 사

56. 『뇌 한복판으로 떠나는 여행』, 장 디디에 뱅상 지음, 이세진 옮김, 해나무(2010), 595쪽.

고는 선택적 진화의 산물로 이는 인간 뇌가 다른 영장류와의 구조적 차이로 드러난다'라는 점을 강조한다.[57]

"인간에게서 절정을 이루는 영장류의 진화 중에 좌측 하두부정엽의 급격한 발달이 있었다. 그 외에도 인간의 엽은(인간 단독으로), 연상회 및 각회라고 불리는 두 개의 뇌회로 나뉘어 있다. 그러므로 하두부정엽과 그것의 부차적인 분열은 인간에게 고유한 기능의 출현에 중요한 역할을 한 것임이 틀림없다. 이러한 능력은 추상화라는 높은 수준의 유형을 포함한다. (중략) 인간은 각 반구에 하나씩, 두 개의 뇌회가 있기 때문에 이들은 아마도 다른 스타일의 추상화를 진화시켰을 것이다. 오른쪽은 공간시각 및 신체에 기반을 둔 은유 및 추상이고, 다른 하나는 익살을 포함하여, 좀 더 많은 언어 기반의 은유인 것이다. (중략) 하부두정엽의 윗부분인, 연상회도 인간이 고유하다는 증거 중의 하나인데 복잡한 기술의 생산, 이해, 모방에 직접 관여한다. 다시 말하건대 이러한 능력은 유인원에 비해 인간들에게 특히 잘 발달되어 있다."[58]

위 인용문에서처럼 라마찬드란은 인간의 뇌는 다른 유인원과는 조금 다른 구조를 가지고 있음을 강조한다. 그는 무엇보다 하두부정엽이라는 부위에 주목하면서 추상적인 능력과 연관성을 가진 것으로 추

---

57. 『명령하는 뇌, 착각하는 뇌』, V.S. 라마찬드란 지음, 박방주 옮김, 알키(2012), 249 ~255쪽.
58. 『명령하는 뇌, 착각하는 뇌』, V.S. 라마찬드란 지음, 박방주 옮김, 알키(2012), 276 ~278쪽

론하고 있다.

주목할 것은 뇌과학은 다른 인접 학문들과 융합하면서 계속 발전해 오고 있다는 점이다. 21세기에 접어들면서는 뇌파 기록을 통해서도 뇌의 언어처리 과정에 관한 연구들이 이루어졌다. 잘 알려진 것처럼 대뇌의 좌반구의 베르니케, 브로카 영역들이 언어와 관련된 것으로 알려져 있다.

그런데 유발전위Event Related Potentia라고 불리는 뇌파 기록을 이용한 연구에서는 '생후 20개월이 된 아이들의 경우, 단어를 많이 알고 있을수록 뇌파의 활동이 주로 좌반구에서 활발하게 나타나는 것이 확인되었으며, 좀 더 나이 든 아이들한테는 어휘와 관계가 있는 단어들을 사용하면 뇌의 양쪽 반구 뒤에서 ERP 뇌파가 자극받는 것으로 나타났다'라고 한다. 연령이 높아지면 반응 부위도 변화하는데, '네 살짜리 아이들한테서는 뇌의 뒷부분이 고르게 반응을 보였는데, 문법을 사용할 줄 아는 열한 살 정도의 아이들은 왼쪽 관자놀이(베르니케 영역이 위치함) 앞에서 ERP 반응이 폭발적으로' 확인되었다고 한다. 이는 '더 많은 언어를 접하고, 언어를 사용할 수 있는 만큼 두뇌에 변화가 생기며, 더 많은 신경접속이 좌반구가 문법을 전담할 수 있도록 정비'되는 것으로 해석된다.[59]

유의할 것은 뇌에서 언어를 관장하는 영역이 브로카 영역이나 베르니케 영역만은 아니라는 점이다. 뇌 촬영 연구를 통해서 '단어 하나를 말해도 대뇌피질 전체에서 독특한 잔물결이 일어났으며, 단어에 따라 브로카 영역이나 베르니케 영역이 아닌 영역에서 뇌가 활성화'되기도 한다는 점이다.[60]

---

59. 『매직트리』, 메리언 다이아몬드·재닛 홉슨 지음, 최인수 옮김, 한울림(2002), 139쪽.

이는 앞에서 뱅상이 '뉴런 체계들의 전체'를 강조한 것처럼, 뇌가 세포(뉴런) 간의 네트워크로 작동되기 때문이다. 리사 펠드먼 배럿은 '1,280억 개의 개별 신경세포들이 쉬지 않고 시냅스라고 불리는 신경세포 간의 틈새로 화학물질을 통한 전기신호를 주고받으면서 500조가 넘는 거대한 연결 네트워크'를 형성하며, '효율적인 연결을 위하여 마치 항공 여행을 위한 공항 허브처럼 뇌에서도 허브 구조를 갖는데 이 허브가 손상되면 여러 정신장애가 발생할 수 있다'고 지적한다. 또한 뇌세포 간의 네트워크는 '복잡성이라는 속성을 갖게 하는데, 이는 엄청난 수의 각각 다른 신경 패턴들을 스스로 구성해 내는 능력으로, 이를 통해 추상적인 사고, 풍부한 입말, 현재와 다른 미래를 상상할 수 있게 되었다'는 것이다.[61]

뇌과학자들의 주장은 일정한 설득력이 있다. 인간이 다른 영장류에서 진화했음에도 인간이 영장류와 다른 것은 언어를 가진다는 점에 있고, 언어를 사용할 수 있는 특별한 뇌를 갖고 있기 때문이다. 그 결과 인간은 다른 동물과는 다른 고차원적인 의식을 갖게 되었다. 그렇다면 다른 동물과 달리 언어를 사용하는 인간의 뇌는 어떤 특징을 갖고 어떻게 작동할까?

뇌과학자 제럴드 에델만은 언어와 의식의 관계에 주목하였다. 그는 저차적인 혹은 1차적인 의식과 고차적인 의식을 구분한다. 에델만은 '1차적인 의식을 가진 동물들은 어떤 사물에 대한 심상을 가질 수 있지만, 사회적으로 확립된 자기己라는 관점에서 그 심상을 볼 수 없다'라고 말한다. 그는 고차적인 의식을 가지려면 '사회적 기반을 가지

---

60. 『브레인 스토리』, 수전 그린필드 지음, 정병선 옮김, 지호(2004), 269~270쪽.
61. 『이토록 뜻밖의 뇌과학』, 리사 펠드먼 배럿 지음, 변지영 옮김, 더퀘스트(2021), 60~71쪽.

고 있는 개성을 만들 수 있는 능력과 더불어 과거와 미래의 술어로 세계를 모형화할 수 있는 능력, 직접적으로 자각할 수 있는 능력 등이 포함되어야 하는데, 기호에 근거한 기억 없이는 이런 능력을 발생할 수 없다'고 단언한다.

그는 진화학자들의 논의를 빌려와 직립보행을 한 인간은 진화의 과정에서 '두개골의 구조에 변화가 발생하면서 상후두관이라는 부위를 갖게 되는데, 이 부위는 말의 생성과 언어 진화를 위한 중요한 구조로, 진화적 발생의 결과로 상후두 성도가 생기면서 혀와 구개(입천장), 이빨 등이 성대로 들어오는 기류를 조절하여, 음音, 즉 음소를 만들게 되었음'을 강조한다.[62] 아울러 그는 인간이 문법을 가지려면 뇌 영역들 사이의 상호작용이 이루어져야 하며, 문법에 앞서 의미론과 연결된 구조를 가져야 한다고 주장한다.

> "구문론 또는 문법의 기초를 만들기 위해서 뇌는 음운론적 기호들을 개념과 연결함으로써 의미론을 제일 먼저(구문론에 앞서) 발생시키는 재입력 구조들을 가지고 있어야만 한다. 브로카 영역과 베르니케 영역에 의해 마련된 특수한 기억으로 인해 음운론 단계와 의미론 단계, 구문론 단계들은 직접적으로 상호 작용할 수 있으며, 또한 이런 언어 영역들과 가치-범주 기억에 도움이 되는 뇌 영역들 사이에 형성된 재입력 회로를 통해 간접적으로 상호 작용할 수도 있다. 충분히 큰 어휘 목록이 형성되면 뇌의 개념 영역들은 언어 요소들의 순서, 즉 기억에 구문론으로 안정되는 순서를 범주화한다.

---

62. 『신경과학과 마음의 세계』, 제럴드 에델만 지음, 황희숙 옮김, 범양사(2015), 188
~190쪽.

(중략) 기억과 이해, 언어의 생성 등은 재입력에 의해 무수하고 다양한 방식으로 상호작용한다. 이로써 고차원적 구조(예컨대 문법에서의 문장)가 생성되고 저차원적 서열(예컨대 구)을 만들어 내는 것을 분명하게 도와준다."[63]

에델만은 고차적인 의식은 두개골과 뇌의 구조적인 진화와 더불어 언어를 통해 형성되었음을 논증한다. 그는 '인간이 스스로 의식한다는 것을 의식하는 능력'에 주목한다. 이런 능력을 지니려면 '즉각적인 현재에 대해 각 개체가 맺는 관계를 수정시키는 많은 단계의 발생적인 학습들이 필요'하고, 이는 '1차적인 의식 즉 대상에 대한 심상을 형성하는 과정, 그 자체를 범주화시킬 수 있어야 하는데, 이런 범주화는 사회적인 전이나 학습 과정 중에서 비교와 보상의 방법으로 기호적 수단을 통해 획득'된다는 점을 강조한다. 즉 '언어기호를 감정적 욕구의 만족에 연결하면서 보상이 생겨난다'는 것이다.

에델만은 자기라는 개념과 고차원적인 의식의 발생에는 사회적 관계가 중요한 역할을 한다고 주장한다. 즉, '같은 종의 다른 개체들과의 상호작용을 통해 획득되는 기호적인 관계들이 자기개념 형성에 중요한 역할을 하는데, 이 상호작용을 통해 인간은 음소 기억과 기호 기억 내 요소 간의 연관을 학습하면서 효과적인 범주화에 도달한다'는 것이다. 흥미로운 것은 인간의 고차원적인 의식의 탄생이 '전체 진화의 시간 중 대단히 짧은 기간에 등장하였다'는 점이다. 에델만은 '뉴런 집단 선택'이라는 메커니즘이 '뇌의 크기의 변화와 뇌 구조의 변화를 이끌었다'고 주장한다. 그리고 이 변화는 고차적인 의식의

---

63. 『신경과학과 마음의 세계』, 제럴드 에델만 지음, 황희숙 옮김, 범양사(2015), 194쪽.

탄생으로 이어진다. '고차적인 의식은 생물학적 개체성이라는 그림에 사회적으로 구축된 개성을 추가하여, 의식적 사고를 즉각적인 현재의 규제와 방대하게 늘어난 사회적 의사소통으로부터 자유롭게 하여, 미래의 상태와 계획된 행위를 예견'하게 하여, 인간이 '세계를 모형화하고, 비교하고, 결과를 예측하거나 평가하는 가능성'을 갖게 한다는 것이다.[64]

에델만의 주장은 비고츠키의 주장을 뒷받침하는 뇌과학적 설명 중 하나라고 할 수 있다. 언어가 단어(어휘), 의미, 구문론(문법)으로 구성되고 작동된다는 것은 비고츠키가 낱말의 의미 변화와 발달을 강조한 것과 연관 지을 수 있다. 에델만은 문법 이전에 의미를 형성하고 처리하는 뇌의 구조에 주목한다. 그의 주장에 따르면 브로카 영역과 베르니케 영역이 의미론과 관련된 영역이며, 뇌의 다른 부위들과 복합적으로 작동하면서 문법을 터득하고 사용하게 되는데, 그 출발은 낱말 즉 단어를 충분히 획득하는 것이다. 즉 낱말은 사고발달의 출발점이다.

또 하나, 에델만의 논의에서 착안할 것은 사회적 상호작용이다. 그는 언어의 탄생 자체가 사회적 상호작용의 산물이며, 감정적 욕구를 충족시키는 수단으로 기호가 기능한다고 주장한다. 예를 들어보자. 말을 습득하기 전, 인간의 아기는 자신의 욕구를 충족시키기 위해 울어댄다. 그런데 얼마 되지 않아 엄마나 보호자와의 상호작용을 통해 말을 배우면서 울지 않아도 말을 통해 아기는 먹을 것을 얻고, 장난감을 얻으며, 기저귀를 바꿀 수 있다는 것을 알게 된다. 아이는 부모나 보호자와의 수많은 상호작용을 통해 사물의 이름을 알게 된다. 그렇

---

64. 『신경과학과 마음의 세계』, 제럴드 에델만 지음, 황희숙 옮김, 범양사(2015), 196 ~200쪽.

게 아이는 낱말을 배우고 뇌 또한 발달한다. 에델만의 글은 마치 비고츠키의 글을 재해석하는 것처럼 들린다.

그렇다면 의식은 어떻게 만들어지는 것일까? 제럴드 에델만과 줄리오 토노니는 뇌에서 의식이 형성되는 신경 과정은 '광범위하게 분산된 신경 집단이 활성화되거나 비활성화되는 것, 신경 집단들의 강력하고 급속한 재유입 상호작용, 고도로 분산된 신경 활동의 패턴'을 필요로 한다고 주장한다. 에델만과 토노니는 첫째, '인간이 뇌의 전체 중 일부만을 사용한다는 일반적인 통념과는 달리, 의식적인 과제를 수행할 때는 뇌의 대부분이 활성화되거나 비활성화된다'라고 지적한다. 뇌의 여러 영역에서 '손상될 경우 의식이 사라지는 영역은 그물 활성계Reticular Activating System로, 시상과 피질 대부분으로 광범위하게 투사하고 있어, 의식 상태 유지에 필수적인 영역으로 알려져 있는데, 이 부위가 손상되면 코마 상태에 빠진다'라고 한다. 중요한 것은 이 그물 활성계 자체가 의식을 만들지는 않으며, '모든 의식적 과제의 수행은 광범위하게 분포된 뇌 영역들의 활성 혹은 비활성화의 결과'라는 점이다.

에델만과 토노니는 둘째 '통합된 의식의 경험이 형성되려면 급속한 재유입 신경상호작용이 일어나야 하는데, 이를 보여주는 사례로 절단증후군, 해리성 장애'를 제시한다. 절단증후군은 분리뇌증후군으로 불리는데, 과거에 난치성 뇌전증 환자의 뇌량 절제 수술의 이후 확인되었다. 좌뇌와 우뇌가 분리된 환자들은 '좌우 시야의 시각 정보를 한꺼번에 지각하지 못했으며, 한쪽 손에 제시된 체감각이 전달되지 않았다'라고 한다. 이는 '고양이 등 동물들을 대상으로 하는 실험에서도 확인되었으며, 신경집단들의 재유입 상호작용이 소실되면, 좌우뇌반구

사이의 의식적 통합도 무너짐'을 확인할 수 있다고 한다. 한편 '해리된 의식 상태Dissociated States of Consciousness는 의식, 기억, 정체감, 환경 지각 등 통합되어야 할 기능들이 분열된 상태로, 절단 증후군과 닮아 있는데, 절단증후군이 뇌 부위가 물리적으로 끊어져 발생한 것이라면, 해리성 장애는 보거나 움직이는 정신적 기능 사이의 단절'이라 할 수 있으며, '두 질병 모두 특정한 뇌 영역이나 정신활동이 아닌 여러 영역이나 기능 사이의 상호작용성의 문제'라고 할 수 있다.

에델만과 토노니는 셋째, '분산된 신경 집단 간의 지속적인 상호작용이 의식적 경험의 필요조건이나 충분조건은 아니라고' 주장한다. 예를 들어 '뇌전증 발작은 의식 없이도 일어나며, 서파 수면 중에도 신경 집단의 상호작용이 일어나기' 때문이다. 우리가 오해하는 것과는 달리 '발작은 뇌가 비활성화되는 것이 아니라, 과활성화되면서 발생하는데, 이때 거의 모든 피질 뉴런이 발화와 침묵을 반복하면서, 의식이 소실되는데 이는 신경 상태의 복잡도가 감소함을 의미'한다고 할 수 있다. 흥미로운 점은 '서파 수면 중에 뉴런들이 폭발적인 고주파와 잠잠한 휴지기를 오가며 그 결과 전신 간질 발작의 경우처럼 구별 가능한 신경 상태의 가짓수가 줄어들면서 의식이 희미해지거나 사라진다'는 것이다. 이를 통해 알 수 있는 것은 '두뇌 활동의 분화가 의식의 형성에 필수적이며, 무엇인가를 의식적으로 자각하려면 신경 활동이 시간에 따라 변해야 한다는 것'이다. 즉 '의식과 연관된 재유입 상호작용은 일정하게 균질해서는 안 되며, 고도로 분산되어야 한다'는 것이다.[65]

이상의 논의에서 살펴본 것처럼 의식이라는 것은 뇌 활동의 산물

---

65. 『뇌의식의 우주』, 제럴드 M. 에델만·줄리오 토노니 지음, 장현우 옮김, 한언 (2020), 88~123쪽.

이다. 이는 뇌의 특정 부위에서의 작용의 산물이 아니며, 뇌 대부분이 관여하는 산물이다. 의식 활동은 정보의 끊임없는 재유입과 신경 집단 간의 고도의 상호작용을 통해 활성화와 비활성화가 반복되면서 일어난다. 그렇다면 이 의식 활동과 개념의 형성은 어떤 관계가 있을까? 앞에서 우리는 비고츠키의 논의를 보며 생각의 발달은 말을 통해서, 그리고 낱말 의미가 발달하면서 개념을 형성한다는 것을 확인하였다. 뇌에서 의식이 형성되는 신경 과정은 정보들이 신경 집단들을 통해 강력하고 급속한 재유입 상호작용되고, 고도로 분산된 신경 활동을 통해 이루어진다면, 개념은 뇌에서 어떻게 만들어지고 이 과정에서 언어는 어떤 기능을 할까?

이에 개념형성과 관련하여 뇌과학자 제프 호킨스의 주장을 소개하겠다. 그는 '뇌가 모든 지식을 기준틀에 사용해 배열하며, 생각은 움직임의 한 형태라는 가설'을 세우고, '생각은 우리가 기준틀에서 연속적인 위치들을 활성화할 때 일어난다'고 주장한다. 그는 '기준틀은 신피질의 모든 곳에 존재하며, 기준틀은 단지 물리적 대상뿐만 아니라, 우리가 아는 모든 것의 모형을 만드는 데 쓰이며' 또한 '모든 지식은 기준틀에 대해 상대적 위치에 저장되며, 생각은 신경세포들이 기준틀에서 위치들을 차례로 불러내면서 각 위치에 저장된 것을 떠오르게 할 때 일어난다'라고 주장한다.

호킨스는 '신피질은 무엇what 구역과 어디where 구역으로 나뉘어 있는데, 이는 눈에서 신피질까지 이어지는 시신경과 연결된다'고 설명한다. '무엇 경로는 뇌 뒤쪽에서 시작해 양옆으로 돌아가는 일련의 피질 영역들로 이루어져 있고, 어디 경로는 뇌 뒤쪽에서 시작해서 위쪽으로 올라가는 피질 영역으로 이루어져 있다'고 하였다.

호킨스는 '무엇 기둥의 피질 격자세포는 대상에 대한 기준틀을 첨부하며, 어디 기둥의 피질 격자세포는 우리 몸에 기준틀을 첨부한다'고 주장한다. 이 신피질의 기준틀이 개념을 형성한다는 것이다. 그는 인간이 '민주주의나 소수 같은 개념을 손을 뻗어 만들 수 없지만 알 수 있는 것은 가상의 땅에 대한 지도를 만드는 것과 비슷하기 때문인데, 기준틀은 반드시 물리적인 것에 고정될 필요가 없기 때문'이라고 주장한다. 그는 '기준틀은 심상적인 지도이며, 몸이 움직이지 않더라도 집 안의 지도를 상상하고, 각각의 물체가 놓인 장소를 기억할 수 있는 것'은 인간이 '무언가를 배울 때마다 새로운 기준틀을 만든다는 것'에 기인한다고 주장한다. 또한 fMRI를 사용한 연구를 통해, '신피질이 특정한 이미지를 지도 같은 기준틀에 저장하며, 마음속에서 집 안의 지도를 돌아다니는 것처럼, 특정 이미지를 생각하면서 마음속으로 그 특정 이미지의 지도를 돌아다닌다는 사실'을 통해 '생각이라고 부르는 것은 실제로는 공간 속에서, 즉 기준틀 속에서 움직이며 돌아다니는 것임'을 증명하고자 했다.

그런데 여기서 중요한 것은 '생각은 계속 변하지만, 무작위적으로 변하는 것은 아니며, 다음번 생각은 기준틀 속에서 정신적으로 움직이는 방향에 의해 좌우되는 것'과 '물리적인 것을 배우는 데 필요한 기준틀과는 달리 추상적인 것을 배울 때는 기준틀이 여러 가지가 존재할 수 있는데, 이것이 개념적 지식을 배우기 어려운 이유가 된다'고 한 점이다. 그는 '언어가 중첩구조와 재귀recursion를 속성으로 하는데, 이는 언어만의 전유물은 아니며, 각각의 피질 기둥도 중첩구조와 재귀 구조를 배울 수 있어야 한다'고 주장한다. 즉 '피질 기둥은 자신이 아는 모든 대상에 대한 기준틀을 만들고, 다른 기준틀과 연결되는 링크들이 첨가되며, 이렇게 뇌는 기준틀이 덧붙여진 기준틀을 사용해 세계 모형을 만든다'는 것이다. 호킨스는 '모든 피질 기둥이 기준틀을 사용해 대상의 모형을 만든다는 것은 언어의 필요와 딱 맞아떨어진다'라고 주장한다.[66]

결국 뇌의 신피질의 격자세포에 기준틀이 존재하고, 이 기준틀이 개념을 형성하는 물리적 거처가 된다는 것이 호킨스의 주장이다. 또 지식이 기준틀에 저장되고, 기준틀에 저장된 것을 불러내어 즉 재귀를 통해 저장되었던 것이 떠오르게 하는 과정이 생각이 되는 것이다. 중요한 것은 언어가 중첩구조와 재귀를 속성으로 하며, 언어를 통해 뇌의 신피질의 기둥들이 기준틀을 만들고, 또 그것을 다른 기준틀과 연결하거나 덧붙이면서 모형을 만든다는 주장이다. 이는 인지발달에서 언어의 중요성을 강조한 주장과 매우 닮았다.

호킨스에 따른다면 우리가 개념적 지식을 배우기 어려운 것은 물리적인 기준틀과 추상적인 기준틀이 다르기 때문이다. 다행인 것은 우리가 새로운 것을 배울 때마다 새로운 기준틀이 만들어질 수 있다는 점이다. 기준틀이 심상적인 지도라는 것이 함의하는 바는 매우 중요하다. 우리가 어떤 기준틀을 갖는가에 따라서 우리의 사고와 행동이 달라질 수 있기 때문이다.

예를 들어 민주주의 개념을 생각해 보자. 민주주의는 무엇인가? 아마 적지 않은 사람들은 민주주의를 선거와 등치시켜 이해할 것이다. 민주주의를 '대표자를 선출하는 것'으로 협소하게 이해하는 것은 민주주의에 대한 대표적인 잘못된 개념이다. 그 결과 시민들은 '관객'이 된다. 선출된 사람들은 게임의 플레이어가 되고 시민들은 선수들을 응원하는 수동적인 위치로 전락한다. 그런데 올바른 민주시민교육이

---

66. 『천 개의 뇌』, 제프 호킨스 지음, 이충호 옮김, 이데아(2022), 114~135쪽.

학교와 학교 밖에서 일상적으로 이루어진다면 이러한 잘못된 개념에서 벗어날 수 있다. 즉 새로운 기준틀이 마련되는 것이다.

만일 체계적인 학습을 통하여 민주주의의 어원이 그리스어에서 유래하며 democracy가 demos라는 시민과 kratos 즉 지배, 통치라는 단어의 합성어임을 알게 된다면, 그래서 민주주의는 시민에 의한 지배, 시민에 의한 통치라는 새로운 개념을 새로이 획득할 수 있다면 민주주의라는 낱말의 의미는 변화할 만할 가능성을 가진다. 동시에 민주주의를 일상에서 경험하게 되면 민주주의 개념은 좀 더 분명하게 새로 확립될 수 있을 것이다.

학생의 경우 학생회 활동과 같은 자치활동, 성인의 경우 노동조합이나 협동조합과 같은 민주적인 결사체를 경험하고, 때에 따라서는 집회와 시위 등의 시민적 참여를 할 수 있다. 이를 통해 민주주의는 가정에서, 학교에서, 직장에서, 마을에서 작동되어야 하는 원리이며 나아가 민주주의는 정치 영역에서만 적용될 것이 아니라, 경제, 문화 등 사회 전 영역으로 확장되어야 하는 사회의 운영 원리임을 알게 된다. 그 결과 민주주의를 선거 참여 정도로 협소하게 이해하던 사람이 학습과 경험을 통해 민주주의에 대한 올바른 개념, 새로운 개념을 획득하게 된다. 이렇게 인간의 의식은 발달해 간다.

한편, 스타니슬라스 데하네(혹은 드앤)는 의식의 사회적인 공유장치로 언어에 주목한다. 그는 '의식된 정보는 오로지 한 개인의 머릿속에서만 전파되는 것이 아니라, 언어 덕분에 마음에서 마음으로 전달될 수 있다'는 점에 대해 주의했다. 그의 설명은 뇌영상 기법을 통해 '사교 능력을 발휘할 때 항상 뇌의 전두극 안과 중앙선을 따라 자리 잡은 전전두엽의 가장 앞쪽이 활성화되고, 측두엽과 두정엽의 접합부는 물론 뇌의 중앙선을 따라 자리 잡은 부위 등 뒤쪽에서도 활성화가 일어난다'라는 것이다. 그는 뇌전도EEG와 뇌자기도MEG를 사용하여 단어를 찾게 하는 실험을 통해 '의식이 실제의 세상보다 상당히 뒤처지는데, 감각 신호의 매우 작은 부문만 의식적으로 지각할 뿐만 아니라, 적어도 3분의 1초 정도의 시간이 경과한 뒤에 지각한다'는 점을 발견하였다. 그는 '의식적인 지각은 피질이 점화의 경계를 넘게 하는 신경세포활동의 뇌파로 생기며, 의식되는 자극은 신경 활동이 스스로 증폭되면서 많은 부위를 점화시켜 마치 눈사태와 같이 폭발적으로 아주 넓은 범위에 걸쳐 점화되면서 일어난다'고 주장한다.[67]

그렇다면 뇌는 언어를 어떻게 만들어 낼까? 사카이 구니요시도 언어와 재귀를 강조한다. 그는 '언어는 심성에서 태어나고, 입에서 떠난 말은 심성으로 되돌아와서 이해로 변하게 되는데, 심성에서 말로 그리고 말에서 마음으로 이어지는 재귀성이 중요하다'고 말한다. 그는 '언어 작용은 지각-기억-의식이 언어를 통해서 재귀적으로 작동되는데, 외부에서 받아들인 정보가 감각기관을 통해 즉 음성은 청각으로, 수화나 문자는 시각으로, 점자는 촉각을 통해서 언어로 입력되어 기억된다. 그 때문에 기억이 없다면 언어도 성립될 수 없다'는 것을 지적하였다.[68] 그렇다면 뇌의 어떤 영역에서 언어를 통해 심성이 형성될까? 다음은 사카이 구니요시가 언어에 필요한 뇌 부위에 관해 기술한 것을 표로 재구성해 본 것이다.[69]

---

67. 『뇌의식의 탄생』, 스타니슬라스 데하네 지음, 박인용 옮김, 한언(2017), 206, 212, 234, 274쪽.
68. 『언어의 뇌과학』, 사카이 구니요시 저, 이현숙·고도흥 역, 한국문화사(2012), 19~20쪽.

이상에서 살펴본 것처럼, 인간의 뇌는 외부의 정보를 언어로 표현하는 특별한 능력을 가진다. 이 능력이 유전되는 것은 분명하지만, 더욱 중요한 것은 개체의 성장과 발달 과정에서 가르침 즉 교육을 통해서 뇌의 언어 영역들이 발달한다. 글을 배우는 과정이 바로 그러하다.

스타니슬라스 드앤은 신경과학(뇌과학)의 관점에서 글을 읽는 뇌의 회로 즉 '문자 상자'에 주목한다. 그는 뇌 병변 데이터와 실험 결과들을 토대로 글을 읽을 때 뇌의 특정 부위가 활성되고 있음을 논증해 나간다.

"1988년의 피터슨 등의 실험에서 참가자들이 문자를 볼 때마다 머리 뒤쪽에 위치한 시각 전문 영역이 활성화되었다. 후두엽과 측두엽의 경계선에 위치한 좌반구의 또 다른 작은 영역도 드러났는데, 그것은 앞에서 뇌의 아래에 있는 '문자 상자'라고 지칭한 영역과 일치한다. 말소리를 듣는 것은 이들 부위를 활성화시키지 않고, 측두엽 상부와 중간에 있는 여러 부위의 활동을 유발했는데, 이런 부위들은 청지각과 음성지각을 담당한다.

반면에, 말소리 산출은 좌반구와 우반구의 운동 영역 그리고 좌반구 앞쪽을 활성화시켰다. 좌반구의 전방 부위는 19세기 프랑스의 신경학자 폴 브로카에 의해 언어 산출과 관계있는 것으로 처음 보고되었다. 마지막으로 의미 연상은 또 다른 영역을 활성화시켰는데, 창의적 사고와 관련이 있는 것

---

69. 『언어의 뇌과학』, 사카이 구니요시 저, 이현숙·고도흥 역, 한국문화사(2012), 137~144쪽.

	언어 영역은 전두엽, 측두엽, 두정엽 각각에 있는 연합영역은 신경섬유로 연결되어 있음. 언어 기능을 담당하는 영역은 연합 영역의 일부로, 브로카 영역, 베르니케 영역, 각회·연합영역으로 되어 있는데 각각 전두엽, 측두엽, 두정엽에 있음. 소뇌와 대뇌기저핵 그리고 시상도 언어기능과 연관성을 가진 구조임.
브로카 영역	프랑스의 브로카에 의해 언어장애 대부분이 좌뇌 손상이 있다는 것이 밝혀짐.좌뇌 중 전부엽의 변개부와 삼각부를 포함하는 하전두회 복측부에 위치함
베르니케 영역	독일의 베르니케에 의해 발견. 말을 이해하거나 발화할 때의 언어 선택 장애를 통해 확인됨. 좌뇌의 측두엽 상부에 있는 측두 평면과 상측회 후부에 걸친 영역
각회·연합 영역	좌뇌의 두정엽에 위치. 베르니케 영역과 브로카 영역 사이를 중계하는 역할
소뇌	소뇌는 운동 협응성이나 운동학습 기능에 필요한 부위. 발화 등의 언어 기능을 소뇌에서 담당하는데 손상되면 언어장애가 발생함
대뇌 기저핵	대뇌피질 깊은 곳에 위치. 시상이나 대뇌피질 대부분의 영역에서 입력을 받아, 시상을 매개로 전두엽으로 되돌림.
시상	대뇌피질의 감각을 받아들일 때 경유하는 관문과 같은 역할. 동시에 주의를 제어하는 기능이 있음

으로 알려진 좌반구 내측 전전두피질이었다. 이들 영역 중 오직 좌반구 후두측두 영역만이 읽기에서 핵심적이고 특별한 역할을 담당하는 것 같다."[70]

또 스타니슬라스 드앤은 인간의 글을 읽는 능력이 모든 인간에게 동등하고, 보편적인 것이라고 말한다. fMRI 촬영기법을 토대로 하는 실험과 연구 결과를 통해서 그는 읽기의 대뇌 회로망을 추적하였다.

"fMRI로 스캔한 모든 참가자의 데이터를 바탕으로 시각 단어 형태 영역이 언제나 복측 시각 피질의 동일한 위치에 있음이 확인되었다. 물론 정확한 위치는 개인마다 조금씩 다른데, 그 이유는 개인의 대뇌피질 굴곡이 서로 다르기 때문

70.『글 읽는 뇌』, 스타니슬라스 드앤 지음, 이광오·배성봉·이용주 공역, 학지사 (2022), 89~90쪽.

이다. 마치 두 장의 구겨진 종이가 정확히 같은 모양이 될 수 없는 것처럼 말이다. 그렇더라도, 우리 모두는 거의 같은 위치에 '문자 상자' 영역을 가지고 있다. 이 영역은 좌반구 외측 후두측두구의 깊은 곳, 방추상회 옆에 위치한다.

　(중략) 중국어와 일본어 독자의 뇌에도 읽기 영역이 있으며, 그 위치는 대략 영어나 프랑스어의 위치와 같았다. 주목할 것은 글을 읽는 방향은 좌반구에 있는 문자 상자의 위치에 영향을 주지 않는다. 오른쪽에서 왼쪽으로 읽는 언어들에서도 문자 상자의 위치는 동일하였으며, 좌반구 후두측두구의 가장자리에 있었다. 뇌의 활성화 부위가 모든 인간에서 동일하다는 것은 이상하게 생각될지도 모르겠다. (중략) 놀라운 것은, 학습 방법의 커다란 차이에도 불구하고, 우리는 모두 동일한 뇌 영역을 사용하여 문자를 재인한다는 것이다."[71]

스타니슬래스 드앤은 유아의 뇌에 관한 연구를 통해 '아기들이 생후 2개월 정도 시기에 모국어 문장을 들을 때 성인과 같은 뇌 부위들이 활성화되었다'고 주장한다. 그렇다면 성인과 같은 뇌 부위는 어디일까? 그는 사람들이 '어떤 문장을 들을 때 가장 먼저 활성화되는 뇌 피질 부위는 1차 청각영역이며, 이후 순서대로 다른 영역들이 활성화되는데, 1차 감각영역 옆에 있는 2차 청각영역이 활성화되고, 다음으로 측두엽 전체가 활성화되며, 마지막으로 좌뇌 아래쪽 전두엽에 자리한 브로카 영역이 활성화된다'고 설명한다.

---

71. 『글 읽는 뇌』, 스타니슬라스 드앤 지음, 이광오·배성봉·이용주 공역, 학지사 (2022), 92~93쪽.

태어난 지 얼마 안 된 아기의 뇌가 모국어 문장을 들을 때 성인처럼 특정 부위가 활성화된다는 것은 긴 진화의 과정에서 형성된 것이라 할 수 있다. 드앤은 '인간의 뇌 발달 과정에서 유전자와 뇌세포의 자기조직화가 아주 큰 역할을 하는데, 아기의 뇌의 피질이 태어날 때부터 거의 어른의 뇌만큼이나 주름을 가지고 있다'고 한다. 즉 '아기의 뇌 피질 안에는 특화된 모듈들이 있는데, 내후각피질의 격자세포들은 2차원적인 평면을 그려내어 암호화와 공간탐색을 할 수 있게 하고, 두정엽 같은 영역은 선을 그려 숫자, 크기, 시간의 흐름 같은 선형 특성을 암호화할 수 있고, 브로카 영역은 트리 구조를 통해 언어 구문을 암호화하는 데 적합하다'는 것이다.

그렇다면 인간의 아이는 가르침이라는 협력적 관계가 없이도 문자를 터득할 수 있을까? 만일 그렇다면, 난독증이나 난산증은 해결할 수 없을 것이다. 드앤의 주장에 따르면 '난독증과 난산증이 임신 기간 중 신경세포 이동 및 뇌 회로 자기조직화가 유전되는 발달 과정에서의 문제에서 비롯되었다고 할지라도 그것은 100센트 결정적 요소가 아니며, 충분한 노력을 통해 극복할' 수 있다.[72] 그렇다면 우리는 소리에 의존하는 입말과 달리 기호를 사용하는 글말 즉 문자를 배울 때, 뇌는 다르게 작동할 수 있을 것이라고 가정할 수 있다.

말을 사용한다는 것은 기본적으로 기억력을 전제로 한다. 그렇다면 기억은 어떻게 형성되는 것일까? 현대의 뇌과학에서는 '기억은 외부의 신호를 뇌가 받아들인 결과로 뇌간과 자율신경계에서 올라간 내부 항상성 신호와 외부에서 유입된 시각, 청각, 체감각 입력이 뇌의 해마와 편도체에서 외부 신호체계와 내부 신체 신호의 상관관계를 통해 형성

---

72. 『우리의 뇌는 어떻게 배우는가』, 스타니슬라스 드앤 지음, 엄성수 옮김, (주)크로미디어(2021), 130, 141, 145쪽.

된다'라고 본다.[73]

에릭 캔델과 래리 스콰이어의 설명에 따르면 서술기억은 '사건, 사실, 언어, 얼굴, 음악 등에 대한 기억, 경험과 학습을 통해 얻고 잠재적으로 서술될 수 있는 온갖 지식에 대한 기억'이며 이 서술기억과 관련된 뇌의 부위로 신피질 중에서도 이마엽(전두엽)을 주목했다. '이마엽과 감각 피질들이 함께 하나의 뉴런 시스템으로 작동하여 정보를 지각하며, 이어서 일시적인 사용을 위해 그 정보를 작업 기억에 보유하는데, 그중에서도 앞이마엽(전전두엽) 피질은 행동 지원에서 행위들을 미래의 목표로 이끄는 인지 통제 능력과 관련'된다고 주장한다.

켄델과 스콰이어에 따르면 '앞이마엽에 손상이 생기면 인간은 자극에 구속되고 오직 즉각적인 감각 환경에만 반응'하게 된다. 그는 다시 신피질 중 대뇌반구 안쪽 관자엽도 중요한데, '안쪽 관자엽이 뇌수술, 머리 부상, 뇌졸중, 혈류부족, 산소 결핍, 병 등으로 손상되면 기억의 결합으로 이어지는데 예를 들어 알코올 남용은 안쪽 관자엽과 안쪽 시상과 시상하부를 손상해 기억상실을 가져올 수 있다'고 지적한다.[74]

이렇게 뇌과학자들에 따르면 대뇌피질은 변화하는 외부 세계의 감각 입력을 처리하고, 그 과정에서 중요한 정보는 기억으로 저장한다. 이렇게 만들어진 기억은 다시 전두엽, 두정엽, 측두엽과 연계하여 가치-범주 기억을 형성하는데, 전두엽은 비교, 예측, 판단을 하고, 두정엽은 공간지각을 하며, 측두엽은 사물과 인간의 얼굴에 대한 기억을 담당한다고 한다.

이상의 논의를 통하여 우리는 인간 의식에 대한 현대 뇌과학의 연

---

73. 『뇌 생각의 출현』, 박문호 지음, 휴머니스트(2008), 108~123쪽.
74. 『기억의 비밀』, 에릭 켄델, 래리 스콰이어 지음, 전대호 옮김, 해나무(2016), 159, 200, 209쪽.

구 성과와 비고츠키와 루리아의 연구 결과 사이에는 상당한 유사성이 존재하며, 특히 언어(상징, 기호 등)가 고등심리 혹은 고차의식의 형성과 발달에 중요한 역할이라는 걸 확인할 수 있다.

아이들은 자라나면서 문법적인 규칙을 배워나가게 된다. 이는 입말을 배우는 과정은 물론 글말을 배우는 과정을 통해 보다 정교해진다. 그렇다면 글을 배울 때 뇌의 어떤 부분들이 기능을 할까?

인간이 문자언어를 사용한 것은 인류의 긴 진화의 과정에서 비교적 뒤늦은 시점이다. 이 책의 1부 1장에서 소크라테스가 문자언어 도입을 반대했던 것을 상기해 보면 된다. 그렇다면 앞에서 비고츠키가 입말과 글말의 차이를 비교한 것을 떠올리면서, 글말(문자)와 뇌 발달에 대한 것으로 논의를 옮겨가 보자. 문자를 갖기 전에 인간은 표정이나 소리에 의존하는 의사표시와 소통을 해야 했다. 가르침을 위해 소리로 소통하는 입말이 일단 등장했으나 기호인 문자를 사용하는 글말이 등장하기까지는 오랜 시간이 걸렸다. 이는 인간이 문자를 읽는 법을 배운다는 것은 그 자체로 매우 특별한 과정임을 암시한다.

이런 문제의식을 지니고 뇌과학자들은 글을 읽을 때 인간의 뇌가 부위별로 어떻게 활성화되는지 추적해 왔다. 메리언 울프는 아이들이 성장하고 발달하면서, 또한 독서 수준의 높아지면서 뇌의 작동 방식에서도 변화가 일어난다고 설명한다. 울프는 어린이가 책을 읽을 때 뇌가 어떻게 작동하는지, 또한 성인과 어떻게 다른지 다음과 같이 설명한다.

"성인과 달리 아이의 뇌에서 제일 먼저 활성화가 대거 일어나는 부위는 후두엽의 넓은 부분과 후두엽 안쪽 깊숙한 곳, 그리고 측두엽 인근에 있는 방추상회라는 진화론적으로 중요한 영역이다. (중략) 측두엽과 두정엽의 다양한 부위에서 양쪽 뇌가 모두 참여하지만 좌뇌가 약간 더 활동적이다. 신경과학자들은 최근 각회와 상변연회를 아이가 성인보다 더 많이 사용한다는 사실을 알아냈다. 이 두 영역은 음운론적 프로세스를 시각, 철자, 의미론적 프로세스와 통합시키는 데 있어서 아주 중요한 부위다. 측두엽에 있는 언어 이해에 필수적인 부위들을 베르니케 영역이라고 부르는데 이곳 역시 아이들의 뇌에서 매우 많이 활성화되었다. 성인들이 아이들보다 이 두 영역을 더 많이 사용하는 경우는 단어가 너무 어려울 경우이다. (중략) 아이들에게 중요한 뇌 부위는 전두엽의 일부, 특히 브로카 영역이라고 부르는 좌뇌의 중요한 언어 영역이다. 전두엽이 기억과 같은 집행 프로세스와 음운론적, 의미론적 프로세스와 같은 다양한 언어 프로세스를 담당한다는 점을 감안하면 충분히 이해가 가는 이야기이다."[75]

그런데 만일 아동이 자라나면서 초보적인 책 읽기 단계를 넘어가서 좀 더 책을 능숙하게 읽게 되면 어떤 변화가 일어날까? 울프는 이에 대해 다음과 같이 설명한다.

"유창하게 독해하는 경우 '감정의 자리'인 대뇌변연계와 인지와의 연결이 차츰 활성화되는 것을 볼 수 있다. 뇌의 최상위층인 피질 바로 아래 위치한 대뇌변연계는 독서를 하면서

---

75. 『책 읽는 뇌』, 메리언 울프 지음, 이희수 옮김, 살림(2014), 177~179쪽.

읽은 것에 대한 반응으로 기쁨, 혐오, 공포, 성취감 등을 느끼는데, 그러한 감정적 기여를 바탕으로 우리의 주의와 이해 프로세스가 각성 되기도 하고 둔해지기도 하는 것이다. (중략) 아이들의 독서가 유창해지면 보통 양쪽 뇌를 활성화하는 체계가 아니라 좀 더 효율적인 좌뇌 시스템을 사용한다. 이 유창한 독서의 경로는 아이들이 사용하는 것보다 더 집중적이고 효율적인 시각 부위 및 후두-측두 부위에서 시작해 나중에는 하위 및 중간 측두 부위와 전두 부위까지 개입시킨다. 단어를 잘 알면 노동집약적인 방법으로 분석할 필요가 없어진다. 우리 안에 저장된 문자 패턴과 단어 표상이 더 빠른 시스템을 특히 좌뇌에서 활성화하기 때문이다."[76]

이제 어린이가 유창하게 읽는 것을 넘어 이젠 숙련된 책 읽기 단계에 도달하면 뇌에서는 또 어떤 변화가 일어날까? 울프는 이 변화에 대해 다음과 같이 설명한다.

"모든 독서는 주의를 기울이는 것에서 시작된다. 숙련된 독서가가 단어를 보았을 때 세 가지 작용이 일어난다. 첫째, 기존에 하던 다른 일로부터 주의를 뗀다. 둘째, 새로운 관심의 대상인 텍스트로 주의를 돌린다. 셋째, 새로운 문자와 단어에 주의를 집중한다. 이것이 주의를 돌리는 정향망이다. (중략) 이 세 가지 작용은 각각 뇌의 다른 부위에서 일어난다는 사실이 밝혀졌다. 주의를 떼는 데는 두정엽 뒷부분이 관여하

76. 『책 읽는 뇌』, 메리언 울프 지음, 이희수 옮김, 살림(2014), 198~200쪽.

고, 주의를 돌리는 데는 상구라고 불리는 안구 운동을 담당하는 중뇌 부분이 관여하며, 주의를 집중하는 데는 시상이라는 뇌의 배전판 부분이 관여한다. 그다음에 오는 것이 집행망이다. 이는 독서의 모든 단계에서 지극히 중요한 역할을 하는 또 하나의 주의망이다. 전두엽 안쪽 깊숙한 곳에 위치한 집행 체계는 양쪽 전두엽에서 좌뇌와 우뇌 사이 움푹 파인 부분 아래 놓여 있는 상당이 넓은 영역인 대상회를 차지한다. 이 부위 중 앞쪽이 독서에 특별히 필요한 기능을 담당한다. (중략) 독서를 하면 뇌의 시각피질이 달라진다. 시각체계는 물체 인지와 특화될 수 있으므로 이제 숙련된 독서가의 시각 영역은 문자, 문자 패턴, 단어 등 시각적 이미지를 담당하는 세포망으로 가득 채워진다. (중략) 숙련된 독서가의 뇌는 명실공히 이러한 네트워크들의 콜라주라 할 수 있다."[77]

비고츠키가 글말의 중요성을 강조한 것처럼 현대의 뇌과학자들도 글말의 중요성을 강조하고 있다. 글을 읽는 것은 고도의 주의력을 요구한다. 독서 삼매경三昧境이라는 말도 있지 않은가? 글을 읽는 행위는 뇌를 활성화할 수 있다. 독서는 시각피질은 물론이고 추상적인 사고를 담당하는 것으로 알려진 전두엽을 포함한 시상 등 다른 영역들을 활성화한다.

예를 들어 우리는 소설을 읽으면서 주인공이 되어서 공감하기도 하고, 칼럼이나 논평을 읽으면서 주장의 장점과 단점을 발견하기도 한다. 모르는 단어가 나오면 단어를 찾기도 하지만 문맥을 통해서 그 단

---

77. 『책 읽는 뇌』, 메리언 울프 지음, 이희수 옮김, 살림(2014), 203~206쪽.

어의 의미를 추론하기도 한다. 낱말의 사전적인 다양한 뜻이 글의 문맥마다 다르게 적용되고 해석되기 때문이다.

독서를 통해서 아이들의 뇌는 더욱 발달하게 된다. 나는 어린아이를 양육하는 부모 혹은 보호자들을 만날 때마다 아이들에게 동화책을 읽어주기를 게을리하지 말 것을 권한다. 그런데 아이가 어느 정도 자라면 아이가 동화책을 다른 이에게 읽어주도록 해 볼 것을 권한다. 그 다른 이는 아이에게 책을 읽어주던 부모 혹은 보호자가 될 수도 있고, 아이의 형제자매일 수도 혹은 친구일 수도 있다. 그렇게 하는 권하는 이유는 다른 사람에 의존하여 책의 내용을 듣는 단계에서 아이 스스로 책을 읽는 단계로 자연스럽게 전환될 수 있기 때문이다.

비고츠키가 근접 발달과 관련하여 '오늘은 누군가의 도움을 얻어 할 수 있는 것을 내일은 혼자서도 할 수 있는 것'으로 표현했듯이, 이제 아이들은 혼자서도 책을 읽을 것이고 어느 순간 소리 내지 않고도 동화책을 읽기 시작할 것이다. 아이가 조금씩 나이를 먹으면서 동화책이나 만화책이 아닌 단편, 중편, 장편의 소설들, 역사책, 과학도서 등도 능숙하게 읽어나갈 것이다. 그렇게 아이들의 뇌는 발달해 나간다. 다시 강조하지만 이 과정은 철저히 협력의 산물이다. 아이들의 뇌가 잘 발달하기를 원하는가? 그렇다면 부모(혹은 보호자)와 교사 그리고 아이의 형제자매, 친구들과의 협력적인 관계를 토대로 하는 책 읽기를 시도해 보는 것이 어떨까?

왜 읽고 써야 하는가? 그것은 우리가 사유하는 인간이 되는 주요한 경로이기 때문이다. 그러나 우리의 현실은 매우 암울하다. 어린이·청소년은 물론 성인들도 지극히 짧은 동영상에 의존하여 정보를 획득하는 것을 일상화하고, 거짓인지 참인지 확인도 할 수 없으며 자극적이면서도 선정적인 마치 참주선동 僭主煽動과 같은 황색 미디어가 송출하는 내용을 종일 보는 사람들이 늘어나고 있다. 우리가 시험 문제에 나오지 않는 것은 쉽게 외면하는 문제 풀이 훈련을 교육이라고 여기는 한, 우리 학생들은 긴 텍스트를 읽는 것을 회피할 것이고, 성인이 되어서도 어려운 책을 읽는 것을 회피하는 사람이 될 것이다.

이렇게 되면 사회 구성원 다수의 사고의 폭은 좁아지고 깊이도 얕아질 것이며, 당장 눈앞의 이익만을 쫓기에 역사, 사회, 자연에 대한 통찰력을 가질 수 없게 될 것이다. 그 결과는 어떻게 될까? 그런 사회는 우중愚衆이 지배하는 사회가 될 것이다. 성찰하지 않는 인간들은 결국 서로를 죽고 죽이는 야만의 상태로 스스로를 내몰게 될 것이다. 독일의 히틀러를 자국민이 선출했고, 미국의 트럼프나 러시아의 푸틴도 국민들이 선출하지 않았는가? 이런 일이 과연 우리라고 예외인가? 과연 우리의 현실은 어떠한가?

말을 배우고 사용하는 것, 특히 글을 배우고 사용하는 것, 읽고 쓰는 것은 우리가 본능적인 존재를 넘어서 문화적인 존재가 될 수 있는 가능성을 연다. 이를 통해 우리는 욕망에 휘둘리며 지배적 상식에 갇히는 우중이 아니라 양식을 가진 공중公衆이 될 수 있다. 우리가 책을 읽고 글을 써야 하는 이유가 바로 여기에 있다.

2부

걷기가 왜 중요한가?

1장.

뇌와 걷기

① 걷기와 인지발달

인지발달은 곧 뇌 발달의 산물이다. 그런데 뇌는 신체의 일부이다. 뇌는 신체와 분리될 수 없다. 즉 인지발달은 신체활동과 분리될 수 없다. 뇌과학자들은 걷기가 뇌를 건강하게 만들고 결과적으로 인지발달에 지대한 영향을 미친다고 주장한다. 장시간 책상에 앉아서 주어진 문제의 주어진 정답을 주어진 시간 안에 잘 찾는 훈련을 교육이라고 생각하는 사람들이 들으면 불편하겠지만, 책상에 오래 앉아 있는 것은 건강은 물론이고, 인지발달에도 결코 도움이 되지 않는다.

뇌과학자이자 심리학자인 존 메디나의 이야기를 들어보자. 그는 두뇌가 작동하는 방법에 대해 '12가지 브레인 룰스(두뇌 법칙)'를 소개하였다. 그가 제시하는 법칙은 '①몸을 움직이면 생각도 움직인다. ②이해와 협력은 두뇌의 생존전략이다. ③사람의 두뇌 회로는 모두 서로 다르다. ④따분한 것들은 관심을 끌지 못한다. ⑤기억을 남기려면 반복해야 한다. ⑥기억은 다시 반복을 낳는다. ⑦잠은 생각과 학습의 필수 전제조건이다. ⑧뇌는 스트레스를 받으면 일탈한다. ⑨자극이 다양할수록 생각이 뚜렷해진다. ⑩시각은 다른 어느 감각보다 우선한다. ⑪남자와 여자는 다르게 생각하고 느낀다.[78] ⑫우리는 평생 타고난 탐구자로 살아간다.' 등이다. 흥미로운 점은 그가 두뇌 법칙의 첫 번째로 운동을 지목했다는 것이다. 존 메디나는 운동을 도로 건설에 비유한다. 그는 '인간은 음식물을 섭취하지 않고도 물만 먹으면서 30일을 생존할 수 있지만, 물을 안 먹으면 일주일을 겨우 버티며, 산소를 공급받지 못하면 5분을 넘기지 못하고 두뇌가 영구적 손상을 입어 사망에 이를 수 있다는 점'에 주목한다. 이 말은 생존의 콘트롤타워인 두뇌에 산소가 공급되는 것이 매우 중요한데, 그 경로는 '혈액 배달 시스템'을 통해서 이루어지고, '운동이 이 혈액 배달 시스템을 향상할 수 있다'는 것이다. 그는 다음과 같이 설명한다.

"운동을 하면 우리 몸속의 조직에 공급되는 혈류량이 증가한다. 운동이 혈액의 흐름을 조절하는 산화질소라는 분자를 만들어 내서 혈관을 자극하기 때문이다. (중략) 운동을 많이 하면 할수록 더 많은 조직에 음식물을 공급하고 더 많은 유독성 폐기물을 제거할 수 있다. (중략) 도로를 만드는 것처럼, 이미 있던 수송 체계는 더욱 안정되고 새로운 수송체계가 생겨난다. 그 결과 사람이 더욱 건강해지는 것이다. 똑같은 현상이 두뇌에서 일어난다. 운동은 치아이랑dentate gyrus이라는 두뇌의 한 부분에서 혈액의 양을 증가시킨다. 이는 보통 일이 아니다. 치아이랑은 기억의 형성과 연관이 깊은 해마hippocampus라는 두뇌 조직에 반드시 필요한 구성요소다. 혈액의 양이 증가하면 더 많은 뉴런이 혈액이 공급하

---

78. 11번은 논란이 될 수밖에 없다. 남성과 여성의 차이가 생래적인 차이인지 아니면 문화적으로 만들어지는 것인지는 여전히 논쟁 중이다. 이와 관련하여 지나 리폰 같은 뇌과학자는 뇌과학을 포함한 과학 안에서의 성차별적인 접근에 대해 비판하고 있다. 자세한 내용은 『편견 없는 뇌』(지나 리폰 지음, 김미선 옮김, 다산사이언스, 2023)를 참조하길 바란다.

는 음식물을 받아먹을 수 있다. (중략) 운동은 뇌유래 향신경성 인자Brain Drived Neurotrophic Factor:BDNF를 자극하여 건강한 세포조직을 만들어 내는 것을 돕는다. BDNF는 비료처럼 두뇌 속 특정 뉴런의 성장을 촉진시키는 역할을 하며, 단백질은 기존의 뉴런을 젊고 건강하게 유지하고, 서로 더 잘 결합시킨다. 또한 두뇌 속에서 새로운 세포를 만들어 내는 신경 형성을 촉진하기도 한다. 여기에 가장 민감한 세포는 인간의 인지와 깊이 연관된 부위 안에 자리 잡은 해마 속에 있다. 운동은 그 세포들 속의 BDNF 수치를 증가시킨다."[79]

운동이 뇌의 혈액순환을 활성화시키고 뇌세포가 건강하게 유지될 수 있다는 것, 특히, 뇌유래 향신경성 인자Brain Drived Neurotrophic Factor: BDNF가 뇌세포인 뉴런의 성장을 촉진하는 데 기억과 관련해 중요한 역할을 하는 해마 조직의 작동에 도움이 된다는 것을 우리는 주목해야 한다. 몸을 움직이는 것은 기억력을 증진한다. 기억은 사고의 기반이다. 사물과 사건에 대해 기억하지 못하는데 사고가 가능할까? 운동의 일환인 걷기는 사고에 긍정적인 영향을 준다. 다시 말하면 걷기가 사고와 분리될 수 없다. 이는 오랜 진화의 결과이다. 이에 대해 캐롤라인 윌리엄스의 주장을 들어보자.

"걷기와 사고가 연관되어 있다는 소식은 전혀 새롭지 않다. 프리드리히 니체에서 버지니아 울프, 빌 게이츠, 스티브 잡스까지 여러 세대의 천재들이 '걸으면서 하는 사고'의 중요

---

79. 『브레인 룰스』, 존 메디나 지음, 서영조 옮김, 프런티어(2009), 44~45쪽.

성을 주장했다. 하지만 그것이 어떻게, 왜 그렇게 좋은 효과를 내는지는 지금에서야 발견되고 있다. (중략) 걷기가 사고와 밀접한 관련이 있다는 증거는 인간의 진화과정에 비롯된다. 수렵과 채집을 발명하기 전 우리의 조상은 하루의 대부분을 앉아서 보냈다. 앉아서 보통은 과일, 가끔은 덩이줄기를 씹는 게으름뱅이였다.

(중략) 수렵은 숙련된 기술을 요하는 '정신적 작업'이 됐다. 먹이를 추적하고, 허점을 찌르고, 다음 움직임을 예측하는 한편, 팀으로 움직이고, 시간에 주의를 기울이고, 위험에 대비하고, 집으로 가는 길을 기억해야 한다. 채집도 마찬가지이다. 좋은 식량을 어디서 찾을 수 있는지 기억하고, 인간을 먹이로 삼으려 하거나 먹이를 훔쳐 가려는 다른 동물들보다 앞서 생각해야 한다. 결과적으로 우리는 움직이면서 동시에 생각하도록 진화했다.

(중략) 과학자들은 뇌 혈류의 양을 늘리기 위해 일어나서 움직여야만 하는 이유를 증명하고 있다. 한마디로 요약하면 '중력'이다. (중략) 뼈 건강이 두뇌 건강과 연관이 있다는 것은 그다지 널리 알려져 있지 않은 사실이다. 여러 연구가 골다공증에 걸려 골 질량이 줄어들면, 인지력이 저하될 위험이 높아진다고 말한다. (중략) 오스테오칼신은 우리의 신체(뼈)를 강하게 만들기 위해서가 아니라 혈액을 통해 뇌에 메시지를 전달하기 위해 분비된다. (중략) 최근 연구는 알츠하이머병 환자들의 오스테오칼신 수치가 특히 낮다는 것을 발견했다. 혈액 내 오스테오칼신의 양은 성인 초기에 최고치에 이른다. 그런데 여성은 30세, 남성은 45세부터 감소하기 시작

한다. 에릭 켄델과 제라드 카젠티는 운동 즉 뼈에 체중을 싣는 일이 필수적이라고 받아들인다."[80]

캐롤라인 윌리엄즈와 존 메디나는 운동이 혈액의 공급을 활발하게 하여 뇌의 활성화에 기여하고, 사고의 발달에 도움이 된다고 주장하고 있다. 사고의 발달은 곧 창의력과도 연관된다. 이와 관련하여 뇌과학자 셰인 오마라는 걷기가 뇌를 활성화하여 창의력의 증진에도 기여한다고 주장한다.

"우리가 기억을 더듬을 때 활발히 작동하는 뇌의 시스템은 해마체와 이와 연결된 구조들, 즉 확장된 해마체다. 중요한 것은 걷거나 달리거나 어느 장소에서 길을 찾아다닐 때 확장된 해마체 또한 활동하고 있다는 것이다. 이때 뇌 시스템은 최소 두 가지 상호 연관된 기능을 지원하고 있다. 하나는 단편적인 기억력이고 또 다른 하나는 공간 지각 능력이다. 왜 두 가지 방식을 오가며 생각하는 것이 창의력의 중심에 있는 것일까? 그것은 새로운 것을 창조하려면 이전에 없었던 새로운 방식으로 아이디어를 결합해야 하기 때문이다.
(중략) 그렇다면 해결되어야 할 문제와는 상관없이 어떻게 새롭거나 창의적인 사고가 뇌 안에서 일어나는 걸까? 뇌를 세포, 뇌 영역, 회로와 뇌 네트워크 전반에 거쳐 어떠한 요구가 있는지에 따라 다양한 종류의 신호가 오가는 하나의 거대하고 복잡한 네트워크라고 상상하면 이해하기 쉬울 것이

---

80. 『움직임의 뇌과학』, 캐럴라인 윌리엄즈 지음, 이영래 옮김, 갤리온(2023), 42~53쪽.

다. (중략) 해당 문제를 해결하려면 많은 양의 지식이 있어야 한다. 두뇌에 지식이 가득 차 있는 것이 창의적 문제해결에 매우 중요한 전제조건이다. 또 다르게는 뇌를 더 활성화하면서 보완할 수 있다. 이를 가능하게 하는 가장 간단한 방법은 일어서서 걷는 것이다. 서 있으면 곧바로 혈압과 뇌 활동에 변화를 일으킨다. 일어나서 걸으면 가만히 앉아 있을 때보다 몸과 뇌에 더 많은 자극을 준다.

　(중략) 인간은 고도로 숙련된 전문 워커walkers들이다. 걷기는 몰입을 경험할 수 있는 가장 최고의 수단이며 누구나 할 수 있는 일이다. 걷기는 다른 두 가지 정신의 상태를 오가는 데 도움을 준다. 특히 마음을 비우는 데 탁월한 효과를 발휘하기 때문에 창의적인 생각이 떠오르기도 한다. 집중해야 할 특별한 생각이 없는 상태로 걸을 때 기억과 의미를 처리하는 뇌 영역 전반에 거쳐 독특하면서도 창의적인 연상이 일어나는 것이다."[81]

　이 책을 읽는 독자들도 아마 길을 걸어가다가 갑자기 번뜩이는 아이디어가 떠오른 경험을 해 봤을 것이다. 나는 공부를 하다가 답답할 때, 글을 쓰다가 막힐 때는 일어서서 몸을 이리저리 움직인다. 스트레칭도 하고 팔굽혀펴기도 해 본다. 이도 부족하다 싶으면 인근의 작은 공원을 걷는다. 1시간 정도 공원을 돌다 보면 복잡한 것들이 정돈되고, 분절된 지식의 파편들이 어느새 연결되기도 한다. 그도 안 되면 읽던 책장을 덮고, 노트북과 핸드폰을 끄고 고향의 숲으로 간다. 숲에

---

81. 『걷기의 세계』, 셰인 오마라 지음, 구희성 옮김, ㈜미래의창(2022), 197~210쪽.

서 죽은 나무를 정리하고, 어지러이 자란 가지들을 정리하면서 부지런히 몸을 움직인다. 그렇게 하고 나면 심란했던 마음이 차분해지면서 그동안 읽었던 책과 논문들의 내용들이 어느 순간 매끄럽게 이어진다.

왜 이런 일이 일어날까? 뇌는 기본적으로 뇌의 신경세포인 뉴런 간의 네트워크 활동을 통해 기억을 떠올리고, 획득한 지식을 재구성한다. 우리가 걷기 시작하면 혈류가 왕성하게 공급되면 뇌세포들의 활동이 왕성해지는데 이는 걷기를 포함한 다른 운동도 마찬가지이다. 집중해야 할 대상이 없는 상태를 만들면서도 뇌의 혈류가 왕성하게 만드는 가장 손쉬운 방법은 바로 지금 앉아 있는 책상에서 일어나서 걷는 것이다. 1부 3장에서 기억이 뇌의 특정한 부분에 저장되지 않으면 복잡한 네트워크를 통해 의식이 형성된다는 뇌과학자들의 이야기를 떠올려 보면 바로 이해가 될 것이다.

몸을 움직이는 것이 인지발달에 도움이 된다는 주장은 다양한 방식으로 검증되고 있다. 존 레이티·에릭 헤이거먼도 운동이 뇌를 건강하게 하고 학습 증진에도 도움이 된다고 주장하였다.

> "운동은 정신 상태를 고양시킬 뿐만 아니라 세포 차원에서 새로운 정보를 처리하는 뉴런의 잠재력을 향상시킴으로써 학습에 직접적인 영향을 끼친다. (중략) 뇌세포가 하는 모든 활동은 결국 의사소통이다. 뇌는 1천억 개에 달하는 다양한 형태의 뉴런으로 이루어져 있다. 뉴런은 수백 종의 화학물질을 이용해서 서로 의사소통하면서 인간의 모든 사고와 행위를 주관한다. (중략) 글루탐산염은 서로 의사교환해 본 적이 없는 뉴런 간에 신호를 전달할 때 분비량을 증가시킨다. 연

걸이 자주 일어날수록 뉴런 간에 끌어당기는 힘은 더욱 강해지는데, 바로 이 현상을 신경과학자들은 결합이라고 부른다. 서로 의사소통을 자주 하는 뉴런들은 결국에는 서로 결합된다. 이런 이유로 글루탐산염은 학습을 하는 데 매우 중요한 물질이다.

(중략) 운동을 할 때는 신경세포 성장인자가 뇌로 하여금 인슐린 유사 성장인자를 빨리 받아들이도록 도와주는데, 그러면 뉴런이 활성화되어서 신호 신경전달물질인 세로토닌과 글루탐산염이 생성된다. 그 결과로 더 많은 신경세포 성장인자 수용체가 생성되어 기억을 저장하기 위한 연결을 두껍게 강화해 준다. 신경세포 성장인자는 특히 장기기억에 중요한 역할을 하는 듯이 보인다. (중략) 성장하느냐 소멸하느냐는 활동을 하느냐 하지 않느냐에 달려 있다. 신체는 운동을 하도록 설계되었고, 신체가 운동을 하면 결과적으로 뇌도 운동을 하게 된다. 학습과 기억은 우리 선조들이 음식을 찾아다니는 데 사용하던 운동기능과 함께 진화해 왔으며, 따라서 뇌의 입장에서는 우리가 움직이지 않으면 뭔가를 배울 필요를 전혀 못 느낀다."[82]

한국의 모든 부모(보호자)는 자신의 아이들이 공부를 잘하길 원할 것이다. 공부의 사전적인 의미는 '학문이나 기술을 배우고 익힘'이다. 배우고 익히는 과정은 가르치는 사람과 배우는 사람, 배우는 사람들 간의 관계를 전제로 하며, 단순한 지식과 기능의 전달 이상의 과정으

---

82. 『운동화 신은 뇌』, 존 레이티·에릭 헤이거먼 지음, 이상헌 옮김, 녹색지팡이(2023), 56~78쪽.

로 한 사람의 인간으로 발달하는 과정이다. 문제는 한국의 경우 대학이 극단적으로 서열화되어 있고, 입시경쟁교육이 유·초·중 교육을 왜곡시켰다는 것이다. 그러다 보니 학부모들 상당수는 자녀가 공부를 잘한다는 것은 곧 대학입시를 위한 문제풀이 훈련을 잘하는 것으로 등치한다. 심지어 입시에 도움이 되지 않는 과목은 학생들이 외면하기도 한다.

즉 시험만 통과하면 능력을 지닌 사람으로 인정한다. 그 결과 인성에는 문제가 많아도 문제풀이를 잘하면 높은 사회적 성취를 할 수 있는 세상이 되었다. 정치, 경제, 문화 전 영역에서 이렇게 문제풀이 훈련은 잘 받았지만 공감 능력이 부족하고, 인문학적 소양이 부족한 이들이 권력을 갖게 되면서 한국 사회는 지금 너무도 큰 대가를 치르고 있다.

자! 이제 교육이라고 쓰고 입시라고 말하는 것을 중단하고, 교육이라고 쓰고 발달이라고 읽어보자. 그리고 몸을 움직이는 운동에 대해서 다시 생각해 보자. 초등학생들은 뛰어놀기를 좋아하고 중·고등학생들은 대체로 체육 시간을 좋아한다. 걷고 뛰고 몸을 움직이는 것은 진화가 만들어 낸 인간의 본능이기 때문이다. 뛰어노는 과정에서, 함께 운동하는 과정에서 서로 눈을 마주치고 몸이 부딪친다. 이렇게 아이들은 서로 공감하고, 소통하는 법을 배운다. 이를 통해 몸은 물론 마음도 자라난다.

앞에서 검토한 것처럼 운동을 통해서 뇌가 더 활성화되기에 된다는 것을 감안한다면 걷기를 포함하여 정기적으로 적절한 수준의 신체활동이 장려되어야 한다. 그리고 이는 어린 학생들에게만 해당하는 문제는 아니다.

② 걷기와 정신건강

걷기의 중요성은 걷기가 강박, 우울과 같은 정신적인 장애는 물론이고, 불안과 우울이 동반하는 약물 중독의 치료에도 도움이 된다는 점에서 더 커진다.

뇌과학을 연구해 온 제니퍼 헤이스는 '강박장애를 가졌는데, 육아를 하면서 더 심해졌다'고 한다. 그런데 우연한 계기로 자전거를 타면서 증상이 완화되었고, 철인 3종 경기를 완주하면서 강박장애도 사라졌다고 한다.

제니퍼 헤이스는 '운동이 불안 민감성을 훌륭하게 완화는 노출치료 기법의 한 종류'라고 한다. 뇌과학자인 헤이스는 통증과 관련 뇌의 영역으로 섬엽, 편도체, 배측전방대상피질dosal Anterior Cingulate Corttex를 지목한다. 각 영역의 기능은 다음과 같다.

섬엽	항상성이 깨지는 것을 무서워한다.
편도체	신체의 손상에 공포로 반응한다.
배측 전방대상피질	섬엽과 편도체의 반응을 결합해 통증이 얼마나 끔찍한지를 평가한다.

헤이스는 '상처가 나면 그 주위의 통각수용체는 체감각 지도라는 왜곡된 지도상의 좌표로 신호를 보내 손상의 크기와 범위를 두뇌에 알리는데, 섬엽, 편도체, 배측전방대상피질을 통해 통증 신호가 높아진다'고 말한다. 중요한 것은 '불안과 두려움도 통증 신호를 높인다'는 점이다. 때문에 '두려움을 줄이면 통증도 줄일 수 있다'라는 논리가 성립되는데, 이것이 플라시보 효과placebo effect의 전제가 된다. 흥미로운 것은 몸의 고통과 마음의 고통이 크게 다르지 않다는 것이다. '조롱당하고, 무시당하고, 배제되는 사회적 거부를 겪은 사람들은 통증 신경

망이 활성화된다는 것'이다.[83] 즉 정신적 고통이 신체적 고통으로 전환되는 것이다.

우리가 '화병'을 겪는 것도 같은 이치라고 봐야 한다. 억울한 누명을 쓰거나, 놀림을 당하거나, 따돌림을 당하거나, 생존에 불안감을 느낄 때 우리는 심한 스트레스를 겪는다. 이로 인해 두통에 시달리는 사람도 있고, 심장 박동수가 불규칙해질 수도 있고, 강박적 장애나 우울 장애를 겪는 사람들도 있다. 불안과 우울을 겪는 사람들은 약물을 사용한다. 자본주의 사회는 이런 약물을 손쉽게 접할 수 있도록 한다. 어디서나 접할 수 있는 담배와 주류광고를 보면 쉽게 이해가 갈 것이다. 이는 중독으로 이어지고, 뇌의 기능 저하와 함께 삶을 피폐하게 만든다. 그렇다면 뇌는 어떻게 약물에 중독되는 것일까?

마이클 쿠하는 중독이 신경전달물질과 관련됨을 강조한다. 그는 뇌의 '신경세포들은 직접적인 물리적 연결이 아닌 시냅스 간극synaptic cleft이라고 불리는 곳에서 활동전위action potential라는 전기자극을 통해 신호전달이 이루어지는데, 이때 직접적인 전기신호가 아니라 신경전달물질(화학물질)을 매개로 한다는 것'을 주목하면서 우리가 사용하는 '약물들이 신경전달물질의 활동을 간섭한다'고 설명한다.

그런데 뇌의 다양한 신경전달물질 가운데 '중독과 관련된 가장 대표적인 것이 도파민'이라고 한다. 마이클 쿠하는 도파민에 대한 '초기의 견해는 이것이 맛있는 음식을 먹거나 사랑을 나눌 때 기분을 좋게 해주는 보상적rewarding 역할을 하거나, 강화적reinforcing 역할을 하는데, 이는 섭식과 생식을 반복하게 하는 동기를 부여하는 것'으로 설명되었다고 한다. 즉 도파민은 '개체의 생존은 물론 종의 생존에서 매우

---

83. 『운동의 뇌과학』, 제니퍼 헤이스 지음, 이영래 옮김, (주)현대지성(2023), 72, 77쪽.

중요한 역할을 하는 신경전달물실인 것'이다.

그런데 '최근 연구에 따르면 도파민은 현재 우리에게 무엇이 가장 중요한지 말해주거나 혹은 신호를 전해주는데, 이는 동기motivation와 연관이 있고, 음식이나 성적 파트너가 있다는 사실뿐만 아니라, 임박한 위험이나 고통에 대해서도 각성'을 하도록 돕는다.[84]

신경전달물질이 이렇게 중요한 역할을 함에도, 현대인들은 불안과 우울감을 겪을 때, 쉽게 약물에 손을 댄다. 필자도 마찬가지였다. 긴장을 덜기 위해 담배를 피워댔고, 카페인이 든 음료를 마셨다. 또 마시면 기분을 좋게 하는 술도 먹었다. 그러나 불안과 두려움은 절대 사라지지 않았고, 오히려 비만과 함께 각종 질환이 생기면서 강건하던 육체도 점점 약화되었다.

다행히 최근에 뇌과학을 꾸준히 공부하고 뒤늦게 상담심리학을 전공하면서 심리치료 방법 중의 하나인 명상을 접하였다. 그리고 지인들의 권유로 맨발 걷기도 종종 시도하고 있다. 물론 불안의 근본적인 원인이 외재적인 것이기에 여전히 불안으로부터 자유롭지는 못하다. 하지만 깊은 심호흡과 정기적인 걷기운동을 하면서 불안을 대하는 나의 태도는 점차 바뀌었다. 불안을 정면으로 응시할 수 있게 되었고 불안의 원인을 근본적으로 제거하는 방안을 찾으려 노력하고 있다. 비록 당장 그 방안을 현실화시키지 못하더라도 포기하지 않고 정진해 갈 수 있는 마음의 힘을 명상과 걷기라는 신체적 활동을 통해 얻고 있다.

제니퍼 헤이스도 비슷한 처방을 한다. 헤이스는 불안을 없애는 방법으로 '호흡으로 몸에 집중하기'를 제안하는데 '요가, 태극권, 필라테스와 같은 운동은 물론 다른 유산소 운동에도 호흡법을 적용할 수 있

---

84. 『중독에 빠진 뇌』, 마이클 쿠하 지음, 김정훈 옮김, (주)북하우스 퍼블리셔스(2014), 74, 79, 114, 124쪽.

으며, 이렇게 호흡에 집중하면 편도체의 활동이 감소하고, 전전두피질의 활동은 증가하면서 통증이 완화'된다고 한다. 헤이스는 더 나아가 운동이 중독의 치료에도 좋은 효과를 가져온다고 주장한다.

운동이 여러 약물 중독에 도움이 되는 이유는 '운동을 할 때 기분을 좋게 만드는 도파민의 분비를 높이기 때문인데, 다행히 그 비율은 알코올이나, 니코틴, 코카인, 암페타민에 비해 낮다'고 한다. 즉 약물 중독에서 벗어나는 효과적인 처방이 운동이 될 수 있다. 헤이스는 '운동이 도파민의 수치는 물론 도파민 수용체의 수를 높여 뇌의 치유 속도를 높인다'고 한다. 그 이유는 '인간의 뇌는 운동할 때 발생하는 신체적인 불쾌함을 견디도록 설계되어 있는데, 그 이유는 배고픔과 피로를 견디면서 사냥감을 쫓아야 하는 존재'였기 때문이라는 것이다.

인간의 '뇌는 격한 운동으로 체력이 고갈되었을 때 모르핀보다도 강력한 진통제인 엔도르핀을 분비해 고통을 견디게' 해주는데. 적정한 수준에서의 운동 즉 '젖산 역치를 살짝 넘기는 강도로 운동을 하면 약간의 통증이 생기면서 엔도르핀 수치가 높아지면서, 행복감을 경험할 수 있다는 것'이다. 흥미로운 점은 '젖산 역치를 넘길 정도의 강한 운동으로 엔도르핀 분비를 하지 않아도, 엔도카나비노이드 endocannabinoid라는 물질이 생성된다는 것'이다. 엔도카나비노이드는 '대마초에서 추출되는 카나비노이드와 유사한데, 낮은 강도 즉 오래 달리거나 빨리 걷는 경우 분비된다'고 한다. 즉 규칙적인 운동은 약물에 대한 의존성을 낮출 수 있게 한다.[85]

안데르스 한센도 운동은 '부정적인 마음을 해독하는 최고의 방법'

---

85. 『운동의 뇌과학』, 제니퍼 헤이스 지음, 이영래 옮김, (주)현대지성(2023), 78, 124, 130, 134쪽.

이라고 주장한다. 그는 '영국에서 15만 명을 대상으로 했던 조사를 근거로 체력이 좋은 사람이 우울증 발생 위험이 낮았으며, 2020년의 메타분석 결과에서도 어린이와 청소년은 물론 중장년층에서도 우울증을 예방할 수 있음을 보여주었다'라고 이야기한다. 그 이유로 그는 스트레스 대응 시스템 HPA를 든다. 'HPA는 시상하부hypothalamus, H는 뇌 아래쪽에 있는 뇌하수체pituitary, P에 신호를 보내고, 뇌하수체는 부신adrenal glands, A에 신호를 보내는 시스템'이라고 한다.

이 HPA는 '신체의 가장 중요한 스트레스 대응 시스템으로, 영장류, 개, 고양이, 쥐, 도마뱀, 물고기 등 사실상 모든 척추동물에게 있다'고 한다. 인간의 경우 '시상하부에서 뇌하수체로 다시 부신으로 신호가 가면, 부신은 코르티솔이라는 호르몬을 분비하는데, 이 코르티솔 호르몬의 농도에 따라 시상하부와 뇌하수체 활동이 변하기에 코르티솔은 스트레스 호르몬인 동시에 항스트레스 호르몬으로 기능한다'고 한다.

그런데 '우울증 환자의 경우 이 HPA의 축의 활동의 변화 즉 코르티솔 농도가 높아지는데, 바로 이 농도를 조절하는 것이 약물이며, 운동도 그런 역할을 한다'고 말한다. 그의 말은 '신체활동이 해마와 전두엽의 기능을 강화하는데, 운동을 하면 해마의 물리적 크기가 커지고, 전두엽에 모세혈관이 더 생겨나면서 산소 공급을 활성화하고 노폐물을 제거하는 데 도움이 된다'는 것이다.[86]

이상에서 몸을 움직이는 것, 즉 운동이 왜 인지발달은 물론이고 정신건강에도 도움이 되는지 살펴보았다. 특히 명상과 걷기는 복잡한 기구나 장비를 사용하지 않고서도 누구나 할 수 있는 신체활동이다. 그

86. 『마음을 돌보는 뇌과학』, 안데르스 한센 지음, 이수경 옮김, 한국경제신문 한경BP (2023), 175~177쪽.

동안 이원론적 세계관, 특히 정신이 육체보다 위에 있다는 세계관의 영향으로 사람들은 신체적인 활동을 경시하곤 하였다. 그러나 이 책의 3부 1장에서 살펴보겠지만 몸과 정신은 결코 분리될 수 없다. 그렇다면 인지발달은 물론이고 정서발달과 정신건강에도 도움이 되는 신체활동인 명상과 걷기를 쉬우면서도 의미 있게 잘하는 방법은 무엇일까? 이제 이를 살펴보자.

2장.

자연과 함께 걷기

앞서 1장에서 보았듯이 몸이 정신과 분리될 수 없기에 명상을 통해서도 마음의 안정을 이룰 수 있다는 것은 이제 더 이상 낯설지 않다. 명상은 흔히 동양의 불교 등에서 유래한 것으로 알려져 있으나, 서양의 기독교에서 수도승들이 기도하면서 깊은 묵상에 빠지는 것도 일종의 명상이라고 할 수 있다. 최근에는 서양의 심리학에서도 동양의 명상 기법을 자신들의 방식으로 만들어서 심리적인 치료기법으로 활용하는데 아이러니하게도 이를 동양에서 수입하고 있다. 존 카밧진의 '마음챙김' 명상이 대표적이며, 스티븐 헤이즈의 수용전념치료에서도 명상을 활용한다.

한편, 한국의 김주환은 '마음근력'을 키우는 방법으로 명상을 제안한다. 그에 따르면 '마음근력은 인간이 어떠한 일을 해내기 위한 기본적인 성취 역량'이다. 그는 '인간은 생존 위기를 겪으면 두려움과 공포라는 감정이 생기는데 이는 생존에 필수적인 것으로, 만일 이 두려움과 공포가 신속히 해결되지 못하면 분노로 표출되기도 하며, 원시시대에는 두려움과 공포를 근육의 힘을 통해 즉, 도망치든지 아니면 맞서 싸워 해결했다'고 한다. 문제는 '현대인들이 겪는 생존의 위기는 근육의 힘으로만 해결될 수 있는 것이 아니라는 것'이다. 이 '문제들은 전전두피질을 중심으로 하는 신경망을 사용해야 하는데, 오랜 진화의 과정에서 뇌는 두려움과 공포를 관장하는 편도체 중심의 신경망으로 대응하여, 몸의 근육을 긴장시키고, 심박수를 높이고, 집중력과 문제 해결력을 저하하기에 바로 이를 조절하고자 능력을 길러야 한다'고 주장한다. 이 능력을 기르는 것이 마음근력 훈련이다.[87]

명상이 두려움과 공포 그리고 공포의 다른 표현인 분노를 다스릴 수 있다는 것은 명상으로 전전두피질 등 논리 추론을 담당하는 영역들이 활성화되는 것을 의미한다. 만일 그렇다면 이 영역이 오랜 명상을 통해서 뉴런과 뉴런의 연결이 강화되어 물리적으로도 변화를 만들어 낼 것이라는 가정도 충분히 가능할 것이다. 이와 관련하여 대니얼 골먼 등은 '명상을 하는 사람들과 명상을 하지 않는 사람을 대상으로 한 비교연구를 통해 몸 내부의 감각을 인지하고, 주의에 중요한 역할을 하는 영역들, 특히 전뇌섬엽anterior insula과 전전두피질 부위가 명상가의 경우 더 두껍게 나타난 바 있으며, 후속 연구들을 메타분석한 결과 명상가들의 뇌의 경우 뇌섬엽, 전전두피질, 안와전두피질 등이 두껍다는 것이 확인되었다'라는 연구를 소개한 바도 있다.[88]

사실 걷기는 명상의 일종이라고 할 수 있다. 명상은 정적 명상과 동적 명상으로 나눌 수 있는데, 걷기는 동적 명상에 포함된다. 자본주의 사회는 필연적으로 대도시를 만들어 낸다. 이는 중세의 대도시에 비할 바가 아니다. 더 많은 이윤을 축적하기 위해서는 더 많은 자본의 집중이 필요하며, 이는 사회를 분열시키고, 사람들의 정신을 피폐하게 만

87.『내면소통: 삶의 변화를 가져오는 마음근력 훈련』, 김주환, (주)인플루엔셜(2023), 33쪽, 37~38쪽.
88.『명상하는 뇌』, 대니얼 골먼·리처드 데이비드슨 지음 김완두·김은미 옮김, 김영사 (2022), 268~269쪽.

든다. 대도시화는 오랜 진화의 세월을 자연 속에서 생활했던 인간의 본성에 반한다. 때문에 도시에 인공적인 숲 즉, 공원을 조성하고, 수도를 끌어들여 인공하천을 조성하는 등의 방법을 쓰는 것도 같은 맥락이라고 할 수 있다. 인간은 인공적인 공간보다는 자연 속에 있을 때 행복감을 느낀다. 오스트리아의 건축가이자 화가인 훈데르트바서가 인위적인 '직선'에 반대한 것도 같은 맥락일 것이다.

신경과학자인 미셸 르 방 키앵은 자연이 인간에게 미치는 긍정적인 영향을 신경과학적으로 증명하고자 하였다. 그 내용은 다음과 같다.

우선 숲속 걷기이다. 미셸 르 방 키앵의 주장에 따르면 '우리의 몸은 교감신경계와 부교감신경계가 번갈아 활성화되는데, 두려움, 분노, 스트레스 같은 상황에서는 교감신경이 작동하면서 신장 바로 위에 있는 부신을 자극하면서 아드레날린, 노르아드레날린, 코르티솔을 분비하게 한다. 그 결과 근육이 수축되고, 심장박동이 빨라지고, 피부의 혈관을 수축시킨다.' 반대로 '휴식을 할 수 있는 환경이 갖춰지면 부교감신경계의 중심이 되는 미주신경을 포함한 신경계들이 활성화되면서 각 기관의 기능 속도를 떨어트려 몸이 이완되고 생체 기능의 회복을 돕는다.' 그런데 숲을 걷게 되면 '부교감 신경계가 활성화되어 생리 기능의 속도를 늦추고, 게다가 숲속 공기에 함유된 피톤치드라는 유기분자가 갖는 항생적 기능의 효과도 얻을' 수 있다.

흥미로운 것은 피톤치드는 '항생제 역할만 하는 것이 아니라 감정과 기억에도 영향을 미치는데, 이는 우리의 후각 중추가 해부학적으로 감정이나 정서를 관장하는 편도체에 가깝게 위치하고 있기 때문'이다. 또한 우리에게 익숙한 삼림욕은 인지능력에도 혜택을 주는데, 그 이유는 '인지 활동은 에너지 소비가 아주 높기에 오래 지속되면 피로감을 느끼고 효율성도 떨어지는데, 이를 회복시키는 데 자연과의 정기적

인 접촉이 휴식의 기회를 제공한다.'

미셸은 '휴식 시간 동안 녹지 이미지를 보게 한 실험군과 시멘트 지붕 이미지를 보게 한 실험군을 비교한 결과 녹지를 보게 한 쪽이 주의력과 집중력이 향상되었다'라는 연구를 소개하면서 '자연을 보는 것만으로도 주의력과 집중력이 향상된다'고 주장하였다. 뿐만 아니라, '반복되는 생각을 되씹는 정신적 반추로 인해 사람들이 범불안장애와 우울증을 겪기도 하는데, 숲에서의 산책은 정신적 반추를 크게 완화' 시키는데, 그 이유는 '정신적 반추를 부추기는 도시와 달리 숲속 산책은 전대상피질을 진정시키고 불안감과 강박적인 생각을 저지하는 효과를 가지기 때문이며, 심지어 알코올중독이나 다른 중독 해소에 좋은 효과를 가진다'는 여러 연구를 제시한 바도 있다.[89]

다음 바닷가 걷기이다. 미셸은 바다의 파란색에 주목한다. '인간이 단순히 파란색을 보는 것만으로도 측정 가능한 생리학적 효과가 나타나는데, 파란색이 무한히 펼쳐진 바다를 바라보면 땀샘 작용이 감소하면서 피부의 전도율이 줄어들며 피부의 저항력이 높아진다'고 주장한다.

또한 '푸른빛은 뇌에 빛의 존재를 알리고 인지기능을 자극하는 역할을 하는 멜라놉신melanopsin이라는 망막 색소에 영향을 미치는데, 이 멜라놉신은 인지능력 중에서도 특히 집중력을 향상하는 데 도움이 된다.' 한편, 미셸은 바다가 만드는 풍경이 인간에게 안정감을 주는 이유는 '위협적인 자극에 즉각적으로 반응하는 편도체가 쉴 수 있기 때문'이라고 말한다. '해변에서 바다를 보면 단조로운 파도 선율 외의 방해하는 소리가 적어, 위협을 감지하지 않는다'라는 것이다.

---

89. 『자연이 우리를 행복하게 만들 수 있다면』, 미셸 르 방 키앵 지음, 김수영 옮김, (주)프린트페이지(2023), 39~57쪽.

이는 '농산어촌보다 도시가 신경질환 발병 위험성이 높은 것과 연관되는데, 바다를 바라보면 편도체의 작동을 멈추게 되어 스트레스를 이완시킬 수 있다는 것'이다. 흥미로운 것은 바닷가를 거닐면 시각은 물론 청각적 자극을 같이 받아서 뇌파를 안정화 단계에 들어가게 한다는 점이다. 독일의 의학자 한스 베르거가 뇌파를 발견한 이후, 평온한 상태에서도 뇌파가 형성되는 것이 확인되는데 이를 알파파라고 부른다. 그런데 이 알파파는 '반복적인 소리로 동기화되는데 바닷가의 규칙적인 파도 소리가 알파파를 만들어 평온함과 안정감을 준다'는 것이다.[90]

마지막으로 흙과 친하게 지내기다. 최근에는 생태전환교육이 강조되며 텃밭 교육이 늘어나고 있다. 학교에 텃밭을 조성하기도 하고, 주말농장을 찾는 사람들도 늘어나고 있다. 텃밭을 가꾸는 것은 흙을 만지는 것이다. 이것이 인간에게 어떤 영향을 미칠까? 미셸은 인간의 배 속에도 뇌가 있으며, 이것이 미생물의 영향을 받는다고 설명한다. 그는 '배 속에도 뇌처럼 뉴런이 있으며, 머리의 뇌와 정보를 교환하는 약 2억 개의 뉴런이 활발히 활동하는데, 이 뉴런들이 소화관을 따라 감겨 있는 장신경계enteric nervous system는 식도에서 항문까지 10~12미터까지 늘어나며, 약 400제곱미터의 장의 표면을 덮는다'는 것을 강조한다. 그리고 '배와 내장에서 나온 정보는 미주신경vagus nerve이라는 중추신경에 전달되는데, 이 신경이 미주wandering라는 방랑한다는 뜻이 붙은 이유는 인체에서 가장 길고 넓게 퍼져 있기 때문'이라고 설명한다.

---

90. 『자연이 우리를 행복하게 만들 수 있다면』, 미셸 르 방 키앵 지음, 김수영 옮김, (주)프런트페이지(2023), 71~79쪽.

우리는 장신경계는 '스트레스와 감정에 민감하여 인간의 행복감에 즉각적으로 영향을 미치는데, 만일 성폭력이나 정신적 외상처럼 강력한 스트레스를 받는다면 그로 인해 변형되기도 한다'라는 점에 주목해야 한다. 특히 '장신경계는 미생물군집microbiota의 영향을 받는데, 소화 점막에는 수많은 외부 분자, 미세한 진균眞菌, 서로 다른 100여 종의 바이러스가 약 100조 개 있다'는 점을 놓치지 말아야 한다. 미셸은 이 장 내 미생물들이 인간의 기억과 기분에 영향을 미친다고 주장한다. '박테리아들이 기분과 행동에 영향을 주는 세로토닌과 도파민 같은 신경전달물질을 합성하기도 하며, 락토바실러스 루테리 lactobacillus reuteri를 포함한 유산균들은 기억력의 활성화에 기여하는 사실도 발견되었으며, 우울증 진단의 받은 환자의 경우 코프로코쿠스 coprococcus, 디알리스터dialister 박테리아의 수가 확연히 적게 나타난 것에서처럼 장 내 미생물이 두뇌에 화학적 변화를 일으켜 인간의 심리상태에 영향을 준다'는 것을 알아야 한다고 강조한다.

미셸은 '도시에서 과도하게 청결한 생활을 하는 아이들이 좋은 미생물과 접촉할 기회를 차단당하며, 그 때문에 아이들이 좀 더 건강하게 생활하려면 밖에 나가서 놀고, 흙을 접할 수 있는 정원 가꾸기, 자연 친화적인 건강한 식생활의 지속성이 중요하다'고 제안한다.[91]

미셸 르 반 키앵이 제안하는 방법, 우리가 숲을 걷고, 바닷가를 걷고, 그리고 흙을 접하는 방법 중 하나는 바로 맨발 걷기가 될 것이다. 최근 맨발 걷기가 전국적으로 열풍이다. 중장년층을 중심으로 건강을 지키기 위하여 맨발 걷기 운동이 펼쳐지고 있는데, 이를 반영하듯 일

91. 『자연이 우리를 행복하게 만들 수 있다면』, 미셸 르 방 키앵 지음, 김수영 옮김, (주)프런트페이지(2023), 184~197쪽.

부 기초지방자치단체에서는 맨발로 걷기 좋은 공원시설 개선 등도 실행하고 있다. 자치단체장의 입장에서는 유권자들의 표심을 잡으려 하는 것이겠지만, 거시적으로 보면 예방의학 차원에서도 맨발 걷기는 시민들의 건강 증진에 긍정적인 기여할 것으로 보인다.

치매에 걸려 가족들에게 고통을 안겨주기를 원하는 사람들은 없을 것이다. 뇌는 생존을 위한 사령탑의 역할을 한다. 뇌에 문제가 생긴다는 것은 생존에 문제가 발생함을 의미한다. 누구나 건강하게 아프지 않게 늙기를 원한다. 고령화사회라고 하지만 아파서 고통 속에서 연명하는 고령화라면 반갑지 않은 일이다. 이전에는 60세를 넘기면 잔치를 크게 하고 축하했지만 지금은 그렇지 않다. 평균수명이 80세인 사회가 되었고, 곧 100세가 기대수명이 되는 세상이 다가올 것이다. 여러분들은 어떻게 나이 들 것인가? 젊을 때는 격렬한 운동을 할 수 있지만, 나이를 먹으면 걷기와 같은 부담이 덜한 운동이 적절하다.

나는 지인들과 틈틈이 맨발 걷기에 참여하고 있다. 내가 사는 인천에도 맨발로 걷기 좋은 길이 몇 군데 있다. 남동구 선학동 승기천 둑길에 조성된 진흙 맨발길, 연수구 봉재산 언덕에 조성된 맨발 산책길이 대표적이다. 중구 영종도의 해변길도 맨발 걷기에 좋다. 하나개 해변을 포함한 다양한 해변은 맨발 걷기를 하는 분들이 자주 찾는 코스이다. 맨발 걷기는 어떤 효능이 있을까?

첫째, 초등학생을 대상으로 한 연구를 살펴보자. 2017년 한 초등학교에서 전교생 279명을 대상으로 3월부터 12월까지 맨발 걷기를 실시하였는데, 아침 등교시간, 중간체육 시간, 점심시간, 수업 시간 전후, 체육 시간 등을 활용하여 1~2학년은 운동장 3바퀴 이상, 3~4학년은 5바퀴 이상, 5~6학년은 7바퀴 이상 걷고, 학급별로 기록하였다고 한다. 맨발 걷기 체험활동 프로그램 실시 전후를 비교하는 뇌파검사를 하였는데 '불안하거나 긴장할 때 나타나는 Gamma파는 줄어들었고, 주의 집중력과 관련된 SMR파와 Alpha파는 높아졌다'고 한다. 또한 '주의 집중력과 감각의 민감도, 인지능력의 증가와 정비례하는 것으로 알려진 SMR파도 맨발 걷기 체험활동 프로그램을 실시 후 더 높게 나타났다'고 한다. 그뿐만 아니라 '스트레스 지수는 더 낮게 나타났다'고 주장하였다.[92]

둘째, 중학생을 대상으로 한 연구를 살펴보겠다. 이 연구에서는 남자 중학생을 대상으로 맨발 걷기와 일반 걷기가 체성분과 복부둘레에 미치는 영향의 차이를 비교하기 위해 12주 동안 주 4회 각 40분씩 운동 처치를 실행하였다고 한다. 연구 결과 체성분 변인 중에서 체질량지수, 체지방량, 체지방률에서 맨발 그룹이 운동화 그룹보다 더 큰 변화량으로 감소하였고, 이에 비해 골격근량과 제지방량(몸무게에서 지방량을 제외한 것)에서는 맨발 그룹이 더 큰 변화량으로 증가하였다고 한다. 또한 복부둘레에서도 맨발 그룹이 운동화 그룹보다 더 큰 변화량으로 감소하였다고 한다. 연구자는 '맨발로 걷기가 신체의 하중을 실은 걸음으로 운동장의 작고 굵은 흙의 입자와 알갱이들을 밟음으로써 발바닥에 분포한 인체 내의 조직, 기관, 선 등에 각각 상응·일치하는 신경반사구, 림프체계, 신경 말단을 자극 및 지압하여 온몸의 장기와 기관을 더욱 활성화한 것'이라고 주장하였다.[93]

또한 위 연구의 연구자는 중학생을 대상으로 한 다른 연구에서는 맨발 걷기가 인지 능력향상과 스트레스 감소에 도움이 된다고 주장하

---

92. 「맨발 걷기 체험활동 프로그램이 초등학생의 뇌파 및 두뇌활용능력에 미치는 영향」, 이금녀·신재한, 학습자중심교과교육연구, 19권 8호(2019).
93. 「비만 남자 중학생의 맨발 걷기와 일반 걷기의 운동 효과 분석」, 김태훈, 인문사회 21, 11권 1호(2020).

였다. 연구자는 12주간 1주일에 4회 이상의 빈도로 1회에 준비운농과 정리운동을 포함하여 40분씩 걷기를 실시하고, 맨발 걷기 전과 후로 집중력과 스트레스 정도를 비교하였다고 한다. 그 결과 맨발 그룹은 일반 그룹에 비해 인지 강도와 인지 속도, 집중력은 증가한 반면, 스트레스는 감소하였다고 한다. 연구자는 맨발로 걷는다면 발바닥의 고유 감각수용체에 지면의 정보가 감각 피드백으로 뇌에 전달되는 속도가 통증을 느끼는 속도보다 250배가 빠르다는 것에 착안하여, '발바닥의 반사구와 촉각수용체를 통해 지면의 정보를 중추신경계로 전달하는 정보처리과정을 거쳐 발의 뼈와 근육 관절, 인대 등을 통해 다음 걸음을 수정하고 이 과정에서 인지 강도 및 인지 속도가 향상되었을 것'으로 추론하였다.

그뿐만 아니라, 맨발 걷기가 '장신경계의 반사구를 자극하여 혈류를 통한 산소와 영양분의 효율적 공급으로 내장 신경세포가 활성화되고 장 속의 미생물들이 건강해지면서 세로토닌 등의 긍정적 호르몬이 분비될 수 있을 것'이라고 유추하면서 결과적으로 맨발 걷기가 '스트레스 감소에 기여할 것'이라고 주장하였다.[94] 이는 앞의 미셸 르 방 키엥의 논의와 유사하다.

셋째, 고등학생을 대상으로 한 연구 결과이다. 12주간 남자 고등학생을 대상으로 맨발 걷기 운동을 하게 한 연구로 평소 규칙적으로 운동을 하지 않는 고등학생 30명을 선정한 후, 운동집단 15명과 비교집단 15명을 배치하여 맨발 걷기를 12주간 주 4회 아침마다 준비운동과 마무리 운동을 포함하여 40분 정도 실시하였다고 한다. 실시 전후를 비교한 결과 건강관련체력 요소 중 근지구력, 체지방률 개선에 긍

94.「맨발 걷기 운동이 중학생의 인지기능 및 두뇌 스트레스에 미치는 영향」, 김태훈·김기진, 인문사회 21, 12권 3호(2021).

정적인 결과를 가져왔고 특히, 심폐지구력 향상에 기여했다고 한다. 또한 인지된 신체 능력과 신체적 자기표현 자신감의 증가에 영향을 주어 신체적 자기효능감 향상에 도움이 되었다고 한다.[95]

넷째, 맨발 걷기가 아동·청소년은 물론이고 성인들 특히 중년여성에게도 도움이 된다는 연구도 나온 바 있다. 이 연구에서는 6개월 동안 주기적 신체활동에 참여한 경험이 없는 중년여성들을 대상으로 총 12주간 주 3회, 회당 60분으로 신발 걷기 그룹과 맨발 걷기 그룹으로 집단을 나누어 실험했다. 연구 결과 맨발 걷기 운동이 '폐경기 여성의 여성호르몬, 뇌신경세포 성장인자 및 면역글로불린 수준을 정상범위 내에서 유지하고 긍정적으로 개선하는 데 효과가 있는 것'으로 나타났다고 한다. 연구자는 '노년기를 맞이하는 중년 여성에게 맨발 걷기가 노화의 속도를 지연시킬 수 있을 것'이라고 추론하였다.[96]

최근에는 맨발 걷기가 치유 효과를 가진다는 주장도 있다. 맨발 걷기는 활성산소를 제거하는 효과를 지닌다고 알려져 있다. 원래 활성산소는 몸을 치유하는 기능을 하는데, 그 역할을 다하면 배출되는 게 정상이라고 한다. 적당량이 존재하면 문제가 안 되지만 너무 많게 되면 노화를 비롯한 각종 질병의 원인이 된다는 것이다. 항산화물질이 많은 음식을 먹어야 한다는 것이 이런 논리이다. 항산화식품을 먹는 것과 더불어 적절한 운동이 병행되어야 하는데, 그중 하나가 바로 맨발 걷기로 양전하를 띤 활성산소가 맨발 걷기를 하는 과정에서 땅에서 올라온 음전하를 띤 자유전자와 결합하여 중화될 수 있다는 것이

---

95. 「맨발 걷기 운동이 남자 고등학생의 건강관련체력과 신체적 자기효능감에 미치는 영향」, 최광식, 한국교원대학교 교육대학원 석사논문(2020).
96. 「맨발 걷기 운동이 폐경기 여성의 여성호르몬, 뇌신경세포 성장인자 및 면역글로불린에 미치는 영향」, 호은석 한국교원대학교 교육대학원 박사논문(2021).

다. 인간 몸에 미세한 전류가 흐르기에 맨발 걷기로 접지 효과를 얻는다는 논리이다. 그래서 비 오는 날이나, 비 온 뒤에 맨발 걷기를 하면 접지 효과에 도움이 된다고 한다. 좀 더 과학적인 증거들과 임상적 결과가 제시된다면 더 큰 설득력을 얻을 수 있을 것으로 생각된다.

이상에서 걷기가 육체적인 건강은 물론이고 인지적인 발달에 도움이 되며, 명상의 효과를 갖기에 정신적인 건강에 도움이 된다는 사실, 특히 자연 속에서 걷기가 지닌 장점을 살펴보았다. 그런데 걷기가 개인의 안위를 위한 걷기에 그친다면 그 한계는 분명할 것이다. 읽기와 쓰기가 세상과 소통하면서 자신을 성찰하고 더 나은 세상을 만드는 데 동참하는 양식을 가진 시민을 형성하는 것에 기여할 수 있어야 하듯이, 걷기도 개인의 육체적, 정신적 건강이라는 수준을 넘어설 필요가 있다. 그래서 나는 개인적 걷기가 아니라 사회적 걷기(생태적 걷기)를 제안하고자 한다. 셰인 오마라는 사회적 걷기에 대해 다음과 같이 설명한다.

"깊이 들여다보면 걷기는 매우 높은 사회적 기능을 수행한다. 우리는 이상을 향해 함께 걷는다. 나눠 먹을 음식을 찾기 위해 함께 걷고, 사회적인 메시지 전달을 위해 함께 걷고, 세상을 바꾸기 위해 함께 걷고, 나와 상대방의 삶을 더 풍요롭게 하기 위해 함께 걷고, 함께 있는 것이 좋아 함께 걷는다. 우리는 함께 걸으며 진화해 왔고 사회적 걷기는 이를 증명한다. 사회적 걷기는 타인에게 우리의 공유된 의지와 집단적인 목표를 보여주고, 이에 대한 메시지를 전한다. (중략) 사회적 걷기는 여러 가지 긍정적이고 강력한 형태로 모습을 드러낸다. 이는 조금 더 사적인 일대일의 관계뿐만 아니라 더 넓은 의미의 사회에서 사회적 응집력을 만들어 내고 유지하는 데 매우 중요한 역할을 한다.

(중략) 사회적 걷기는 매우 특이한 현상이다. 따라서 움직이는 뇌와 몸의 조화라는 놀라운 위업은 가끔 간과되기도 한다. 사회적 걷기는 다른 이들과 보폭과 박자를 맞춰 일정 시간 동안 행동의 목적을 공유하고 유지하게 한다. 자신의 궤적과 움직임의 방향을 조절하고, 함께 걷는 이의 궤적과 움직임의 방향을 예측하기 위해 다수의 뇌 영역에서 동시에 조직화 된 운동이 일어나야 한다.

여기서 중요한 것은 이러한 예측을 이용해서 자신의 움직임을 함께 걷는 사람이나 그룹의 움직임에 맞추고 동시에 대화를 하거나 노래를 부르거나 구호를 외치는 등의 행위를 함께할 수 있도록 노력해야 한다는 것이다. 이것은 쉬운 일이 아니다. 그렇기 때문에 이를 수행할 수 있는 로봇이 아직 없는 것이다"[97]

'사회적 걷기'를 가장 싫어하는 사람들은 누구일까? 독재자들일 것이다. 셰인 오마라는 '독재자들이 승인하는 집단적 걷기는 군대 행진뿐'이라고 지적하면서 '사회적 걷기는 독재와 식민 통치를 무너뜨리고 시민들의 권리를 확장할 수 있다'고 주장한다. 실제로 독재자들은 사람들이 모일 수 있는 광장을 없애려 하였다. 이들은 시민들을 위한 화단을 만든다면서 광장을 없애기도 하고, 차를 위한 도로를 넓히면서 사람들

---

97. 『걷기의 세계』, 셰인 오마라 지음, 구희성 옮김, 미래의창(2022), 218, 221, 224쪽.

이 걸어 다니는 길을 좁게 만든다. 이런 점을 고려한다면 만일 걷기가 오로지 내 자신의 육체적, 정신적 건강만을 위한 것이라면 그런 걷기는 통치하는 자들이 참으로 좋아할 만한 걷기이다. 그래서 한두 명이 걸어 다닐 수 있는 좁디 좁은 산책길은 정비하는지 몰라도, 차 대신 사람이 걸어 다닐 수 있는 도로망의 확장이나 재정비, 그리고 광장을 만드는 것에는 그토록 지극히 소극적일 것이라는 추측도 가능하다.

나는 오로지 자신의 건강만을 위한 폐쇄적인 걷기보다는 여럿이 함께 걷는 사회적 걷기가 확산되어야 한다고 생각한다. 여럿이 함께 걸으면서 생각을 나누고, 마음을 나누면서 성찰적인 사고를 이끄는 대화가 일어나길 희망한다. 그리고 삼삼오오 모여서 걷는 수준을 넘어서 더 나은 교육, 더 나은 사회를 모색하는 더 많은 사람이 함께 목소리를 내는 사회적 걷기가 다양한 의제를 주제로 하여 우리나라 곳곳에서 활성화되길 희망한다. 또한 숲속을 걸을 때도, 바닷가를 걸을 때도 오로지 자신의 안위를 위한 걷기로 그치는 것이 아니라 생태환경을 보호하는 실천 - 예를 들어 그것이 쓰레기 줍기와 같은 작은 행동이라도 좋으니- 을 하는 사회적이고 생태적인 걷기가 되길 희망한다. 또한 차도 중심의 도로체계를 보행자 중심의 도로체계로 만들게 하는 시민들의 목소리가 커지길 희망한다.

걷거나 자전거를 타고 다닐 수 있는 도시환경을 만드는 것은 기후위기에 대한 적극적인 대응의 하나인 동시에 도시민들의 활력적인 삶에도 큰 도움이 될 것이다. 우리는 사회적 걷기를 통해서 이런 의제들도 얼마든지 공론화할 수 있다.

이렇게 개인적 걷기에서 사회적 걷기로 확산할 때 걷기는 읽기, 쓰기와 결합될 수 있을 것이다. 그게 아니라면 읽기 따로, 쓰기 따로 그리고 걷기가 따로 노는 상황을 벗어나기 어려울 것이다. 그렇다면 우리가 살아가는 마을에서 읽기, 쓰기, 걷기가 온전히 결합할 방안은 무엇일까? 그것은 이 책의 4부에서 다루도록 하겠다.

3부

발달에 대하여

1장.

발달의 비연속성

① 몸과 마음

교육학의 사전적 정의는 무엇일까? 백과사전에서는 '교육을 근대과학적 방법으로 연구하고 그 성과를 체계화하여 정리한 학문'이라고 정의하고 있다. 그렇다면 교육에 대한 정의는 무엇일까? 교육학 용어 사전에는 교육은 '인간의 정신적·신체적 성장과 발달을 어떤 이상理想이나 목적, 혹은 가치 기준에 의하여 통제하거나 조력助力하는 일련의 인위적 과정'으로 자연적인 성장이나 우연한 학습은 제외하고 있다.

이 두 개의 정의를 종합하면 교육학은 '인간의 정신적·신체적 성장과 발달을 통제하거나 조력하는 일련의 인위적 과정을 과학적 방법으로 연구하고 그 성과를 체계화하여 정리한 학문'이라고 말할 수 있다. 여기서 중심은 '발달'이며, 이 발달을 정신적 발달과 신체적 발달로 나누고 있음을 알 수 있다.

그런데 정신과 신체(육체)는 분리될 수 있는 것일까? 당신의 정신과 몸은 분리될 수 있는가? 현대사회에서 보통 교육을 제대로 받은 사람이라면 결코 심신이원론에 빠지지는 않을 것이다. '몸과 분리된 정신(영혼)이 여기저기 떠돌아 다닌다'는 식의 어처구니없는 생각은 판타지 소설이나 오컬트 영화에서나 다룰 법한 것이기 때문이다. 그런데 의외로 심신이원론은 넓게 퍼져 있으며, 그 뿌리가 깊다. 심지어 서양

근대철학의 태동을 알린 데카르트조차도 정신과 육체를 분리해서 바라보았다. 데카르트는 『성찰』에서 인간의 영혼(정신)과 육체의 실재적 구별을 주장하였다.

> "물체는 일반적으로 볼 때 하나의 실체요, 따라서 결코 소멸하지 않는다는 것, 그러나 인간의 신체는 다른 물체들과 다른 한, 다만 지체들의 어떤 일정한 배치와 이 밖에 이와 비슷한 우유성偶有性[98]들만으로 구성되어 있다는 것, 이와는 반대로 인간의 영혼은 그와 같은 우유성들만으로 되어 있는 것이 아니라, 하나의 순수한 실체라는 것을 주의하지 않으면 안 된다. 왜냐하면 설사 정신의 모든 우유성이 변화한다고 할지라도, 가령 어떤 다른 것을 생각하고, 다른 것을 바라고, 다른 것을 감각한다고 할지라도, 그 정신이 다른 것이 되는 것은 아니지만, 인간의 신체는 그 부분들 중 어떤 것의 모양이 달라지기만 해도 다른 것이 되고 말기 때문이다. 이것으로부터 신체는 쉽사리 소멸하지만, 정신은 그 본성상 불사라고 하는 것이 귀결된다."[99]

데카르트는 육체는 우유성偶有性으로만 이루어진, 즉 비본질적인 것이고, 이에 반해 영혼(정신)은 본질적인 순수한 실체이며 불멸을 유

---

98. 사전적 정의에 따르면 '우유성(偶有性)'은 사물이 지닌 성질에는 그 성질이 없어지면 사물 자체도 스스로의 존재를 잃어버리는 것과, 어떤 성질을 제거하여도 그 사물의 존재에는 영향을 주지 않는 것이 있는데, 뒤의 것을 우유성 또는 우성(偶性)이라고 한다. 이는 비본질적인 성질을 가리키는 말이다. 역사적으로는 아리스토텔레스가 사용한 개념으로서, 중세의 스콜라 철학을 거쳐, 17~18세기에도 사용되었다고 한다.(철학사전, 2009)
99. 『방법서설, 성찰, 데카르트 연구』, 최명관 역·저, 서광사(1983), 74쪽.

지한다고 했다. 데카르트는 '신체의 본질이 연장이라면 영혼 혹은 마음의 본질은 사유가 되는데, 영혼은 신체와 구분되는 실체로 송과선pineal gland에서 만난다'고 보았다. 그 결과 데카르트는 '신체와 마음이 어떻게 서로 합쳐지는지를 이해하는 것은 인간의 능력 밖이든가, 아니면 기껏해야 둘의 상호작용이라는 것에 머물 수밖에 없는 곤경에 빠지게' 된다. 즉 '데카르트는 연장적인 신체와 순수 사유로의 마음 사이에 존재론적 구분을 지어 확실성을 가지려다가 역설적으로 지적 무질서를 초래하게' 되었다.[100]

데카르트는 1633년 갈릴레오 갈릴레이가 종교재판을 받는 것을 보고 자신의 저술을 발표하지 않았기에 저작들이 사후에 발표되었다. 그는 '인간의 뇌와 유인원의 뇌 사이의 해부학적 차이는 뇌의 기저에 있는 콩알만 한 크기의 구조물인 송과선pineal gland이라는 구조에서 비롯된다고 믿었고, 이곳에서 물질적인 것과 사유하는 것의 상호작용이 일어난다'고 보았으나, '1666년 그의 책이 공개되자마자 해부학자들은 그가 인간에게만 고유한 구조물이었다고 믿었던 송과선이 모든 척추동물에게서 발견된다는 것'을 지적하였다. 그는 '동물 혼이 유체로 이루어져 빠르게 움직인다고 생각했고, 당시 유행했던 수압식 자동 기계장치나 기계장치를 통해 움직이는 인형인 오토마타처럼 작동할 것'이라고 생각하였다.[101]

흔히 사람들의 통념 안에는 영혼(정신)이라는 것에 대한 믿음이 있다. 육체로부터 분리될 수 있는 무엇이 있다고 믿는다. 영혼, 정신, 혼

---

100. 『마음·뇌·심리: 데카르트에서 제임스까지』, Robert H. Woznik 지음, 진영선·한일조 옮김, (주)학지사(2011), 18~22쪽.
101. 『뇌과학의 모든 역사』, 매튜 코브 지음, 이한나 옮김, (주)도서출판 푸른숲(2021), 62~63쪽.

백, 혼령, 귀신, 유령 등 부르는 이름도 다양하다. 이는 동서양을 막론하고 널리 퍼져 있다. 육신은 껍데기에 불과하고 영혼이 알맹이기에 이 영혼이 사람의 몸에 들어가기도 하고 천국에 가기도 하고 지옥으로 떨어지고 한다는 식이다. 그러나 이런 통념에 대한 뇌과학자들의 태도는 매우 단호하다. 디크 스왑의 이야기를 들어보자.

> "역사를 통틀어 모든 문화는 '영혼'이 존재한다고 가정해왔다. 오늘날 대학에서는 적어도 명목상으로 영혼을 다루는 학문 분야, 즉 심리학psychology이 있다. 그러나 실제 심리학은 영혼이 아니라 오로지 행동을, 보다 최근에는 뇌를 연구한다. 인간이 숨을 거둔다는 것은 영혼을 내보내는 것이 아니라 단지 뇌가 활동을 멈춘 것이다. 나는 '정신'이 천억 개에 이르는 뇌세포들의 활동에 의해 발생한 것이며, '영혼'은 단순한 오해라는 내 간단한 추론을 설득력 있게 반박하는 논거를 아직까지 듣지 못했다. '영혼'이라는 개념의 보편적인 사용은 죽음에 대한 불안, 세상을 떠난 사랑하는 이를 다시 만나고 싶은 염원, 우리는 아주 중요한 존재라서 죽음 후에 우리의 뭔가가 남아 있을 것이라는 교만한 생각에 기인한다고 추정된다"[102]

신경과학자인 안토니오 다마지오는 『데카르트의 오류』라는 책을 통해 정신과 육체의 관계에 대해 정면으로 다루고 있다. 신경과학자답게 그는 '정신이라는 것이 신경세포의 활동에서 유래한다는 것은 너무나

---

102. 『우리는 우리 뇌다』, 디크 스왑 지음, 신순림 옮김, (주)열린책들(2015), 423~424쪽.

명백한 사실'임을 강조한다. 뇌 손상을 입은 사람들에 관한 수많은 연구 결과가 말해주듯이 정신활동은 뇌와 신체(육체)와 분리될 수 없다는 것이다.

"자아는 당신의 뇌 안에서 무엇이 진행되는지를 숙고하는 작은 무명의 난쟁이가 아니다. (중략) 자아의 생물학적 상태가 발생되기 위해서는, 많은 신체 고유 체계가 그래야 하듯이 많은 뇌 체계가 한창 진행 중이어야 한다. 만일 당신이 뇌 신호를 신체 고유로 가져가는 모든 신경을 끊는다면, 당신의 신체 상태는 급격하게 변화되며, 결과적으로 당신의 마음도 변화될 것이다. 만일 당신이 신체 고유에서 뇌로 가는 신호만을 끊는다 해도, 당신의 마음 역시 변화될 것이다. 척수 부상 환자에서 일어나는 것처럼, 심지어 뇌-신체 교통의 부분적인 봉쇄만 있어도 마음의 상태가 변화하는 원인이 된다."[103]

철학자 대니얼 데닛은 『박테리아에서 바흐까지, 그리고 다시 박테리아로』에서 데카르트의 심신이원론의 문제점을 지적하였다. 그는 '데카르의 상처', '데카르트의 중력'이라는 표현을 사용하면서 이를 다룬 바 있다. 그는 데카르트의 주장의 문제점에 대해 다음과 같이 지적하였다.

"데카르트 이래 이원론이 가진 문제는, 마음과 육체 사이에서 벌어지는 이 가상 거래의 상호작용이 어떻게 물리 법칙

---

103. 『데카르트의 오류』, 안토니오 다마지오 지음, 김린 옮김, (주)눈풀판그룹(2017), 332~333쪽.

들을 위배하지 않으면서 일어날 수 있는지를 그 누구도 믿을 만하게 설명한 적이 없다는 것이다.

(중략) 생명과 번식마저 물리-화학적으로 설명된다고 믿으면서, 왜 유독 의식 문제에서만 우주가 극적으로 이분될 것이라 기대해야 한단 말인가? (중략) 사람들은 칼슘의 화학적 성질이나 암의 미생물학적 세부 사항에 관해서는 차분히 설득될 준비가 되어 있지만, 자기 자신의 의식의 경험에 관해서만큼은 자기가 특정한 개인적 권리를 가지므로 자신이 수용할 수 없는 이론은 모두 꺾을 수 있다고 생각한다.

(중략) 우리가 박테리아의 자가 수선과 올챙이의 호흡, 그리고 코끼리의 소화를 설명할 수 있다면, 호모 사피엔스의 의식적인 생각의 그 비밀스러운 작동 원리 역시 끊임없이 개선되고 자가 향상하는 과학적 거대 조직의 작동 원리와 동일하다는 사실만이 끝끝내 폭로되어서는 안 될 이유가 뭐가 있겠는가?"[104]

철학자 데닛의 지적은 매우 유효하다. 철학과 과학은 분리될 수 없다. 교육학이 교육을 근대과학적인 방법으로 연구하고 그 성과를 체계적으로 정리하는 학문으로 출발하였다면, 교육학은 과학적 성과를 받아들이는 데 성실해야 한다. 이는 교육학자만의 몫이 아니라 교육에 참여하는, 교육과 연관된 모든 사람에게 해당하는 것이다. 그러나 우리 사회의 현실은 어떠한가?

얼마 전 교사를 상대로 하는 학부모의 갑질 사례 중 하나로 왕의

---

104. 『박테리아에서 바흐까지, 그리고 다시 박테리아로』, 대니얼 C. 데닛 지음, 신광복 옮김, (주)바다출판사(2022), 53~59쪽.

DNA 논란이 있었다. 교육부에 재직하는 직원이자 학부모가 자신의 자녀는 '왕의 DNA를 가지고 태어났으니 그에 맞게 대우해 달라'는 황당한 요구를 교사에게 하고, 심지어 아동학대로 교사를 신고하는 등 갑질을 한 사례이다. 한 나라의 교육부 직원이 이런 비과학적인 세계관을 가지고 있다니 참으로 답답한 일이 아닐 수 없다. 대한민국의 교육 현실을 보여주는 단면이다.

다시 본론으로 돌아오자. 정신이 육체와 별개의 것이 아니라면 정신은 어디서 어떻게 형성되는 것일까?

다마지오는 정신이 뇌의 특정 부위에서 비롯된다는 식으로 말하지 않는다. 그에 따르면 정신 혹은 마음이라는 것은 뇌를 포함하는 몸 전체 활동의 산물이다. 다마지오는 『느끼고 아는 존재』에서 이를 더욱 강조하였다. 그는 '마음과 의식이 같은 말이 아니다'라고 주장한다. 그는 '마음이 풍성해진 상태가 의식'이며, 이는 유기체로의 인간 안에서 펼쳐지는 것으로 이해한다.

> "나는 마음이 풍성해지는 상태가 의식이라고 생각한다. 마음이 풍성해지는 과정은 현재 진행되고 있는 과정 안에서 마음의 요소들이 추가되는 과정이다. (중략) 현재 내가 접근할 수 있는 모든 마음속 내용물은 내게 속하며, 내 소유이며, 나라는 유기체 안에서 실제로 펼쳐지고 있다는 것을 확실히 알려준다."[105]

---

105. 『느끼고 아는 존재』, 안토니오 다마지오 지음, 고현석 옮김, 흐름출판(2021), 157쪽.

다마지오는 마음이 유기체 안에서 일어나며, 마음은 내용물은 이미지로 나타난다고 말한다. 그리고 그 이미지들이 의식을 형성하는데, 이는 세 가지 세계에서 비롯된다고 주장한다.

> "첫 번째 세계는 우리 주변의 세계다. 이 세계는 우리가 점유하고 있는 환경과 우리가 시각, 청각, 촉각, 후각, 미각 등 외부 감각을 통해 끊임없이 살피는 사물, 행동, 그리고 관계들의 이미지를 만들어 낸다.
>
> 두 번째 세계는 우리 안의 오래된 세계다. 진화적으로 매우 오래된 내부 기관들, 예컨대 심장, 폐, 위, 장 등 내장, 크고 독립적인 혈관 및 피부 속 혈관, 내분비선, 생식기관 등을 포함하고 있는 이 세계는 느낌을 일으키는 세계다.
>
> (중략) 세 번째 세계는 유기체 내부의 세계이지만, 두 번째 세계와는 완전히 다른 영역이다. 이 영역은 근골격, 사지와 두개골, 골격근에 의해 보호되고 움직이는 몸의 영역이다. 이 내부 영역은 유기체 전체에 틀을 제공하고 유기체 전체를 지지하며, 골격근의 움직임에 의한 이동 같은 외부 운동을 위한 고정 장치 역할을 한다."[106]

다마지오의 주장은 교육학적으로 매우 중요하다. 앞서 교육학의 정의에서 교육학이 '인간의 정신적·신체적 성장과 발달'을 다루는 것임을 상기하자. 그런데 정신과 신체의 성장과 발달이 과연 각각 따로 이루어질 수 있을까? 바로 여기서 교육학과 뇌과학의 만남이 중요해

---

106. 『느끼고 아는 존재』, 안토니오 다마지오 지음, 고현석 옮김, 흐름출판(2021), 162 ~165쪽.

진다.

교사의 역할은 '아이들을 잘 가르치는 것'이라고 말하는 이들이 있다. 그런데 그 잘 가르친다는 것이 '단지 지식과 기능을 전달하는 것'이라면 문제는 매우 심각해진다. 정신의 발달은 신체의 발달과 분리될 수 없다. 우리는 다마지오의 주장대로 유기체이며 감각하고 느끼고 지각하는 존재이다. 우리는 정동情動[107]을 가지는 존재이다. 그 때문에 정신활동에서 정동적인 것을 결코 배제할 수 없다.

교육을 단지 지식과 기능을 전달하는 것, 심지어는 상급학교 진학을 위해 주어진 문제의 주어진 정답을 주어진 시간 안에 잘 찾는 훈련을 하는 것, 더 심각하게는 그런 훈련은 학원에서 하고 있으니, 학교에서는 학생들을 잘 돌보기만 하면 된다는 식으로 생각하는 사람들이 학교 안팎에서 늘어난다면 공교육은 붕괴할 수밖에 없을 것이다. 그리고 이는 한국 사회의 붕괴로 이어질 것이다.

그래서 우리는 다시 본질의 문제로 돌아가야 한다. 그것은 바로 '발달'을 어떻게 이해하는가의 문제이다. 육체와 정신이 같이 발달한다. 3부 1장 2절에서 발달의 비연속성을 다루는 이유도 육체와 정신의 발

---

107. 국어사전에서는 정동(情動)을 희로애락과 같이 일시적으로 급격히 일어나는 감정으로 진행 중인 사고 과정이 멎게 되거나 신체 변화가 뒤따르는 강렬한 감정 상태로 정의한다. 정신분석학에서는 주관적 경험, 인지적 요소 그리고 생리적 요소를 포함하는 복합적인 심리생리학적 상태로 정의한다. 정신분석학은 감정(feelings), 정서(emotions), 정동(affects) 사이에 있는 다양한 차이들을 구별해 왔다. 감정은 중추신경에서 주관적으로 경험되는 상태를 말한다. 정서는 외부에서 관찰할 수 있게 드러나는 감정을 말하며 정동은 이것과 관련된 모든 현상을 말하는데, 어떤 것은 무의식적이다. 정동은 세 가지 수준의 개념으로 설명되는데 ① 쾌-불쾌의 연속선상에서 보고되는 감정 상태와 같은 임상 징후 ② 호르몬, 내분비 기관, 생식, 신체적 현상을 포함하는 신경생물학적 구성물 ③ 정신 에너지, 본능적 욕동과 그것의 방출, 욕동 방출이 없는 신호 정동, 자아와 그 구조, 구조적 갈등, 대상관계, 자기 심리학 그리고 상위 조직 체계와 관련된 초심리학적 개념으로 구분된다. 출처: 정신분석용어사전(2002).

달이 서로 맞물려 있기 때문이다. 그렇다면 정신활동의 산물인 마음은 어떻게 만들어질까? 뇌과학자 리사 펠드먼 배럿은 마음은 정동 실재론, 개념, 사회적 실재로 구성된다고 주장한다.

첫째, '정동 실재론은 우리가 믿는 대로 경험하는 것을 말하는데, 예를 들어 어떤 음식이 맛있다면 그것은 맛을 음식에 담는 것이 아니라 맛은 구성물이고 맛있다는 느낌은 우리 자신의 정동이라는 것'이다. '우리의 지각은 세계를 촬영한 사진이 아니기'에, 우리는 정동의 영향을 받는다. '우리는 모두 자신의 신념을 뒷받침하는 것을 좋아하고, 이런 신념에 반하는 것을 싫어하는' 경향을 보이는데, 그 결과 '반대 증거가 상당할 때도 어떤 것을 계속 믿게 된다. 그런데 이는 '무지나 악의 때문이 아니라, 뇌의 배선과 작동 방식이 그렇기 때문'이다. 그러면 대안은 없을까? 그렇지 않다. 배럿은 '최선의 방어책은 호기심이며, 열린 마음으로 불확실성을 어색해하지 말고, 의식의 함양을 게을리하지 않는 것'이 중요하다고 한다.

둘째, '인간의 뇌는 개념체계를 구성하도록 배선되어 있는데, 그것은 작은 물리적인 것에서부터 복잡한 관념'까지 아우른다. 중요한 점은 '개념은 단순히 우리의 머릿속에 있지 않다'는 것이다. 우리가 다른 사람과 소통할 수 있는 것은 '뇌에 있는 뉴런들 사이의 상호작용은 직접 연결을 통해서뿐만 아니라 외부 환경을 통해 간접적으로도 이루어지며, 인간은 예측과 상호행동의 동기화로 사회적 유대와 공감의 토대'가 되기 때문이다.

셋째, 사회적 실재는 사회적으로 구성된 것이다. 배럿은 '아기의 뇌는 통계적으로 학습하면서 개념을 창조하고, 아기의 환경에 따라 배선 작업을 하며, 이 환경에는 사회적 세계를 특정한 방식으로 구성해 놓은 다른 사람들이 가득한데, 바로 이 사회적 세계가 아이에게도 실재가 된다'고 설명한다. 즉 인간은 사회적 실재를 창조한다. 그러나 이것을 이해하는 것은 쉽지 않다.

예를 들어 '우리가 순전히 신체적인 것이라고 생각하는 많은 개념이 실제로는 신체적인 것에 대한 신념일 뿐이며, 생물학적으로 보이는 것처럼 보이는 많은 것이 실제로는 사회적인 것'이다. 또한 심리적인 개념들, 예를 들어 '의지, 끈기, 근성 등이 무엇인지 논의하면서 이것이 자연에 따로따로 있는 것처럼 여기지만, 실상은 집단 지향성을 통해 공유된 구성물일 뿐이며, 이 개념들은 사회적 실재'인 것이다.[108]

② 비(非)연속적인 발달

발달이란 무엇일까? 교육학 용어 사전에서는 발달을 '유기체가 그 생명 활동에 있어서 환경에 적응하여 가는 과정'으로 정의한다. 간호학 사전에서는 발달을 '출생에서 죽을 때까지의 시간적 변화 과정을 나타내는 말로, 주로 운동기능·장기의 작용·정신 능력 등의 기능 면의 변화'로 규정한다. 정신분석학 용어 사전에서는 '개인이 생물학적인 성숙 과정에 따라 자신의 환경과 상호 작용하는 경험을 통해서 심리 구조와 기능을 발달해 가는 과정'으로 본다.

이들 정의에서 공통적인 것은 '생물'과 '변화'이다. 우리는 돌멩이가 발달한다는 말은 쓰지 않는다. 교육철학의 고전 반열에 오른 존 듀이의 『민주주의와 교육』의 첫 장에서 '무생물인 돌멩이와 생명체의 차이는 생명체는 환경과의 상호작용을 통해 자기를 갱신해 가는 과정'이라고 지적한 바 있다.[109] 그렇다. 성장과 발달은 살아 있는 것에 적용되는

---

108. 『감정은 어떻게 만들어지는가?』, 리사 펠드먼 배럿 지음, 최호용 옮김, 생각연구소(2017), 511~518쪽.
109. 『다시 읽는 민주주의와 교육』, 존 듀이 지음, 심성보 옮김, 살림터(2023), 20쪽.

개념이다. 또한 발달은 그 생명체가 고정불변하지 않음을 의미힌다. 모든 사물은 변화하듯이 생명체도 변화한다. 바로 여기에 주목해야 한다. 그렇다면 인간의 발달에 대해 논해보자.

인간의 발달에 대해서는 고전적인 논쟁이 있다. 하나는 '인간은 자연적으로 가지고 태어난 본성이 있고, 생물학적으로 발달의 단계가 있기에 교사는 최소한의 개입을 해야 한다'는 주장이다. 다른 하나는 '인간은 사회적 존재로 교육을 통해서 변화시킬 수 있으며 교사는 적극적으로 개입을 해야 한다'는 주장이다. 서양 교육사에서는 루소가 전자 입장의 대표적인 인물이 될 것이다. 넬 나딩스는 루소의 『에밀』과 교육철학 그리고 그 영향에 대해서 말한다.

> "어린이는 자연적으로 선하다고 믿었기 때문에 루소는 가능한 한 거의 어떤 억압 없이 에밀을 양육하고 가르치고자 하였다. 에밀은 엄격한 도덕교육을 따라야 할 필요가 없었다. 그는 이미 선했고, 교사의 임무는 성인의 삶을 위해 필요한 다양한 능력을 키우면서 그와 같은 선을 보존하는 것이었다. (중략) 에밀의 교육은 교사들에게 예민한 감수성을 요구했다. 교사는 에밀에게 학습의 목적으로 부과하기보다는 탐구를 도왔다
>
> (중략) 1960년대와 1970년대에 '열린교육'이라는 교육운동이 있었다. 어린이의 흥미에 맞춰 교육을 형성하고, 그들에게 많은 직접적인 경험을 제공하기를 권했다. 열린교육은 행위, 느낌, 관찰을 강조했고 형식적 수업은 중시하지 않았다. (중략) 루소의 견해는 니일A.S.Neil에서 다시 나타났다. 니일 역시 어린이들은 자연적으로 선하며 어린이에게 가하는 압력

은 그들을 너무 빨리 황폐화할 것이라고 주장했다.

특히, 니일은 (아이들이 요구하지 않는) 형식적인 수업, 종교, 도덕교육을 비난했다. 그의 학교 섬머힐에서는 아이들은 수업에 참여하고 싶을 때까지 자유롭게 놀 수 있었고, 학교가 어떻게 운영되어야 하는지에 대해 발언했다. (중략) 일부 열린교육의 옹호자들은 발달론자였다. 피아제주의자들은 인지발달은 각 단계에서 진행하고 각각의 단계에서 뚜렷한 인지적 구조를 갖고 있다고 생각한다. 이와 같은 기본적인 구조는 지식을 동화하고 하부구조를 형성하는 기계론적으로 작동한다."[110]

나딩스의 글을 보면서 여러분은 무슨 생각이 드는가? '어린이의 흥미에 맞춰 교육을 형성하고, 그들에게 많은 직접적인 경험을 제공해야 한다'라는 주장은 주변에서도 쉽게 찾아볼 수 있을 것이며, 대체로 수긍할 것이다. 그런데 쟁점이 남아 있다. 그것은 학습자와 교수자의 관계이며, 이른바 교수자(교사)의 역할이다. 이 논의를 본격화하기 위해서 나는 발달은 연속적인 것인가? 아니면 비연속적인가? 라는 질문을 던지고자 한다. 여러분들은 이 질문에 어떻게 답할 것인가?

지금은 교육학자들이 상식적으로 받아들이고 있는 주장들이지만, 여전히 현실에서는 적지 않은 사람들은 발달을 단절이 없는 연속적인 과정, 평탄한 대로와 같은 길을 걷는 것으로 여긴다. 이 때문에 위기를 발달과 연결 짓지 않으며, 심지어 병적인 것으로 묘사한다. 대표적인 예가 '중2병'과 같은 표현이다. 그러나 인간의 발달은 연속적이지

---

110. 『넬 나딩스의 교육철학』, 넬 나딩스 지음, 박찬영 옮김, 아카데미프레스(2010), 19
~21쪽.

않다. 인간은 위기를 겪으면서 새로운 단계로 발달하는 존재이다. 그 때문에 위기를 부정(회피)하거나, 방치해서는 안 된다.

인간 발달이 비연속적이라는 주장을 한 대표적인 인물로 우리는 비고츠키와 볼노를 들 수 있다. 우선 비고츠키의 주장에 귀 기울여 보자. 인간의 발달은 어떤 단계를 거칠까? 비고츠키와 같은 해에 태어난 피아제는 아동의 발달단계를 감각운동기, 전조작기, 구체적조작기, 형식적 조작기로 구분하였다. 생물학에서 출발한 피아제는 인간의 생물학적인 측면을 중심으로 발달단계를 구분한 것이다. 피아제가 생물학에서 쓰이는 용어들, 예를 들어 동화, 조절, 평형화 등을 사용하는 것에서처럼 그는 '유기체는 환경과의 끊임없는 상호작용을 통해 동화와 조절을 통해 환경에 적응하는 것'으로 보았고. '개개인들이 인지적으로 환경에 적응하고 그 환경들을 조직하는 인지적 구조를 도식'으로 보았다. 그리고 '도식은 새로운 환경에 접하게 되면 평형상태에 도달하기 위한 동화와 조절을 하고 이를 통해 새로운 도식'의 단계로 접어든다고 보았다.[111]

이에 비해 비고츠키는 연령별 발달이라는 접근을 취하면서도 생물학적 연령과 문화적 연령이 각각 다를 수 있음을 지적하였다. 그는 어린이의 발달은 '시간에 따라 일어나는 역사적 과정'으로 보면서도 '발달은 단순한 시간의 함수도 아니고, 어린이가 살아온 햇수에 비례하지 않는다'는 것을 지적하였다. 비고츠키는 '발달 과정은 단일한 직선이라기보다는 상승과 하강이 있는 파동 형태'라고 보았으며, '결코 똑같은 템포로 흐르는 것이 아니라, 오히려 빨라지고 느려지거나, 강화되고 느슨해지며, 진보하고 퇴보하는 움직임의 시간들이 끊임없이 교

---

111. 『피아제와 교육』, 정희영, 교육과학사(2008), 37~38쪽.

체'된다고 하였다.[112] 비고츠키는 발달이 일방향적이며 연속적으로 진행되는 것이 아님을 파악한 것이다.

비고츠키는 아동의 발달 과정을 시기로 구분할 때, '위기'를 포함했다. 국내에 번역된 비고츠키 선집 아동학 강의 3부작 중 2부와 3부의 목차에도 이는 분명히 드러난다.

비고츠키 아동학 강의 II. 연령과 위기	비고츠키 아동학 강의 III. 의식과 숙달
1장 아동학의 연령 개념 2장 연령의 문제 3장 신생아의 위기 4장 유아 5장 1세의 위기	1장 초기 유년기 2장 3세의 위기 3장 전학령기 교수-학습과 발달 4장 7세의 위기 5장 학령기

비고츠키가 발달의 단계에 위기를 포함한 이유는 무엇일까? 그것은 발달에서 단계를 둘 수 있다는 것 그 자체가 새로운 단계는 이전 단계와는 다른 새로운 것을 포함하기 때문이다. 비고츠키는 '발달의 시기 혹은 연령을 정하는 기준은 신형성 외에는 없다'고 단언하였고, 연령별로 발달단계를 나누는 것에서 '신형성은 인격과 그 활동을 구성하는 새로운 유형, 그리고 신체적 사회적 변화를 의미'한다고 주장하였다.

그는 '발달의 역동성, 한 연령에서 다른 연령으로의 이행의 역동성을 고려'해야 하며, '급격한 위기와 덜 급격한 위기'를 구분하였다. 바로 이 급격한 위기가 발달에 있어 결정적인 역할을 한다고 주장하였다. 비고츠키는 '어린이 인격의 주요 특징들이 매우 짧은 시간 동안 변화'하며, '어린이 인격의 전체 내적 측면과 어린이가 관계 맺는 주변환경과의 전체 체계에 급진적이고 근본적인 재구조화'가 일어난다고 보았다.[113] 비고츠키는 위기의 시기를 경과하면서 이전 발달단계와는 다

112. 『연령과 위기』, L.S. 비고츠키 지음, 비고츠키 연구회 옮김, 살림터(2016), 30~32쪽.

른 난계로 이행한다고 본 것이다.

비고츠키 선집 중 아동학 강의 중 『연령과 위기』와 『의식과 숙달』을 보면 그가 아동기 시기의 위기를 신생아의 위기, 1세, 3세, 7세의 위기로 구분한 것을 알 수 있다. 그는 당시까지의 생물학적, 심리학적 성과를 총동원하여 '위기를 통한 신형성'을 주장하였다.

비고츠키는 신생아 시기의 위기에 대해 '모든 이행에서와 같이 새로운 출생의 시기는 무엇보다도 낡은 것과의 단절이자 새로운 것의 시작을 의미'한다고 주장하면서, 신생아기의 신형성은 '주로 뇌의 피질 한 영역에 연결된 독특한 정신생활 형태로, 후속 발달의 과정에서 독립성을 잃으면서, 더 고등한 차원의 신경과 정신 형성의 구성 성분으로 포함'된다고 보았다.[114]

비고츠키는 1세의 위기와 관련하여서는 옹알이와 같은 자율적 말의 등장에 주목하였다. 비고츠키는 아동이 말을 갖기 전에는 '말을 대체하기 위한 몸짓과 같은 대용품을 창조'하다가, '비언어적 시기로부터 언어적 시기로 전환 형태로 자율적인 어린이 말이 출현'하는데, 이 자율적인 어린이의 말은 '우리(성인)의 것이지만 우리의 것이 아니며, 여기에 비언어적 의사소통과 언어적 의사소통 사이의 이행 형태라는 고유성'을 가진다고 주장했다. 즉 옹알이와 같은 '자율적 말의 등장이 1세의 전형적인 위기로 이 위기적 연령이 끝나면서 진정한 말이 출현하며, 자율적 말은 사라지고 비언어적 발달에서 언어적 발달 시기로 이행하는 다리를 놓아준다'고 하였다.[115]

---

113. 『연령과 위기』, L.S. 비고츠키 지음, 비고츠키 연구회 옮김, 살림터(2016), 69~73쪽.

114. 『연령과 위기』, L.S. 비고츠키 지음, 비고츠키 연구회 옮김, 살림터(2016), 152, 163쪽.

비고츠키는 3세의 위기와 관련한 위기적 징후를 북두칠성에 비유하여 ①부정성 ②고집 ③완고함 ④자기본위 ⑤저항-반항 ⑥비난 ⑦독재-질투 등을 들었다. 그는 이 징후들은 '상황의 내용 자체가 아니라 타인과의 관계에 의해 행동이 동기화'됨을 보여주며, 이 위기를 겪으면서 '어린이의 인격 발현과 연관되는 행동이나 동기, 상황으로부터 분화된 동기가 나타나며, 어린이 인격과 그를 둘러싼 사람들 사이의 사회적 상호관계 재구조화의 축을 따라 진행된다'라고 주장한다.[116] 즉 비고츠키는 3세의 위기를 겪으면서 아동이 '나'라는 정체성을 형성한다고 파악한다.

비고츠키는 7세의 위기의 특징으로 '어린이 인격의 내적, 외적 국면의 분화가 시작되는 것'을 들었다. 그는 '3세 어린이가 타인과 자신의 관계를 발견하는 것처럼, 7세 어린이는 자기 자신의 체험 자체를 발견'한다고 주장하면서, '7세의 위기와 함께 체험의 공동일반화 또는 감정적 공동일반화, 논리적 정서가 발생한다'고 하였다. 비고츠키는 어린이 발달에서 체험의 중요성을 강조했는데, '체험은 인격과 환경의 단위'이며, '발달에서 환경과 인격적 계기의 통합은 어린이의 일련의 체험을 통해 일어난다. 그런 점에서 7세 위기의 본질은 내적 체험을 재구성하는 데 있고, 재구성은 어린이의 행동을 추동하는 성향과 충동의 바로 그 변화에 근원을 두기에, 새로운 충동, 새로운 동기가 한 연령에서 다른 연령으로의 이행'을 추동한다고 보았다.[117]

---

115. 『연령과 위기』, L.S. 비고츠키 지음, 비고츠키 연구회 옮김, 살림터(2016), 302. 309쪽.
116. 『의식과 숙달』, L.S. 비고츠키 지음, 비고츠키 연구회 옮김, 살림터(2017), 111~112쪽.
117. 『의식과 숙달』, L.S. 비고츠키 지음, 비고츠키 연구회 옮김, 살림터(2017), 212, 223, 228쪽.

한편 비고츠키는 청소년은 성적 성숙의 시기를 겪으면서 갈등과 혼란을 겪는 동시에 생각 발달과 개념 형성, 고등심리기능 발달이 이루어짐을 밝히고 있다. 이 또한 위기를 겪으면서 발달이 이루어지는 이행의 과정이다. 이는 국내에 번역된 비고츠키 청소년 아동학 강좌의 목차에서도 분명히 드러난다.

■ 비고츠키 청소년 아동학

「분열과 사랑」
제0장 이행적 연령기의 부정적 국면
제1장 아동학의 개념
제2장 아동학의 방법
제3장 어린이 발달의 주요 시기에 대한 짧은 개관
제4장 이행적 연령기에 대한 주요 이론의 검토

「성애와 갈등」
제5-1장 이행적 연령기의 일반적 개요
제5-2장 청소년의 해부-생리학적 특징
제6장 성적 성숙
제7장 성 성숙 심리학
제8장 이행적 연령기의 갈등과 혼란

「흥미와 개념」
제9장 이행적 연령기의 흥미 발달
제10장 청소년기의 생각 발달과 개념형성

「인격과 세계관」
제11장 이행적 연령기의 고등심리기능 발달

「어린이의 상상과 창조」
제12장 청소년의 상상과 창조

「인격과 세계관」
제13장 직업선택
제14장 청소년의 사회적 행동
제15장 청소년 노동자
제16장 청소년 인견의 역동과 구조

비고츠키는 13세의 위기의 시기를 이행적 연령기로 불렀다. 아동에서 청소년으로의 이행의 시기는 성적인 성숙을 위해 신체가 급격하게 변화하는 시기이다. 이 시기에 청소년들은 분열이라는 현상을 보인다. 비고츠키는 이 시기에 청소년들에게서 '모든 모습에서 모종의 서투름과 불균형. 부조화, 모종의 비일관성과 모순이 나타나는 것'에 주목하면서 이러한 분열을 겪는 이 위기의 시기야말로 신형성의 시기라고 보았다. 그는 이 시기에 청소년들이 '과도한 민감성과 감정의 둔감성이 교차하고. 자폐적 모습도 보이는 것'은 '학령기 어린이로부터 분열된 상태로의 올바른 이행'의 과정으로 이해하였다. 즉 그는 '분열, 다시 말해 분리된 인격 구조의 출현은 명백히 이행적 연령기의 부정적 국면에서 만나는 것'으로 '분열은 의식 활동에 필수적인 기능 중 하나'이며, 이는 '분열 이외의 다른 것을 토대로 하면서는 나타날 수 없는 진정한 내적 인격 구조의 출현과 발달을 위한 전제조건'으로 본 것

이나.[118]

비고츠키는 이행기를 병리적인 것으로 바라보는 것에 반대하였다. 위기는 병이 아니며, 치료되어야 할 것이 아니라는 것이다. 그는 '성적 성숙기에 갈등과 혼란은 불가피한 동반자'이며, '정신 분열이 발달하는 시기'임을 인정하면서도. '연령기 자체의 체질적 조건은 병리적인 것이 아니라 정상적이고 건강하다는 것은 의심할 여지가 없다'고 단언하였다. 한편, 비고츠키는 이행적 연령기 위기는 생물학적인 산물만이 아님을 강조하였다. 그는 '동물에게 성적성숙기는 위기가 아니며 미성숙체가 발달의 모든 과정을 완성하는 것'이나 이와 달리 인간은 경우 '이행적 연령기의 위기성은 인간사회의 문화, 사회적 환경의 문화적 성장과 상승에 정비례하여 증가'한다고 하였다.[119]

비고츠키는 성적성숙기가 위기인 동시에 인간의 정신 능력이 발달하는 시기로 보았다. 그는 어린이의 사고와 청소년의 사고에는 차이가 있음을 강조하였다. 아동이 직관에 의존한다면, 청소년은 개념을 통해 세상을 바라본다. 비고츠키는 '청소년이 처음으로 개념 형성 과정을 숙달한다는 사실에 주목하면서, 이를 통해 새롭고 고등한 지적 활동의 형태, 즉 개념적 사고로 이행'함을 강조하였다. 그는 '이행적 연령기에는 어린이가 말이 점점 더 숙달되면서 새로운 개념이 풍부해지고, 무엇보다 추상적인 생각이 형성되면서 직관적인 경향이 사라짐'을 강조하였다. 인간이 입말과 글말의 사용을 통해 지적인 능력을 발달시킨다는 것은 인간의 발달이 문화적이라는 것을 의미한다. 비고츠키는

---

118. 『분열과 사랑』, L.S. 비고츠키 지음, 비고츠키 연구회 옮김, 살림터(2018), 39, 48, 57, 59쪽.
119. 『성애와 갈등』, L.S. 비고츠키 지음, 비고츠키 연구회 옮김, 살림터(2019), 218, 230, 231쪽.

'지성은 생물적인 발달이 아니라 역사적으로 형성된 생각의 숙달로 이루어지고, 사회화의 산물'이라는 것을 밝혔다.[120]

한편, 비고츠키는 이행기는 고등심리기능 발달은 '기초기능과 같은 수준에서 나란히 세워지는 것이 아니라, 기초기능의 새롭고 복잡한 결합과 종합에 의해 세워진다'고 하였다. 그 결과 이제 '청소년의 기억은 직관적이고 시각도식적인 심상으로부터 해방되어, 내적 말의 왕성한 발달과 내적 말과 외적 말 차이의 궁극적 소멸이 이루어져 내적 말에 의존하는' 단계로 나아간다. 비고츠키는 이때 중요한 것은 '고등심리기능은 그 전에 작동하던 기능을 없애는 것이 아니라 지양하는 그것의 단순한 지속이 아닌 더 고등한 형태'라는 점을 강조하였다.[121]

고등정신의 발달은 개념 형성과 맞물려 있다. 이는 개념 형성이 청소년기에 이르러서야 시작되지만 그 과정은 절대 순탄치 않다. 개념 형성은 말과 기호의 사용을 통해서 이루어진다. 입말에서 글말로의 발달, 기호를 배우고 적용하는 과정에서 청소년들은 어려움을 겪는다. 그러나 이 위기의 과정을 거쳐야만 청소년들은 이행에 성공할 수 있다. 이에 대해 비고츠키는 다음과 같이 서술하였다.

> "청소년 시기는 생각의 완성 시기가 아니라 위기와 성숙의 시기이다. 이 시기는 인간의 정신이 구현할 수 있는 높은 고차적 형태의 생각과 비교해 볼 때, 다른 모든 측면에서도 그렇듯이 과도적 시기이다.

---

120. 『흥미와 개념』, L.S. 비고츠키 지음, 비고츠키 연구회 옮김, 살림터(2020), 121, 359, 364쪽.
121. 『생각과 말』, L.S. 비고츠키 지음, 비고츠키 연구회 옮김, 살림터(2011), 356~357, 363~364쪽.

(중략) 개념 자체는 어린이의 생각과 발달을 구성하는 길고 복잡한 과정의 산물이다. 개념은 지적인 조작의 과정에서 생겨난다. 개념의 구성을 이끄는 것은 연합의 작용이 아니다. 모든 기초적인 지적 기능들이 고유한 조합을 통해 개념 형성의 과정에 참여한다. 이 작용의 핵심 요소는 의지적으로 주의를 조절하고, 특징을 추상화하고 추출하며 종합하고 기호의 도움을 통해 이를 상징화하는 수단으로 낱말을 기능적으로 사용하는 것이다. (중략) 개념의 형성은 언제나, 청소년이 어떤 문제를 해결해야 하는 과업에 직면했을 때 일어난다. 개념은 오직 이러한 문제해결의 결과로 생겨난다."[122]

위 인용문에서처럼 개념의 형성은 '의지적으로 주의를 조절하고, 특징을 추상화하고 종합하며, 기호의 도움을 통해 낱말을 기능적으로 사용하여 어떤 문제를 해결하는 과정'을 통해서 이루어진다고 할 수 있다.

이제 볼노의 주장을 들어보자. 볼노는 실존주의 철학자이자 교육학자이다. 그런데 실존주의 철학과 교육학은 어떻게 만날 수 있을까? 볼노의 『실존철학과 교육학』을 중심으로 그의 견해를 간략히 살펴보겠다.

양차 세계대전을 경험한 볼노는 교육학자들의 과제에 대해 '인간 안에 있는 선한 능력들을 이끌어 내어 꽃피우게 하는 과제보다는 악한 본질을 외부로부터 억제하는 것이 지극히 중요한 과제'라고 주장한다.

122. 『생각과 말』, L.S. 비고츠키 지음, 비고츠키 연구회 옮김, 살림터(2011), 356~357, 363~364쪽.

이는 실존주의 철학에서 비롯되었다. 그는 실존주의 철학에서 인간학적인 근본원리에 대해 '인간에게는 궁극적이고 가장 내면적인, 실존이라는 독특한 개념으로 표현된 핵심이 있으며, 이 실존은 모든 연속적인 형성을 거부하며, 때문에 실존은 언제나 순간적으로 실현되었다가 순간적으로 소멸한다'고 설명한다. 즉 '실존의 지평에서는 근본적으로 어떤 연속적인 삶의 경과도 있을 수 없고, 점진적인 발전이 아니라 비약이 있을 뿐'이라고 주장한다.[123]

볼노는 기존의 교육관을 두 가지로 분류하였다. 하나는 '교육을 수공업적인 행위에 비유하는 것으로, 장인이 물건을 만들 듯 교육자가 사람을 특정한 모습으로 만드는 것'이며, 다른 하나는 '교육을 양육과 자라나도록 돌보는 기술, 성숙의 자연적인 과정을 방해하지 않는 것'이다. 그럼에도 이 두 교육관에 공통점이 있다고 보았는데, 그것은 '인간 발달은 연속성과 점진적인 성취로 이루어지며, 가소성을 자명한 전제로 받아들인다'는 것이다.[124]

실존철학은 연속성을 거부하는데 교육학은 연속성을 전제로 한다. 때문에 이 둘은 양립하기 불가능해 보인다. 그런데 볼노는 '실존철학과 교육학 간에 생산적인 대화의 가능성'을 찾고자 하였다. 그는 '삶과 교육에서 연속성이 필연적인 것인지 살펴볼 것'을 제안한다. 그는 실존철학의 비연속적인 인간 이해를 교육학에 적용하고자 하였다. 그는 물리학과 심리학의 성과들에 근거하여 '인간의 삶은 마디마디가 연속성을 갖는 연속적인 과정과 비연속적인 단절이 함께 존재'한다고 주장하

123. 『실존철학과 교육학』, Otto Friedrich Bllow 지음, 윤재홍 역, 학지사(2008), 18, 21, 22쪽.
124. 『실존철학과 교육학』, Otto Friedrich Bllow 지음, 윤재홍 역, 학지사(2008), 23, 24, 25쪽.

였다.[125]

볼노는 인간의 육체와 정신의 발달이 비연속적인 과정임을 설명하는데 위기라는 개념을 등장시켰다. 그는 생물학적인 발달 과정에서 확인되듯이 발달은 비연속적이며, '위기는 생물학적인 단계들과 여러 측면에서 일치하며, 사춘기에 관한 심리학적 연구들이 밝힌 것처럼 신경질, 욕구불만, 극단성, 독특한 민감성 등은 위기적 특징을 갖는 현상으로, 사춘기 이후에도 위기들이 찾아온다'라고 강조하였다. 나아가 그는 '위기와 생명은 필연적인 연관관계에 있음이 분명하며, 위기의 어원적인 측면을 살펴볼 때 위기는 정화와 결단'의 의미라고 설명하였다.

그는 또한 병리학적인 측면에서도 '위기는 연속적인 삶의 경과가 단절되는 비연속성을 특징으로 하고, 단절을 분기점으로 서로 다른 삶의 질서로 상황을 나누며, 청산과 새로운 시작, 파괴와 창조라는 두 측면을 함께 갖고 있어, 옛 질서와 새로운 질서를 더하여 삶을 구성하는 것'이라고 주장하였다.[126]

이러한 논의를 통해 볼노는 교육학적으로 볼 때 위기가 매우 중요하고 필수적이라는 결론을 내린다. 그는 '위기를 회피하거나 부드럽게 만드는 일은 한 사람이 발달할 수 있는 가능성을 결정적으로 박탈하는 것이며, 성장 과정에서 장애물을 제거하는 것은 미성숙의 상태에 머물게 하는 것'이라고 지적하였다. 그는 위기를 유발해도, 조작해서도 안 되며, '위기는 숙명이기에 교육자는 그 의미를 명확하게 인식하고 끝까지 돌파해 나갈 수 있도록 옆에서 도와줄 수 있을 뿐'이라고 주장

125. 『실존철학과 교육학』, Otto Friedrich Bllow 지음, 윤재흥 역, 학지사(2008), 26, 32쪽.
126. 『실존철학과 교육학』, Otto Friedrich Bllow 지음, 윤재흥 역, 학지사(2008), 37, 40, 41, 44~46쪽.

하였다.[127]

볼노는 지적인 발달도 비연속적인 과정을 갖는다고 하였다. '지식을 적당하게 쌓아가는 것이 아니라 실제적인 통찰에 도달하는 데는 점진적인 진전이 아니라 갑작스럽게 섬광처럼 떠오르는 깨달음의 경험'이 존재한다는 것을 강조하였다. 이 때문에 그는 '수업에 있어서 성과는 강요될 수 없으며, 학생 개개인 사이에 통찰의 빛이 빠르거나 늦게 반짝일 것이기에 결실의 순간을 기다릴 수 있어야 한다'고 지적하였다.[128]

비고츠키와 볼노의 주장을 살펴본 결과 양자 간에는 비록 그 철학적 기반이 다름에도 유사성이 있음을 확인할 수 있다. 첫째, 발달 과정의 비연속성을 강조하였다. 비고츠키와 볼노는 과학적인 연구 성과 특히 생물학적, 심리학적 연구에 근거할 때, 인간의 발달은 연속되지 않으며, 때론 단절을 경험한다는 것을 강조하였다. 둘째, 발달에 있어서 위기는 필연적임을 강조하였다. 위기는 발달에 있어서 필수적이며 위기를 통해 인간은 발달한다. 위기를 겪지 않고 발달을 이룰 수 없으며, 위기를 겪기에 발달은 연속적인 과정이 아닌 비연속적인 과정이 된다.

비고츠키와 볼노의 비연속적 발달과 위기에 대한 논의에 근거하면 다음과 같은 교훈을 얻을 수 있다. 첫째, 위기를 병리적인 것으로 보거나 위기를 회피하려 해서는 안 된다. 그렇게 되면 발달이 지연되거나 방해를 받게 된다. 위기는 발달에 있어 꼭 필요한 것이기에 이를

---

127. 『실존철학과 교육학』, Otto Friedrich Bllow 지음, 윤재흥 역, 학지사(2008), 53, 55쪽.
128. 『실존철학과 교육학』, Otto Friedrich Bllow 지음, 윤재흥 역, 학지사(2008), 56, 58쪽.

자연스러운 것으로 받아들여야 한다. 둘째, 발달은 생물학직인 것과 사회문화적인 것이 결합된 산물이라는 점에서 아동·청소년의 성장과 발달을 도울 수 있는 협력적인 관계망을 형성해야 한다. 각각의 인간은 발달의 속도가 조금씩 다를 수 있다. 이는 유전적인(생물학적) 요인일 수도 있고, 그가 자라는 환경적인(문화적인) 요인일 수 있다. 그 때문에 이를 고려하여 경쟁이 아닌 협력을 통한 발달이라는 관점에서의 교육정책이 펼쳐져야 한다.

2장.

청소년의 뇌와 발달

① 괴물부모의 등장

이 책의 서술 동기 중의 하나는 인간의 '발달'에 대해 교육활동에 참여하는 사람들이 좀 더 많은 관심을 가지길 바라는 마음이다. 여기서 교육활동에 참여하는 사람들은 단지 교사만이 아니다. 교직원, 학부모, 시민(특히 마을교육활동가) 모두이다.

만일 교육을 오로지 교사만 할 수 있다고 생각한다면 가정교육의 중요성을 말하지 말아야 한다. 지역사회의 역할도 말하지 말아야 한다. 학교가 다 알아서 하면 된다. 역으로도 마찬가지이다. 만일 학원이 학교보다 더 잘 가르칠 수 있다고 생각하면, 만일 부모가 교사보다 더 훌륭하다고 생각한다면, 아이를 학교에 보내지 말아야 한다. 학원을 보내고 집에서 아이를 가르치면 된다. 그러나 과연 그럴 수 있는가?

지금 학교가 겪고 있는 어려움 중의 하나는 학교폭력이다. 그 학교폭력을 법적인 다툼의 문제로 비화할 수 있는 잘못된 정책을 실행해 온 것은 교육을 상품으로 설정하는 신자유주의적인 발상에 기인한다. 이 발상에 따르면 학교와 교사는 교육 서비스의 공급자이고 학부모와 학생은 소비자이다. 역대 정권은 교육 시장화 정책에 대한 시민운동 진영의 반대에도 아랑곳하지 않고 교육 시장화 정책을 강행했고 결국 많은 사람이 교육을 상품으로 설정하는 프레임에 포섭되었다.

익히 알다시피 경쟁적인 환경은 높은 스트레스를 유발한다. 이는 대부분의 동물들에서 확인되며 인간도 결코 예외는 아니다. 그런데 극단적인 대학서열체제는 입시경쟁교육을 만들고, 입시경쟁교육은 학생들에게 높은 스트레스를 유발한다. 스트레스는 아이들의 뇌를 공격한다. 불안과 두려움을 만들고, 이는 분노와 공격으로 나타난다. 이 분노와 공격이 자신으로 향하는 경우도 있지만 대다수의 경우는 주변으로 향한다. 이는 학교폭력의 주요한 원인이 된다. 지금 우리가 겪고 있는 학교폭력은 폭력적인 유전인자를 가지고 태어나는 아이들이 갑자기 많아져서 생긴 문제가 아니다. 내 아이만은 입시경쟁에서 승리할 것, 혹은 승리해야 한다는 생각을 품은 사람들이 그렇지 않은 사람들보다 많은 한, 대학서열체제와 입시경쟁교육이 사라지지 않을 것이며, 이에 비례하여 학교폭력도 사라지지 않을 것이다.

대다수의 부모들은 자신의 자녀가 가해자라고 할지라도 입시경쟁에서 불이익을 받을까 두려워 교육적인 방식으로 문제를 해결하려 하지 않으려 한다. 그런데 여기서도 빈부격차가 작동한다. 비싼 사교육비를 지불할 수 있는 사람들의 자녀가 성적이 좋을 가능성이 매우 높은 것처럼, 비싼 변호사를 고용할 수 있는 사람들의 자녀는 가해자일지라도 법망을 피해 나갈 가능성도 매우 높다. 학교폭력의 문제는 이처럼 사회 구조적 모순이 그 근저에 자리하고 있기 때문에 대증요법對症療法으로 해결될 수 없다.

한편 학교폭력과 함께 학교를 괴롭히고 있는 이른바 '괴물부모'들의 경우도 어느 날 갑자기 땅에서 솟아나거나 하늘에 떨어진 존재들이 아니다. 이들은 신자유주의 교육 시장화가 낳은 괴물들이다. 김현수는 괴물부모의 탄생 배경에 대해 다음과 같이 설명한다.

"우리나라의 괴물부모화 과정과 일본, 홍콩에서 이미 나타
난 괴물부모 현상은 일부 차이가 있기는 하지만 거의 유사하
다. (중략) 높은 교육비와 주거비, 가부장적 문화의 더딘 변
화라는 현상은 동아시아 5개 지역, 우리나라, 일본, 홍콩, 대
만, 싱가포르에 유사해서 이들 지역은 모두 그로 인한 심각
한 저출생 위기 앞에 놓여 있다. 또한 신자유주의 이데올로
기 즉 개인의 성공에 매달리는 각박한 경쟁 분위기가 사회
저변에 퍼져 있는데, 이때 경쟁의 도구는 공부이다.

(중략) 학력이 자본이 되는 학벌 사회, 즉 공부로 아이들
을 통제하고 경쟁시키는 사회가 되면 학교의 의미는 변질된
다. 학교는 교육을 위해 있는 곳이 아니라 내 자녀가 경쟁에
서 유리한 지위를 획득하기 위해 있는 곳이다.

(중략) 그러다 보니 그중 일부 부모나 가족은 각자도생의
윤리, 즉 반反 공동체 윤리 속에서 오직 자기 자녀의 성공,
가족적 카르텔의 성공에만 집착하게 된다. 이것이 학교에서
나타나는 형태가 바로 극단의 '내 자녀 지상주의', '내 자녀
이즘'이라고 표현되는 행동들이다. 괴물 부모는 자신은 순수
하다고 말하지만, 이들이 쫓는 이데올로기는 경쟁, 성공, 공
정, 능력주의 등이다."[129]

김현수는 괴물부모의 출현에 대한 사회 심리적 분석을 시도하였다.
그는 괴물부모가 되는 이유와 특징을 분류하였다. 그 주요 내용을 요
약 정리해 보았다.[130]

129.『괴물 부모의 탄생』, 김현수, (주)우리학교(2023), 129~133쪽.

자기 증오와 자기 연민	자신의 욕망, 자신의 기쁨을 자극하는 원천이 부재한 부모는 아이의 신도가 된다. 아이를 숭상하며, 자신의 모든 것을 자녀라는 제단에 바치며 살아간다. 그런데 현실에서는 내 아이는 신도 아니고 메시아도 아니다. 그것을 수용하지 못하는 순간에, 그 균열의 순간에 분노는 교사 탓, 학교 탓, 친구 탓을 가게 된다. 이들에겐 희생양을 찾는 것이 상황을 설명할 수 있는 가장 성공적인 변명이 된다. 괴물부모가 찾아낸 희생양이 바로 교사, 학교이다. 자기 안에 독을 지닌 부모들은 자신과 자신의 삶에 증오를 갖고 있기 쉽다. 그래서 분노를 뿜어낸다. 동시에 그들은 위로받지 못한 사람들이다. 그래서 연민을 갈구한다. 자기 증오 때문에 그들은 자녀를 끔찍하게 사랑하는 듯이 행동한다.
병적 자기애와 유아적 전능감	괴물부모의 또 다른 본질은 병적 자기애다. 자녀를 자신의 확장물이나 부속물로 여긴다. 괴물부모들은 자신의 일부인 자녀를 불편하게 하거나 문제를 일으키는 일은 바로 부모인 자신에게 도전하는 것과 같다고 생각한다. 괴물부모의 자녀가 가장 힘들어하는 것이 바로 부모 자신도 했으니 자녀도 할 수 있을 것이라는 부모의 확신에 찬 가정이다. 부모가 자식에게 기대를 거는 이유는 그런 기대가 부모의 자기애, 특히 상처 입은 자기애를 재생시켜주는 수단이기 때문이다. 자녀들은 영문도 모르고 부모의 치유자 노릇을 해야 한다.
과도한 불안, 트라우마, '컬링 부모'	괴물부모는 과도한 걱정과 함께 무리한 통제를 하고, 학교와 교사에게도 지나치게 개입해 줄 것을 개인적으로 요구한다. 괴물부모들은 가정을 넘어 자녀의 학교생활까지 침범하면서 자녀의 앞길을 미리 닦아 놓으려 한다. 과도한 걱정을 앞서서 하면서 아이가 고통과 실패를 일절 겪지 않도록 아이를 과잉 간섭하고 과잉 통제하는 부모를 '컬링 부모(curling parents)'라고 한다.
부모와 자녀의 일체화, 공생	괴물부모의 가족 중에는 모계 가족이 압도적으로 많은 것으로 보인다. 엄마와 자녀는 더 밀접히 연관되어 있고, 엄마의 삶은 자녀는 벗어날 수 없는 것처럼 되어 있다. 그 결과 엄마의 책임이 커지고, 자녀의 처지를 자신만 잘 알고 있다고 생각하며, 엄마로서의 성공 즉 좋은 엄마가 되어야 체면이 산다는 생각 때문에 자녀에게 요구가 높아진다. 아빠는 엄마를 비난하고 엄마도 아빠를 비난하지만, 엄마 아빠 모두 더 비난할 상대를 찾게 된다. 그때 동시에 비난할 수 있는 대상이 학교이고 교사이다. 그렇게 공격에 성공한 부모들은 자신의 노력을 자식을 지켰다고 생각한다.
탈락과 배제에 대한 두려움과 피해의식	탈락 경험을 인생의 상처로 갖고 있는 부모, 패배 경험을 해결하지 못한 부모, 자신의 욕망을 포기하지 못하고 자녀를 통해서라도 재도전해 보겠다는 부모들이 가장 두려워하는 것은 패배, 배제, 탈락이다. 괴물부모는 '나만 빠진 것 아냐?' '나만 없는 것 아냐?' '나만 제외되는 것 아냐?' 하는 불안심리를 갖는다. 괴물부모화 과정을 멈추려면 부모들은 자신의 과거 경험을 성찰하고 지금 맺고 있는 관계에서 느끼는 소외 공포 불안을 돌보고 치유하며, 자녀의 소속감과 소외 공포를 건강하게 지원할 수 있는 방안을 터득해야 한다. 이를 교사가 모두 대신해 줄 수 없다.

---

130. 『괴물 부모의 탄생』, 김현수, (주)우리학교(2023), 83~128쪽의 주요 내용을 표로 요약함.

희생의 대가와 조건부 사랑	괴물부모들은 자녀에게 많은 것을 해주는 만큼, 되돌려 받고자 하는 욕망이 강렬하다. 괴물부모들은 자신의 아이가 얼마나 중요한 아이인지를 모두가 함께 알아야 한다고 주장한다. 또 이 중요한 아이를 위해 자신이 얼마나 희생해 왔는지도 알아주기를 바란다. 부모가 자녀에게 희생하면서 성공을 바라는데 자녀가 좋은 성과를 내지 못할 때 부모도 자녀도 모두 큰 낭패감에 빠진다. 성공한다고 하더라도 행복감이 충분하지 않다. 자신의 성공이 아니라 부모의 성공으로 이야기될 것이기 때문이다.
책임전가 대상 찾기	괴물부모가 되는 큰 이유는 우리 사회가 철저히 순위 매기기 사회, 서열사회이기 때문이다. 그렇기 매겨진 성적과 등급은 대학, 직장, 주거지까지 연계된다. 이런 체제에 순응하면서 생존하기 위해서, 모두가 높은 서열과 순위에 들어가는 길에 매진한다. 괴물부모의 철저한 속성 중의 하나는 비교하는 것이다. 자신이 정한, 남들은 알 수 없는 기준과 잣대에 비추어 무언가 충족되지 않으면 아이를 추궁하고 교사를 추궁한다. 순위 매기기 관계의 끝에는 책임 전가가 있다. 순위가 밀린 것에 대해 누군가 책임을 져야 한다. 그래서 누군가에게 불안과 분노를 투사하고 누군가를 탓한다.

나는 위 내용을 학부모들이 천천히 읽어보면서 자신을 돌아보길 바란다. 천천히 읽다 보면 정도의 차이만 있지, 아마도 해당하는 지점들이 분명히 있을 것이다. 나 자신도 마찬가지다. 괴물부모 정도는 아니지만 나에게도 해당하는 부분들이 있어 놀랐다. 나름 민주적이고 진보적인 삶을 지향하며 살아왔다고 자부해 왔음에도 불구하고 읽다 보니 내 자신이 너무 부끄러워졌다. 우리 모두 자칫 괴물부모가 될 수 있음을 인식해야 한다.

괴물부모는 결국 서열화된 사회, 불평등한 사회, 경쟁을 강요하는 사회가 만들어 낸 것이다. 우리는 경쟁으로 인한 불안과 분노를 자신의 자녀들, 학교 그리고 사회적 약자들에게 투사하고 있지 않은가? 이주민, 장애인, 성소수자, 여성, 특정 지역민에 대한 분노를 내뿜는 일베와 같은 이들은 하늘에서 떨어지고 땅에서 솟아난 존재가 아니다.

괴물부모의 특징을 잘 살펴보면 중요한 점이 발견된다. 괴물부모들은 결코 '발달'을 이야기하지 않는다. 괴물부모들에게는 성장과 발달이 아닌 오직 성적과 성공이 관심사이다. 그런데 발달에 대한 몰이해가 과연 괴물부모들만 문제인가?

괴물부모들의 계속된 출몰을 막으려면 지금처럼 끝없는 경쟁과 서열로 인한 압박감 없이 살아갈 수 있는 연대적이고 호혜적이며 사회를 만들어야 한다. 동시에 학부모들이 인간의 발달에 대한 올바른 이해력을 갖출 수 있도록 체계적이면서도 광범위한 교육이 이루어져야 한다. 사회의 구조적인 개혁은 불가능하지 않지만 쉽지도 않다. 상당한 시간과 조건이 축적되어야 한다. 이에 비해 교육은 즉각적으로 시도할 수 있다. 게다가 인터넷의 발달과 소셜 미디어의 확산으로 교육은 더 이상 시간과 공간에 매이지 않는다.

교육감 직선제가 2010년 실시되었으니 벌써 15년째에 접어든다. 그 결과 학부모와 시민들을 대상으로 하는 교육의 내용에도 변화가 생겼다. 인문학 강좌가 유행하였고, '힐링'이라는 이름으로 문화예술공연과의 융합형 강좌도 생겼다. 동시에 입시경쟁교육의 현실에 타협하는 강좌들도 학부모 교육이라는 이름으로 등장하였다. 지자체에서 유명 입시학원 강사를 데려다가 특강을 하는가 하면, 심지어 대학 서열 체제 정점에 있는 대학에 자녀(유명 연예인)를 보낸 엄마가 강사로 모셔진다. 그렇게 "그래! 나도 저 엄마처럼 하면 우리 아이들이 입시에서 승리할 수 있을 거야"라는 욕망은 재생산된다.

이에 비해 어린이·청소년의 성장과 발달을 교육하는 곳은 많지 않으며, 한다고 해도 방송에 나온 연예인급 스타 강사의 특강을 하는 정도이다. 이젠 우리는 단기적이고 흥미 위주의 시류에 영합하는 교육방식을 벗어나야 한다. 체계적으로 그리고 중장기적으로 학부모들에게 어린이·청소년의 발달을 주제로 하는 교육을 실시해야 한다. 괴물부모들이 만들어지는 사회구조를 바꾸려면 무엇보다 학부모들의 올바른 교육관을 가질 수 있도록 지방자치단체와 교육청이 많은 지원을 해야 할 것이다.

괴물부모까지는 아니더라도 대다수의 학부모는 자녀들에게 자신의 욕망을 투사한다. 그 정도의 차이만 있을 뿐이다. 그리고 이는 자식들에 대한 사랑이라는 이름으로 미화된다. 그런데 안타깝게도 정작 그렇게 애지중지하고 사랑하는 자녀들이 어떤 발달단계를 거치고 있는가에 대해서는 이해가 부족한 경우가 적지 않다. 특히 자녀가 청소년기에 접어든 경우 그 발달적 특징에 대한 몰이해로 자녀와 갈등을 겪거나 소통의 부재를 호소하는 학부모들이 적지 않다. 우리는 괴물부모가 되어서도 안 되지만 발달에 대한 이해 부족, 특히 청소년 발달에 대한 이해 부족으로 아이들에게 고통을 주어서는 안 되지 않을까? 그렇다면 청소년 발달을 이해하는 방법은 무엇인가? 그 시작은 바로 청소년의 뇌를 이해하는 것이다.

② 청소년의 뇌와 발달

어린이·청소년들은 텃밭의 채소나 정원의 꽃이 아니다. 때문에 마치 물을 주고, 비료를 주거나 풀벌레를 잡는 것으로 교육을 비유하는 것은 적절치 않다. 이러한 비유는 인간의 발달의 생물학적인 측면을 지나치게 강조하고 역사 문화적 발달의 중요성을 간과할 위험을 안고 있기 때문이다. 그런데 동시에 역사 문화적 발달의 중요성을 강조하는 것이, 인간 발달의 생물학적인 특징을 간과하는 것이 되어서도 안 된다. 인간은 식물이 아니라 동물이다. 인간의 발달 과정 안에는 계통발생적인 요소와 개체발생적인 요소가 결합한다. 이를 잘 보여주는 것이 뇌의 발달이다. 청소년들의 뇌 발달을 이해한다는 것은 청소년들의 마

음과 행동을 이해한다는 것이다. 이야기의 시작에 앞서 먼저 아래의
예시를 천천히 읽어보길 바란다.

■ 이해하기 어려운 청소년

[#장면1 짜증을 잘 냄]

아빠: 오늘 학교에서 별일 없었어? 급식은 잘 나오니? 동아리 활동
　　　은 재미있어?

딸: (매우 귀찮다는 표정으로) 몰라!

아빠: 왜 아빠랑 얘기하기 싫어?

딸: (짜증 섞인 목소리로) 아! 됐어? 귀찮아. 나 피곤해!

(문짝이 부서져라 쾅 소리 나게 닫으며 제 방으로 들어간다)

아빠: (황당하다는 표정을 지으며) 헐~

[#장면2 정리정돈을 못 함]

엄마: 네 방 청소했니? 완전 돼지우리다! 엄마가 도와주련?

딸: (볼멘소리로) 내가 알아서 한다니까.

엄마: 알아서 하긴 뭘 알아서 해. 속옷도 여기저기 널려있고, 며칠
　　　전 먹던 과자 봉지도 그대로구, 양말 한 쪽은 또 어디 있니?
　　　안 되겠다! 오늘은 엄마랑 청소하자!

딸: 안 돼! 내 방에 들어오지 마! (문을 잠그고 안 나온다)

[#장면3 잠에 취해 있음]

어느 일요일 오후

소파에 마치 나무늘보처럼 두 아이가 들러붙어 몇 시간째 TV를 보

며 리모컨을 돌린다.

엄마: 얘들아! 숙제는 다 했니? 게다가 월요일 발표도 있다며 준비
    다 했어?

아들: (침묵)

딸: (침묵)

엄마: (리모컨을 뺏으며 화난 목소리로) 엄마 말 안 들려! 텔레비전
    그만 봐!

아들: 아! 중요한 장면인데. 엄마~~ 리모컨~~

딸: 아, 짜증 나! 얼마 보지도 못했는데.

엄마: 뭐! 해가 중천에 뜨도록 퍼 자고, 겨우 일어나 종일 텔레비전
    만 보면서 뭐라고… '그리고 밤에는 뭐' 하느라 방에서 부시
    럭 대면서 매일 아침마다 지각하니? 대체 너희들은 잠 귀신
    이 붙었니?

아들: 짜증 나. 완전 싫어! 왜 일찍 오라는 거야….

딸: 난 아무리 자도 졸려. 하루 종일 잠만 자래도 난 잘 거야.

엄마: (한숨 쉬며) 대체 쟤들은 누굴 닮은 거야!

[#장면4 건망증과 또래 집단에 대한 절대적 신뢰]

어느 비 오는 날 아침

엄마: 이번이 몇 번째인 줄 아니? 왜 우산을 매번 잃어버리는 거니?

딸: (짜증 내며) 아! 몰라.

엄마: (아들을 보며) 그리고 넌 발 깁스는 왜 풀었어? 의사 선생님이
    다음 주까지는 깁스 풀면 안 된다고 했잖아?

아들: 친구들이 괜찮데.

엄마: 친구들이 의사니? 그러다 잘못되면 어쩌려구?

아들: (복받을 짚으며) 내가 알아서 한다구! 제발 참견하지 마!!

[#장면5 화를 조절 못 함]

엄마와 싸운 아들을 훈계하는 중

아빠: 왜 엄마에게 그렇게 못되게 구는 거니?

아들: 몰라요. 엄마는 나만 미워해요.

아빠: 그럴 리가 있겠니. 네가 잘못한 게 있으니 혼내신 거지!

아들: 아니에요! 그냥 나만 보면 미워해요!

아빠: (답답해하며) 다 떠나서 대체 왜 물건을 던져서 부쉈니? 그건 아주 나쁜 폭력적인 행동이야. 엄마가 얼마나 상처받았는지 아니?

아들: (침묵)

아빠: 대체 무슨 생각으로 그런 행동을 한 거니?

아들: (울먹이며) 저도 몰라요. 엄마가 마구 혼내니까 너무 화가 났고 그때 내가 무슨 행동을 했는지 기억이 잘 안 나요. 그러면 안 된다는 것 알지만. 내가 왜 그랬는지 모르겠어요. 죄송해요. (울먹인다)

십 대 청소년 자녀가 있는 분들은 위의 장면을 보면서 공감하는 지점이 있을 것이다. 십 대 청소년들은 짜증을 잘 내고, 분노 조절을 못하는 사람처럼 행동한다. 때론 초등학생 때보다 기억력이 떨어지는 것처럼 보이기도 한다. 초등학생 때와는 달리 밤에 잠을 안 자고 아침에 못 일어난다. 또한 책상에 반드시 앉아 있지 못하고 자세가 틀어진다. 심지어 정리 정돈도 잘 못 한다. 게다가 친구들의 말이 부모나 교사의 말보다 우선이다.

청소년들의 이런 모습은 종종 부모와 보호자들을 당혹스럽게 한다. 과거에는 청소년 시기의 이러한 특징이 사춘기의 성적인 발달의 과정에서 나타나는 호르몬 작용으로 설명하기도 하였으나, 그 호르몬 또한 뇌의 변화와 발달의 과정과 깊은 연관을 맺기 때문에 최근에는 뇌 발달을 통해서 청소년기의 특징을 설명한다.

시중에는 청소년 즉 십 대의 뇌와 청소년 발달 및 행동 특징을 설명하는 도서와 연구물들이 많이 나와 있다. 그런데 청소년의 뇌와 발달에 대한 체계적인 교육과 소통하는 방법을 배울 기회가 생각보다 많지 않다. 그로 인해 적지 않는 부모들이 자녀와의 소통에 어려움을 겪고 있는 것 같다. 나도 아이들이 중학교를 졸업할 무렵에야 뇌과학 서적을 읽기 시작했다. 더 일찍 관심을 갖고 찾아 봤어야 했다. 만일 이 책을 자녀들이 사춘기에 막 접어든 분들이 본다면 나와 같은 오류를 범하지 말기를 바란다.

우리는 살면서 크고 작은 실수를 한 후, 같은 잘못을 반복하지 않으려 노력한다. 그 결과 과거와는 다른 삶을 살 수도 있다. 그런데 인간의 발달 과정에서 아동기가 그러하듯 청소년기 또한 결코 다시 돌아오지 않는다. 때문에 부모 혹은 보호자의 무지와 실수로 아이들에게 돌이킬 수 없는 상처를 주는 경우는 어떤 식으로든 줄여야 한다. 완벽한 부모 혹은 보호자는 없을 것이다. 하지만 적어도 괴물부모가 되지 않으려면 발달에 대한 이해, 특히 청소년기의 뇌와 발달에 대해 기초적인 이해는 꼭 필요할 것이다.

첫째, 청소년들은 왜 감정조절에 어려움을 겪을까?

청소년들은 감정조절 능력이 성숙한 성인에 비해 떨어지는 것으로 나타난다. 게다가 이들은 감정의 기복이 매우 심하며, 화를 잘 내고,

충동석인 행위를 보인다. 이들은 심지어 위험한 장난을 일삼고, 그것을 즐긴다. 호기심이 지나칠 정도로 왕성하며, 그 행위가 위험하다는 부모나 교사들의 경고에도 불구하고 사고를 치기 일쑤이다. 대체 왜 그럴까? 그 이유는 뇌에 있다.

이 책의 1부 3장과 2부 1장에서 반복적으로 언급한 것처럼 뇌의 전두엽 부위는 논리적인 능력, 추론적인 능력과 관련된 것으로 알려져 있다. 소아청소년정신과 의사 김붕년은 전두엽의 기능을 다섯 가지로 제시한다. 그는 '첫째, 전두엽은 상황에 대한 이해력을 담당하며, 둘째, 전두엽은 감정을 조절하며, 셋째, 전두엽은 계획 및 문제해결 능력을 담당하며, 넷째, 전두엽은 충동 조절과 주의집중력 조절을 담당하며, 다섯째, 전두엽은 결과를 예측할 수 있는 능력을 담당한다'라고 말한다.[131]

뇌는 고정된 것이 아니다. 연령에 따라 발달하고 변화한다. 아기의 뇌, 어린이의 뇌, 청소년의 뇌, 성인의 뇌, 노인의 뇌는 같지 않다. 어린이가 사춘기에 접어든다는 것은 뇌에서 특별한 변화가 일어남을 의미한다.

인간의 아이가 커가면서 어떤 변화가 뇌에서 일어날까? 프랙탈 이론에서는 동물의 혈관이 넓게 퍼져 있는 모습, 나뭇가지가 펼쳐진 모습, 그리고 바다로 흘러가는 하천의 수많은 지류의 모습이 닮아 있다고 한다. 살펴보면 실제로 많이 비슷하다. 그래서 뇌세포의 구조를 나무의 가지에 비유하기도 한다. 나무가 자라나면서 죽은 가지는 떨어지고 새로운 가지가 만들어지듯이 뇌세포들의 연결망도 계속 갈라지고 불필요한 것들은 솎아진다는 것이다. 베로니카 오킨은 이 과정을 다

---

131. 『10대 놀라운 뇌 불안한 뇌 아픈 뇌』, 김붕년, (주)대성Korea.com(2021), 78~79쪽.

음과 같이 설명한다.

"유년 시절의 감각학습이 늘어나는 동안 신경 회로에서는 무슨 일이 일어나고 있는가? 성장하는 아기는 두뇌 발달단계에 적합한 방식으로 학습한다. 손으로 만지고 눈으로 보고 들어서 배우는 감각 세계, 엄마의 젖꼭지에서 자신의 발에 이르는 모든 것을 입으로 맛보고 시험하는 세계에 푹 잠겨 있는 아기는 사물과 사람, 색깔과 소리에 이름을 붙이며 간단한 감각 정보를 배운다. 이 시기는 두뇌 감각 시스템에서 급속한 변화가 일어나는 기간이며, 그 변화는 감각적 피질 두뇌의 부피 팽창으로 관찰될 수 있다.

(중략) 두뇌 발달에서 두 번째로 중요한 측면은 신경세포 중에서 가지돌기 연결을 '솎아내는pruning'과정이다. 그것이 '솎아내기'로 불리는 것은 과일 생산을 최대한 늘리기 위해 과수 가지를 쳐내는 것과 비슷하기 때문이다. 지식이 증가하면서 가지돌기가 늘어난다고 생각할 수도 있지만, 짐작과는 반대로 태어날 때 이미 가지돌기를 많이 가지고 태어나면서 출생 후 1년간 가지돌기의 과잉 생산이 계속된다. 세포 차원에서 본다면 작은 아기의 신경세포는 과도하게 연결되어 있으며, 너무 많은 감각 입력 때문에 쉽게 과부하 상태가 된다.

(중략) 아이가 세계에 대해 배워가면서 피질 내 신경세포들 사이의 연결은 느슨해진다. 감각 피질에서 솎아내기가 가장 심해지는 것은 3살 무렵인데, 이 시기를 지나면 속도는 느려지지만 그 과정은 아동기 내내 계속된다. 전두엽 두뇌는 더 이후에 더 느린 속도로 발달한다. (중략) 솎아내기는 방대

한 분량의 입력을 체계화하기 쉽게 만들이 발달하는 두뇌가 이미 학습된 지식의 통로를 통해 지름길로 갈 수 있게 해준다. 전두엽 솎아내기는 사춘기 두뇌의 신경 발달상의 특징이지만 2~30대가 되어도 계속 일어나는데, 이 사실은 비교적 최근에야 발견되었다."[132]

전두엽의 역할이 얼마나 중요한지를 상기하고, 청소년 시기에 전두엽 솎아내기(가지치기)가 이루어진다는 것이 어떤 의미일지 생각해 보자. 그것은 전두엽이 아직 완성되지 않았다는 의미이기도 하며, 한참 솎아내기가 진행 중이기 때문에 전두엽이 제 역할을 할 수 없음을 의미한다. 때문에 청소년들은 성숙한 어른들처럼 자신의 감정을 통제하기도 어려움을 겪게 되는 것이다.

한편 우리가 뇌의 발달을 이해할 때 가지치기(솎아내기)와 더불어 주목할 변화는 수초화髓鞘化이다. 뇌는 백질白質과 회질灰白質로 구분할 수 있다. 수초화는 골수 髓에 칼집 鞘가 합쳐진 말이다. 칼에 칼집을 채우듯 뇌의 축삭돌기를 단백질(골수)로 감싼다는 것이다. 그 결과 백질이 늘어난다. 뇌세포들이 신경전달물질을 통해 화학적 전기신호를 주고받는다는 점을 생각하여 전선에 피복을 입히는 셈이 된다. 전선에 피목을 입히는 목적이 전류의 전도성을 높이기 위해서인 것처럼, 수초화myelination는 뇌세포 간의 신호전달을 빠르게 하여 뇌세포 간의 네트워크를 활성화할 수 있기에 매우 중요하다. 베로니카 오킨은 다음과 같이 설명한다.

---

132. 『오래된 기억들의 방』, 베로니카 오킨 지음, 김병화 옮김, (주)알에이치코리아
(2022), 213~217쪽.

"중요한 변화는 백질의 성장이다. 이 역시 두뇌가 발달하는 과정에서 발생한다. 두뇌는 회질과 백질이 이루는 패턴들로 구성되어 있다. 회질은 신경세포 덩어리이며, 백질은 신경세포에서 뻗어 나와 신호를 가지돌기로, 또 다음 신경세포로 운반하는 축삭돌기로 이루어진다. 축삭돌기는 '수초화'라는 중요한 작용 때문에 흰색을 띠는데, 지방질의 수초(myelin)가 신경세포 둘레를 빙빙 감은 형태다. 이 지방질의 세포가 신경세포를 고립시켜 신호의 전달 속도가 빨라지는데, 수초화되지 않는 신경세포에 비해 최고 100배는 더 빠르다. 수초화는 신호가 축삭을 따라 내려갈 때 신경세포들이 서로에게 마구잡이로 발화하는 것을 중지시키며, 신호가 주요 방향으로 가도록 설정하는 기능의 일부다."[133]

박문호는 뇌에서 '운동 영역, 체감각 영역, 시각 영역, 청각 영역 등 감각기관과 운동기관 등 생존에 긴요한 기능과 관련된 뇌 부위는 태아 때부터 수초화가 되며, 전두연합 영역, 두정연합 영역, 측두연합 영역은 이보다 늦게 되는데, 그중에서도 개념적인 사고와 비교, 예측 추론을 담당하는 전전두엽은 20세 이후부터 시작된다'고 한다. 그는 '청소년들이 아무리 머리가 빨리 돌아도 5~60대처럼 종합적이고 거시적으로 사고하기 힘든 이유는 전전두엽의 수초화 때문'이라고 설명한다.[134]

한편, 바버라 스트로치는 수초화는 '해마'와 '뇌이랑'에서도 진행된다는 점에 주목한다. 즉 '해마는 뇌 중간에 자리 잡은 세포다발로 새

---

133. 『오래된 기억들의 방』, 베로니카 오킨 지음, 김병화 옮김, (주)알에치코리아 (2022), 217~218쪽.
134. 『뇌 생각의 출현』, 박문호, 휴머니스트(2008), 100~102쪽.

로운 기억을 처리하는 영역이고, 뇌이랑의 뒤쪽에서는 신경섬유가 뇌간과 척수로 이어지는데 이는 감정을 조절하는 부위로 알려져 있다. 그리고 여기서 수초화가 진행되어 청소년들의 인지와 감정이 매끈하게 통합되기 어렵다'고 주장한다.[135]

이들 논의를 종합하면 청소년들은 그 이전 시기 그리고 성인기와 비교할 때 전두엽 등 중요한 부분들에서 뇌세포 간의 연결이 재구성되고, 수초화가 이루어지면서 감정조절에 상대적으로 어려움을 겪는다는 추론이 가능하다. 물론 모든 원인이 전두엽에게만 있지는 않다. 그렇지만 사춘기에 전두엽을 포함한 뇌의 주요 영역이 물리적으로 변화 중이라는 것은 분명한 사실로 받아들여지고 있다.

둘째, 청소년들은 어린이 시절보다 기억력이 떨어지는 것처럼 보이고, 정리 정돈도 잘 못 한다. 왜 그럴까?

앞에서 나는 발달의 비연속성에 대해 논의한 바 있다. 이는 뇌의 발달 과정과 연관된다. 청소년기에 뇌에서 가지돌기의 솎아내기 작업과 수초화가 왕성하게 일어난다. 이는 비유하자면 머릿속이 '공사판' 같은 상황이라 할 수 있다. 건물을 짓는 과정이기에 건축자재들이 여기저기 쌓여 있고, 사람과 건설장비와 차량 들이 분주히 오간다. 뭐 하나 제대로 만들어진 것도 아니고, 어수선하기만 하다.

이는 청소년의 이상한 행동으로 나타난다. 어린이 때는 비교적 공부도 잘하고 물건도 잘 정돈하던 아이들이 초등고학년이나 중학생이 되면서 잘 못 하게 된다. 그래서 이전의 어린이 시절보다 후퇴한 것처럼 보이기도 한다. 그런데 우리가 집을 리모델링(수선)한다고 생각해 보

---

135. 『십대들의 뇌에서는 무슨 일이 벌어지고 있나?』, 바버라 스트로치, 해나무 (2004), 88~90쪽.

자. 주방이나 방의 바닥을 뜯고, 천정을 뜯고, 배관을 고치고 있다면 얼마나 불편하겠는가? 리모델링 기간 동안 집은 제 기능을 하기 어렵다. 하지만 그 과정은 더 나은 집을 만들기 위한 불가피한 과정이다. 인간의 발달 특히 뇌 발달도 마찬가지이다. 발달은 결코 연속적이지 않다. 마치 후퇴한 것처럼 보이지만 그것은 이보 전진을 위한 일보 후퇴이다. 우리는 이 점을 상기해야 한다.

청소년기에 이루어지는 가지치기와 수초화는 전전두엽에서만 일어나는 것이 아니라 측두엽의 해마에서도 일어나는데 이 해마는 기억과 관련된 부위로 알려져 있다. 에릭 켄델과 래리 스콰이어는 기억을 비서술기억과 서술기억으로, 또 단기기억과 장기기억으로 구분한다.

이들은 브렌다 밀러의 기억상실증 환자 H.M Henry Gustav Molaison 에 대한 연구 결과를 소개하는데 그 내용은 '첫째, 새 기억을 얻는 능력은 다른 지각 및 인지 능력과 구별되는 별개의 뇌 기능이며, 관자엽(측두엽)의 안쪽 부위가 그 기능을 담당하며, 둘째, 즉각기억immediate memory에는 안쪽 관자엽이 필요하지 않으며, 셋째, 안쪽 관자엽과 해마는 과거에 획득한 지식에 대한 장기기억의 최종 저장소일 수 없으며, 마지막으로 안쪽 관자엽에 의존하지 않는 유형의 기억이 존재하는 듯하다'는 것이다. 이를 토대로 '해마와 안쪽 관자엽이 손상되면 저해되는 기억을 서술기억으로, 반면에 온전하게 유지되는 또 다른 형태의 기억은 비서술기억'으로 칭하였다.

이들은 비서술기억이 '운동 솜씨, 습관, 고전적 조건화 등으로 어떤 의식적인 회상에 의존하지 않는 무의식적인 것이며, 편도체, 소뇌, 선조체 등과 반사적 과제 수행에 동원되는 감각 및 운동 시스템에 의존한다'고 유추하였다. 이에 비해 서술기억은 '사건, 사실, 언어, 얼굴, 음악 등에 대한 기억, 우리가 살면서 경험과 학습을 통해 얻었으며 잠재적으로 시술될 수 있는 온갖 지식에 대한 기억으로 언어적 명제나 정신적 이미지로 상기할 수 있음을 의미하기에 외현기억 혹은 의식적 기억으로도 불린다'라고 소개하였다.[136]

또한 에릭 켄델과 래리 스콰이어는 미국의 심리학자 윌리엄 제임스가 기억을 '1차기억이라는 단기과정과 2차기억이라는 장기과정'으로 구분한 것에 근거하여, '단기기억은 연장된 일시적 기억으로 첫째, 일시적이며, 둘째, 해부학적 변화의 유지를 요구하지 않으며, 셋째, 새 단백질의 합성을 요구하지 않는다'라고 설명한다. 이 말은 장기기억의 형성을 위해서는 '유전자의 활성화, 새 단백질의 합성, 새 시냅스의 형성이 필요하다'라는 것을 의미한다.

또한 장기기억은 '분산된 구조물에 저장되는데 이마엽(전두엽)과 해마와 편도체 등을 품고 있는 관자엽(측두엽), 마루엽(두정엽), 그리고 기타 구역들에 나뉘어져 있을 것으로 예상해야 하고, 학습(경험)을 통해 이 구역들 각각에서 뉴런 간 연결의 세기에 영속적인 변화가 일어나는데 그 변화의 총합이 바로 지각된 내용에 대한 장기기억'이라고 규정한 바 있다.[137]

에릭 켄델과 래리 스콰이어의 논의를 청소년기의 뇌 안에서 일어나는 솎아내기(가지치기)와 수초화와 연결해 본다면, 왜 청소년들이 부모나 교사의 말을 듣고도 기억을 잘 못 하거나 정리 정돈을 잘 못 하는지 충분히 짐작할 수 있을 것이다. 그래서 우리는 청소년들이 왜 충동 조절과 기억력 등에 어려움을 겪는지 추론할 수 있게 되었다. 즉,

---

136. 『기억의 비밀』, 에릭 켄델, 래리 스콰이어 지음, 전대호 옮김, (주)북하우스퍼블리셔스(2016), 45, 50, 159쪽.
137. 『기억의 비밀』, 에릭 켄델, 래리 스콰이어 지음, 전대호 옮김, (주)북하우스퍼블리셔스(2016), 201~202, 293~294, 346쪽.

청소년들은 뇌에서 개념적 사고와 논리적 이성적 추론 능력을 담당하는 전전두엽과 기억과 관련된 측두엽, 마루엽 등 다양한 영역들에서 솎아내기와 수초화가 진행되고 있기 때문이다. 다시 말해 청소년의 뇌는 어른의 뇌와 다른 것이다. 그렇다면 우리는 그 다름을 인정하고 그에 맞는 교육과 돌봄을 제공해야 하지 않겠는가?

셋째, 십 대 청소년들은 왜 잠에 취해 있으며 늘어진 자세를 자주 취할까?

십 대 청소년들은 늘 잠이 모자란다고 호소한다. 초등학교 때까지만 해도 일찍 일어나 밥 달라고 조르던 아이들이 이제는 해가 중천에 떠도 일어날 줄 모른다. 그리고 이들은 밤에 잠이 잘 안 온다고 한다. 그러다가 아침에 겨우 일어난다. 대체 왜 그럴까? 청소년기는 뇌는 어린이의 뇌에서 어른의 뇌로 변화하는 시기이다. 이 시기에는 전두엽에서 활발한 솎아내기 작업이 일어나고 뇌하수체에서 성호르몬의 분비된다.

이와 관련하여 디크 스왑은 '사춘기가 되면 뇌하수체에서 성호르몬이 생산되며, 청소년들은 생식을 위한 준비를 하며 사춘기의 유별난 별난 행동은 가족과 잦은 충돌을 유발하는데. 이로 인해 좁은 가족의 범위에서 후손을 낳을 확률을 줄이고 유전병의 위험을 감소시킨다'고 주장한다. 또한 '성호르몬의 영향으로 밤낮의 리듬을 조절하는 것도 힘들어진다'고 지적한다.[138]

그 결과 어린이 시절의 수면이나 어른의 수면과도 다른 패턴을 지니게 된다. 이와 관련하여 월리스 B. 멘델슨은 다음과 같이 설명한다.

---

138. 『우리는 우리 뇌다』, 디크 스왑 지음, 신순림 옮김, 열린책들(2015), 137, 141쪽.

"청소년을 깨우기 위해서는 성인보다 높은 수준의 자극이 필요하다. 진화론의 관점에 따르면 이는 부모가 포식자로부터 이들을 보호해 주고 있어서 잠을 자도 안전하기 때문이다. 또한 청소년기는 자연적으로 수면의 시작과 끝이 뒤로 지연되는 경향이 있다.

(중략) 늦은 수면시간은 사춘기 시작 전에 나타난다. 그러나 아침 8시 30분 혹은 그보다 이른 시간에 등교하기 위해 일찍 일어나야 하는 상황에서 이러한 수면시간의 변화는 마찰을 빚게 된다. (중략) 청소년기 초반에는 아동기 때처럼 느린파형수면이 계속 높게 나타난다. 이후 느린파형수면은 감소하고 렘rapid eye movement, REM수면은 일찍 발생한다. (중략) 느린파형수면의 감소는 성적성숙의 진행과 관련 있는 것으로 보이며, 이는 대대적으로 뇌를 재조직하는 과정에서 일어난다고 추측되고 있다."[139]

나탈리 르비살도 인간의 수면시간이 변화한다는 것에 주목한다.

"신생아들은 하루 16시간 이상을 잠을 잔다. 6개월이 지나면 12시간의 수면이 요구된다. 5세 미만의 아이들도 11시간을 자야 한다. 10세가 되면 9시간 정도면 충분하다. 성인은 7~8시간 정도를 자야 한다. (중략) 65세 이후에는 대개 잠이 줄어들기 마련이다. 특히 이 나이쯤에는 '전진성 수면 위상 증후군'이라는 수면장애가 생긴다. 그래서 나이 든 사람들은

---

139. 『잠의 과학』, 월리스 B. 멘델슨 지음, 윤여림 옮김, (주)글항아리(2023), 94~95쪽.

보통 초저녁에 잠이 들어 새벽 5시면 잠이 깬다. (중략) 청소년들은 나이가 많은 사람들과는 반대로 '지연성 수면 위상 증후군'이 나타난다. 그래서 늦게 자고 늦게 일어나는 경향이 있다. 즉, 청소년기 아이들은 아동기 아이들만큼 수면시간이 필요하며, 대략 평균 9시간 15분은 필요하다는 것이다."[140]

그렇다면 인간의 수면시간은 왜 연령대별로 달라지는 것일까? 앞서 청소년기에 성호르몬이 분기되면서 신체적 변화와 함께 행동에도 변화가 일어난다고 했다. 수면시간과 관련된 호르몬이 있는 것일까? 맞다. 그런데 수면시간과 관련한 호르몬에 대해 알아보기 전에 렘rapid eye movement, REM수면과 수면 단계에 대해 살펴봐야 한다. 이에 대해 월리스 B. 멘덜슨은 다음과 같이 설명한다.

"빠른눈운동rapid eye movement, REM이라고 알려진 이 새로운 단계에서는 눈의 움직임은 물론이고 체중이 부하되는 주요 근육의 이완, 불규칙한 호흡과 심박수, 체온 조절 기능 감소 등의 특징이 나타났다.

또한 심리상태에도 변화가 생기는데, 잘 알려져 있듯이 꿈은 렘수면 단계에서 대부분 이뤄진다. (중략) 그래서 인간은 각성 상태, 렘수면, 비렘수면이라는 개별적 의식단계를 가진 존재로 묘사되곤 한다. 수면의 단계는 무작위가 아닌 주기적이며 반복적인 형태로 밤새 나타난다.

(중략) 수면의 단계는 예측 가능한 순서로 나타나며 90

---

140. 『청소년, 코끼리에 맞서다』, 나탈리 르비살 지음, 배영란 옮김, 한울림(2011), 16~17쪽.

~100분마다 반복된다. 보통의 성인은 밤에 불을 <u>끄</u>고 잠들기까지 '수면잠복기'라는 깨어 있는 시간을 갖는다. 그 후 비렘수면의 N1, N2, N3 단계에 진입하고 약 90분 후 렘수면이 시작된다. 렘수면과 비렘수면의 사이클은 밤새 이어지는데 보통 하룻밤 자는 동안 4~6번의 사이클이 발생한다."[141]

나탈리 르비살은 수면과 관련하여 뇌의 시상하부에 있는 시신경 교차상핵과 멜라토닌 호르몬의 역할을 강조한다. 이를 인용해 보겠다.

"시신경 교차상핵은 작은 완두콩만 한 크기에 신경세포 만 개가 모인 무리로, 뇌 아래쪽의 시상하부에 위치한다. 시신경 교차상핵은 뇌에서 분비된 멜라토닌 호르몬과 외부의 빛에 민감하며, 다른 호르몬이나 체온과 같은 생리적인 변수에 영향을 받는다. 또한 스트레스나 환경적인 요인, 또는 사회적인 요인에도 영향을 받을 수 있다. (중략) 청소년기에는 아동기보다 자야 한다는 압박감을 느끼는 시간이 더 늦다. 그래서 밤에 더 오래 깨어 있을 수 있다. 또한 멜라토닌의 분비가 최소한 1시간(보통은 2~3시간) 뒤로 미뤄진다. 청소년기에는 멜라토닌 수치가 밤 11시쯤에 높아지며, 그로부터 1~2시간 후에 졸음이 느껴지기 시작한다."[142]

물론 수면에는 멜라토닌 호르몬만 관여하는 것은 아니며 다른 신경

---

141. 『잠의 과학』, 윌리스 B. 멘델슨 지음, 윤여림 옮김, (주)글항아리(2023), 14~20쪽.
142. 『청소년, 코끼리에 맞서다』, 나탈리 르비살 지음, 배영란 옮김, 한울림(2011), 22~23쪽.

전달물질도 개입한다. 3부 1장 뇌와 걷기에서 언급한 신경전달물질들, 즉 인지 특히 기억력과 관련하여 언급된 신경전달물질과 중독과 관련된 신경전달물질들을 기억하는가? 수면과 각성을 촉진하는 데 그 신경전달물질들 일부가 다시 등장한다. 월리스 B. 멘딜슨이 제시한 것을 표로 재정리하면 다음 표와 같다.[143]

각성과 렘수면을 촉진하는 물질	렘수면을 억제하고 각성을 촉진하는 물질	비렘수면을 촉진하는 물질
아세틸콜린 도파민 글루탐산염	세로토닌 노르에피네프린 히스타민 오렉신/히포크레틴	감마아미노부티르산 아데노신

콜린성: 아세틸콜린 사용. 배외측피개핵과 대뇌각다리뇌피개핵은 호혜성 상호작용 모델에서 콜린성 렘온(REM-on: 렘수면을 촉진)을 발생시킨다.
세로토닌성: 세로토닌. 뇌줄기의 배측봉선핵이 그 예로, 호혜성 상호작용 모델에서 렘 오프(REM-off:렘수면을 억제) 신경세포의 한 부분이다.
노르아드레날린성: 노르에피네프린. 뇌줄기의 청반(靑斑)은 호혜성 상호작용 모델에서 렘오프 신경세포의 일종이다.
아민성: 생체 아민을 뜻하는 포괄적인 용어로 세로토닌, 노르에피네프린, 도파민을 포함한다.
글루타민성: 글루타민. 엎침뒤침(flip-flop) 모델의 렘온 세포로부터 하행하는 신경세포로 렘수면 상태에서 근육의 이완을 조절한다.
GABA성: 감마아미노부르티산. 엎침뒤침 모델 내 렘온과 렘오프 세포에 있는 신경세포로 렘수면-비렘수면을 조절한다.

수면에 호르몬은 물론이고 다양한 신경전달물질 작용한다는 점은 왜 청소년들이 성인과 수면 리듬이 다르냐는 질문에 답을 주고 있다. 동시에 청소년 시기에는 충분한 수면을 할 수 있도록 가정과 학교 그리고 사회가 노력을 해야 한다고 알려주고 있다. 그런데 만일 사회와 학교와 가정이 서로 협력하지 않으며, 심지어 입시경쟁교육을 강요하면서 청소년들이 과도한 학습 노동에 시달리거나 반대로 학습을 외면하고 게임중독에 빠져 잠을 못 잔다면 청소년의 몸에서는 무슨 일이 벌어질까?

143.『잠의 과학』, 월리스 B. 멘딜슨 지음, 윤여림 옮김, (주)글항아리(2023), 37~38쪽.

수면 부족은 비만을 초래하고, 면역력을 떨어뜨리며, 인지기능을 서하시킨다. '이라크 참전 군인들을 대상으로 수면 부족에 관한 방대한 분량의 연구 결과에 의하면 수면 부족은 고밀도 탄수화물과 당분 섭취 욕구를 불러일으키는데, 그 이유는 인슐린 반응과 연관된 체내 신호 전달 경로가 방해되면 포만감과 관련된 호르몬인 그렐린(식욕 증가 호르몬), 렙틴(식욕 억제 호르몬), 페타이드 YY(식욕억제호르몬)에 이상이 생겨서 먹는 양이 늘어난 결과로 그 폭이 남성보다 여성이 컸다'고 한다.

또한 '수면 부족은 면역체계를 망치는데, 백신에 대한 항체 반응에서 수면 부족군이 대조군보다 50% 적게 형성되었으며, 사실 정보 기억하기와 같은 테스트에서 현저히 낮은 결과가 보였다'라고 말한다. 이를 반영하듯 '구글, 나이키 등의 기업들은 생산성과 창조성 향상을 위해 낮잠을 허용하기도 한다'라고 이야기한다.[144]

충분한 수면시간을 보장받지 못하면 인지능력만이 아니라 정서적인 능력에도 손상이 온다. 바버라 스트로치는 '십 대들에게 수면이 지나치게 부족할 경우 사고력과 감정을 제어하는 능력이 동시에 손상될 수 있음이 확인된 바 있는데, 잠이 부족한 십 대들은 감정과 생각을 동시에 효과적으로 처리하지 못했다'라는 점을 지적한다. 그녀는 '오케스트라가 완벽한 화음을 내기 위해 각자 악기를 조정하고 조율해야 하듯이, 신경체계도 더 잘 연결되려면 휴식이 요구된다'라고 강조하였다.[145]

장 디디에 뱅상은 수면 부족은 학습 능력의 저하와도 연결될 수 있

---

144. 『맨발로 뛰는 뇌』, 존 레이티· 리터드 매닝 지음, 이민아 옮김, (주)녹색지팡이& 프레스(2029), 112~114쪽.
145. 『십대들의 뇌에서는 무슨 일이 벌어지고 있나?』, 바버라 스트로치 지음, 강수정 옮김, (주)북하우스퍼블리셔스(2004), 256쪽.

음을 암시했다. 즉 'REM수면 동안에 대뇌피질이 활성화되는데, 이는 기억력과 학습을 강화하는 것과 더불어 장기기억에 중대한 역할을 하는 것'으로 알려져 있기 때문이다.[146]

스티브 존스는 '인간의 기억이 마치 도서관에 보관된 책들과 같은 것으로 가정을 해서는 안 된다'라고 말한다. 즉 뇌가 무언가를 회상한다는 것은 단순히 서가를 뒤져서 찾아낸 문장을 크게 낭독하는 것처럼, 혹은 서랍에서 무엇을 꺼내는 것처럼 생각해서는 안 된다는 것이다. 기억은 '재통합reconsolidation이라는 과정을 통해서만 다시 활성화되며, '시냅스가 신경세포를 접합하는 것이라고 할 때, 두 개의 뉴런을 시냅스로 연결하려면 단백질 합성이 필요하다'라고 이야기한다. '단백질 합성이 차단되면 그 학습된 행동이 사라지기도 한다'는 점이다. 결국 뇌는 며칠 또는 몇 달 전에 형성된 기억을 단지 불러내는 것이 아니라, 그 기억을 새로운 연합맥락에서 다시 만든다.[147]

또한, 수면과 꿈 연구에 의하면 꿈은 기억과 관련하여 중요한 역할을 한다고 한다. 특히 '새로운 지식과 기술을 배울 때 잠은 그날 익힌 것에 뇌 속에 확고하게 자리를 잡도록 돕는다'고 한다. 각종의 실험 결과에서는 '잠을 충분히 자는 사람이 그날 배운 외국어 단어나 수학 공식을 더 잘 기억하는 것'으로 나타났다. 잠자는 동안은 새로운 정보가 들어오지 않으니 '뇌가 이미 들어온 정보를 효과적으로 갈무리한다'라는 것이다.[148]

한편, 청소년들은 그 특유의 늘어진 자세로 좀비처럼 나뒹굴길 좋

146. 『뇌 한복판으로 떠나는 여행』, 장 디디에 뱅상 지음, 이세진 옮김, (주)북하우스 퍼블리셔스(2010). 162쪽.
147. 『굿바이 프로이트』, 스티븐 존슨 지음, 이한음 옮김. 웅진지식하우스(2006), 64쪽.
148. 『청소년을 위한 뇌과학』, 니콜라우스 뉘첼, 위르겐 안드리히 지음, 김완균 옮김, 비룡소(2008), 188쪽.

아한다. 학교에서도 의자에 똑바로 앉아 있기 힘들어하며, 집에서는 널부러져 있기가 일쑤이다. 반듯한 자세로 책상에 붙어서 공부하는 모습을 원하는 학부모들에게 이들의 삐딱한 모습은 그 자체로 못마땅한 존재일 것이다.

나탈리 르비살은 성장 호르몬의 분비로 청소년들이 몸이 급격하게 변화하는 것을 놓치지 말아야 한다고 지적한다. '십 대 청소년들은 그들의 뇌가 그러하듯 팔과 다리 등 전신 또한 급격히 변화하고 있는데, 청소년기에는 1년에 10cm 이상 자라기에 뼈의 급격한 성장으로 척추의 인대를 긴장시키고, 근육의 긴장을 떨어뜨린다'라고 한다. 또한 '신장과 체중의 급격한 증가는 신체의 비율을 변화시키고 근육의 강도와 근육운동의 협조 능력을 떨어뜨리고, 근육이 뼈만큼 빨리 자라지 않기 때문에 강도와 유연성 통제력 등이 일시적으로 감소하는 현상'이 나타나기도 한다.

그 결과, 한 자세를 오랫동안 유지하기 힘들고, 심지어 통증을 호소하기도 하고, 급격한 신체 변화에서 오는 고통을 덜기 위한 자세를 취하는데, '이는 놀랍게도 우주비행사들의 의자 제작을 위해 나사NASA가 계산한 의자의 등받이 각도 127도와 정확히 일치한다'고 주장한다. 이런 종류의 '의자는 특허까지 얻어 팔리고 있는데, 무중력 상태에 가장 가까운 것으로 알려져 있다'고 말한다.[149]

이상으로 뇌 발달을 중심으로 청소년들의 행동적인 특징의 원인을 살펴보는 것을 마친다. 나를 포함하여 성인들은 모두 청소년기를 겪었고, 정도의 차이가 있지만 청소년기에 나타나는 여러 발달적인 특징으

---

149. 『청소년, 코끼리에 맞서다』, 나탈리 르비살 지음, 배영란 옮김, 한울림(2011), 39 ~45쪽.

로 인해 부모님들을 힘들게 했을 것이다. 인류가 존재하는 한 이런 발달적인 특징은 사라지지 않을 것이다. 그렇다면 우리는 이에 대한 과학적인 설명들에 귀를 기울이고, 교육적인 대응을 해야 할 것이다. 그 시작은 청소년과 성인인 우리가 같지 않음을 받아들이는 것이다. 그럴 때에만 청소년들과의 소통이 시작될 수 있다.

3장.

사회적인 뇌와 발달

이 책의 1부에서 비고츠키의 생각과 말에 대한 논의를 진화학과 뇌과학에서 어떻게 설명하고 있는가를 살펴보면서, 협력을 통해서 말의 발달, 생각의 발달이 이루어짐을 확인하였다. 협력은 인간의 뇌를 다른 동물보다 더 독특하게 만들었다. 진화학과 뇌과학은 이에 대해 어떻게 설명하고 있을까? 이를 간략하게 소개하고자 한다.

로빈 던바, 클라이브 갬블, 존 가울렛은 심리학, 동물학, 고고학의 융합을 통해 뇌의 진화와 사회성 간의 상관성을 풀어내고자 하였다. 왜 인류의 조상인 다른 호미닌들과 다르게 현생 인류인 호모 사피엔스는 훨씬 큰 뇌를 가졌을까? 이들은 '사회적 뇌'라고 답한다. 이들은 감정을 세 가지로 분류한다. 즉 '가장 기본을 이루는 것은 기분 감정mood emotions으로 장소나 사람에게서 직감하는 것이며, 다음은 원시 감정primary emotions으로 두려움, 분노, 행복 등 다른 모든 포유류와 공유하는 감정이며, 마지막으로 사회 감정social emotions으로 죄책감, 동정심, 자부심, 수치심 같은 것으로 다른 이의 마음을 읽어야 가질 수 있는 감정'으로 나누었다.

이들은 '사회적 감정을 가지게 된 호미닌들과 그 후손인 인간들은 의식을 거행하는 존재로 진화하였는데, 그 대표적인 것이 매장 의식'이라고 한다. 즉 '불을 관리하고, 돌을 운반하는 것은 협력이 없으면 불가능하며, 게다가 장례 의식을 치른다는 것은 공동체 집단 간의 협력과 더 강력해진 사회적 유대를 보여주는 것'으로, 이는 '삶은 물론이고 죽음에서도 협력'하는 존재로 진화하였음을 보여주는 것이라 주장한다.[150] 이들의 논의는 인간이 다른 동물들보다도 더 높은 수준의 사회생활을 영위하려면 그만큼 더 큰 뇌가 필요했고, 역으로 그런 더 큰 뇌, 사회적 뇌를 가졌기에 동물과 다른 문화를 만들어 낼 수 있었음을 논증한 것이라 할 수 있다.

인지신경과학자로 불리는 마이클 가자니가도 '큰 뇌와 사회적 관계'에 주목하였다. 그는 협력, 사회적 행동은 자연선택으로 인한 진화의 산물임을 명확히 한다. 그는 '개체가 혈연이 아닌 다른 개체를 도와주고 보답을 받는 관계가 되려면, 은혜를 갚지 않는 개체를 식별하는 메커니즘이 있어야 상호이타주의가 성립된다'고 주장한다. 그는 '자연선택', '자웅雌雄선택', '자라는 뇌의 영양 공급을 위한 더 많은 음식의 필요'라는 세 가지 요소가 결합되면서 인간이 사회적 기질을 갖게 되었고, 이런 사회적 능력이 인간의 뇌를 구성하는 일부가 되자 다시 뇌크기의 확장에 기여하게 되었다'고 주장하였다. 또한 그는 '잡담의 역할'에 주목하였다. 그는 로빈 던바가 '영장류의 털 고르기가 인간의 잡담과 같은 역할을 한다'고 했던 것을 인용하면서, '잡담을 통해 정보를 교환하기도 하고 상대를 기만하기도 하며, 사기꾼을 가려내기도 하는데, 그것은 우리가 상대방의 얼굴을 인식하는 능력을 지니고 태어나는 것, 갓난아기 때부터 다른 사물보다 얼굴을 좋아하는 것으로 확인된다'라고 주장하였다.[151]

---

150. 『사회성, 두뇌진화의 비밀을 푸는 열쇠』, 로빈 던바. 클라이브 갬블, 존 가울렛 지음, 이달리 역, 처음북스(2016), 79~80, 284~290쪽.

그런데 집단생활을 하는 종은 인간 외에도 또 있는데, 왜 인간만 문화를 만들 수 있는 종이 되었을까? 인간이 특별히 다른 종보다 더 높은 지능을 갖게 된 이유는 무엇일까? 여기서 이 책의 1부에서 언급한 언어와 언어를 통한 소통과 협력의 중요성이 다시 등장한다.

진화학자 마이클 토마셀로는 인간의 사회성과 인지능력의 상호관계, 즉 사회성과 생각의 관계를 제시했다. 이를 필자가 요약 정리한 것은 다음과 같다.[152]

1. 집단 구성원들과의 경쟁 때문에 인간 외 영장류의 사회적 인지와 생각이 복잡한 형태로 진화했다. 그러나 인간과 같은 사회성이나 의사소통에는 이르지 못했다

대형 유인원이 협력하는 경우는 거의 없다. 이는 '자기중심의 집단행동'이라는 표현에 그 성격이 가장 잘 압축되었다. 그들은 인간에게서 보이는 공동 목표는 없고, 행동을 조정하기 위한 협력적 의사소통도 없다. 대형 유인원의 인지와 생각은 아주 협력적이지는 않았던 사회에 적응한 결과이다.

2. 초기 인류의 공동 협력 활동과 협력적 의사소통은 문화와 언어 없이도 새로운 형태의 인간의 생각을 이끌었다.

초기 인류는 생태환경의 변화에 따라 식량을 얻기 위해 협력해야 했다. 초기 인류의 협력적이고 재귀적인 사회성은 개인이 자신의 행동과 지향적 상태를 다른 사람들과 조율할 수 있는 적응적 맥락을 만들어 냈고, 이는 인지적 표상, 추론, 자기관찰 그리고 이러한 것들을 가능케 한 생각의 과정을 '협력화하도록' 요구했다.

3. 인류의 관습화된 문화와 언어는 인간의 생각과 추론을 특유의 복잡한 형태로 진전시켰다.

인류는 언어를 포함한 문화적 관습, 규범, 제도로 구성된 다양한 형태의 집단 지향성을 만들어 냈고, 이는 개체 중립적인 '객관적' 생각으로 이어졌다. 이것은 관습적이고 객관적인 표상, 합리적이고 성찰적이고 진리를 겨냥한 추론 과정, 집단의 생각과 일치하도록 자신의 생각을 관찰하고 조정하는 규범적 자기통제로 이루어졌다. 개체 중립적인 관습으로서 문화와 언어는 새로운 유형의 인간 사회성이 새로운 유형의 인간 생각, 특히 객관적-성찰적-규범적 생각으로 이어질 수 있는 또 다른 환경을 제공했다.

4. 문화의 누적적인 진화는 문화에 따라 특별한 인지능력과 생각의 유형을 풍부하게 만들었다.

151. 『왜 인간인가?』, 마이클 가자니가 지음, 박인균 옮김, 추수밭(2009), 117, 124, 129, 139쪽.
152. 『생각의 기원』, 마이클 토마셀로 지음, 이정원 옮김, 이데아(2017), 209~219쪽.

개인은 자라면서 이른 시기부터 문화의 유물과 상징을 통해 세계와 상호작용하여 문화 집단의 역사적 지혜를 흡수한다. 글쓰기는 메타 언어적 사고를 촉진하고, 다른 사람들의 언어 커뮤니케이션뿐 아니라 우리 자신의 언어 커뮤니케이션을 분석하고 비평하고 평가할 수 있는 가능성을 만들어 준다. 의사소통 도구로서 그림과 그래픽 기호들은 이러한 과정에서 중요한 역할을 하는 집단적인 표상이다.

한편, 마이클 토마셀로에 의하면 '협력'과 도덕성을 연결 짓는다. 그는 '협력과 소통을 포함한 지향점 공유의 인지 기술을 개인들이 자신의 협동적 활동과 문화적 활동을 더 잘 조정할 수 있게 하는 진화된 적응'으로 보면서 '타인을 동등한 자격이 있는 2인칭 행위자로 존중하며 인식하고 대우하게 된 것은, 사회적 상호작용 조건과 진화된 특별한 인지능력이 공동으로 낳은 결과'라고 주장한다.

그리고 '공동 헌신이나 집합적 헌신을 위한 사회적 상호작용의 맥락은 협동적 기획의 위험성을 줄이며, 이는 복수의 행위자가 그들의 공동행위나 집합적 행위를 자기 규제하는 데 동의하는 것이다. 이는 전략적인 차원이기도 하지만 도덕적 차원도 가지는' 것이다. 즉 '상호의존과 지향점 공유는 도덕적 현상은 아니지만, 이 둘이 진화한 직후에 일정한 종류의 협력적 상호작용이 벌어질 때 그 결과로 서로를 동등하게 존중하고 자격이 있다고 보며, 자신들이 서로 만든(또는 확인한) 사회적 헌신에 부합할 의무를 느끼는 개인이 등장한다.'[153]

인간이 짐승들보다 훨씬 복잡한 방식으로 집단생활을 할 수 있는 것은 좀 더 크고 발달한 뇌를 가졌기 때문이나, 역으로 그런 뇌를 갖게 된 것은 고도의 사회성을 가진 결과라고 할 수 있다. 즉 사회성이 인간의 뇌를 발달시킨 진화적인 압력이다. 여기에 가세하는 것이 언어

---

153. 『도덕의 기원』, 마이클 토마셀로 지음, 유강은 옮김, 이데아(2023), 279~284쪽.

다. 인간은 협력을 고도화하는 과정에서 언어를 갖게 되었다. 이 언어는 다른 문화적 관습, 규범, 제도와 함께 인간을 다른 유인원들과도 다른 존재로 진화하게 하는 역할을 하였다.

인류가 다른 유인원들과 다르게 더 큰 뇌를 갖게 된 것이 언어를 포함한 문화의 힘으로 작동하며 이를 문화적 진화로 표현하기도 한다. 진화는 유전자와 문화의 공진화에 의한 결과라고 말할 수 있다. 조지프 헨릭은 큰 뇌를 갖게 된 것을 다음과 같이 설명한다.

"이 문화적 진화와 유전적 진화의 상호작용은 자기를 추진하는 연료를 스스로 생산한다는 의미로 자기촉매적이라 할 수 있는 과정을 발생시켰다. 문화적 정보가 누적되며 문화적 적응들을 생산하기 시작한 순간, 유전자에 대한 주된 선택압은 자신의 집단에 속한 남들의 마음속에서 점점 더 많이 구할 수 있게 된, 적합도를 키워주는 수많은 기량과 관행을 습득, 저장, 처리, 조직화하는 우리의 심리적 능력을 향상하는 일을 중심으로 돌아갔다. 유전적 진화가 남에게서 배우는 일을 위해 우리의 뇌와 능력들을 향상시키는 것에 따라, 문화적 진화는 자발적으로 더 나은 문화적 적응을 더 많이 발생시켰고, 이러한 적응은 문화적 정보를 습득하고 저장하는 데 더 능숙한 뇌를 선호하는 압력을 계속 유지했다. (중략) 이 과정이 여러 세대에 걸쳐 계속됨에 따라, 선택압은 커진다. 다시 말해 문화가 더 많이 누적될수록, 더 커다란 뇌를 갖고 있어서 나선형으로 올라가기만 하는 문화적 정보의 덩어리를 활용할 능력이 있는 숙련된 문화적 학습자를 만드는 데 관여하는 선택압이 커진다."[154]

조지프 헨릭은 이 문화적 진화가 인간 뇌의 구조적 변화로 이어졌음을 설명한다. '인간의 뇌는 피질이 가장 촘촘하게 서로 연결되어 있고 가장 구불구불하게 접혀 있는데, 아기의 머리통이 너무 크면 출산에 어려움을 겪으니 피질을 접고, 촘촘하게 연결하는 방식으로 진화했다'는 것이다. 한편 '인간의 뇌는 다른 영장류가 출생 후 두 배까지 커지는 것에 비해 첫해에만 세 배로 커지며, 젖먹이 침팬지는 피질의 15%를 이미 수초화하여 태어나지만, 인간은 고작 1.6%만 수초화한 상태에서 태어난다'는 점을 짚는다. 또한 '신피질의 수초화의 경우에도 청소년기, 청년기에 침팬지는 96%를 완성시키는데 인간은 65% 정도만 완성시키며, 인간은 30대에 접어들어서도 뇌의 연결망 작업이 계속'되는 것에 주목해야 한다고 한다.[154]

이렇게 진화학자들이 인간의 뇌의 진화과정이 인간의 협력적인 속성, 사회성과 맞물려 있음을 밝혀내는 동안 일군의 뇌과학자들은 심리학과 진화학의 성과들에 기반하여 '사회적 뇌' 논의를 더욱 발전시켰다. 뇌과학자들은 사회적인 뇌를 설명하는 데 인간의 공감 능력을 주목한다.

매튜 D. 리버먼은 '공감을 산출하는 데 세 종류의 심리 과정이 있는데, 마음 읽기, 정서적 일치affect matching, 공감적 동기empathic motivation로 이는 거울체계 또는 심리화체계를 통해 공감 심리상태에 시동을 건다'고 한다. 그는 공감능력과 관련하여 뇌 영상 스캐너를 통한 실험을 통해 뇌의 구조 중 '중격부'에 주목해야 한다고 주장한다. 즉 '뇌 영상 스캐너 안에서 공감 과제를 수행하는 동안에 중격부의

154. 『호모 사피엔스, 그 성공의 비밀』, 조지프 헨릭 지음, 주명진·이병권 옮김, 도서출판 뿌리와이파리(2019), 103~107쪽.

활동이 더 많았던 사람들이 스캐너 밖에서도 다른 사람을 더 자주 돕는 경향이 있었음'을 근거로 '중격부가 공감에 관여하는 다른 뇌 부위들로부터 오는 입력을 모아서 남을 돕고자 하는 충동으로 변환시키는 역할을 할 것'이라고 주장하였다.

그는 '중격부는 영장류의 진화 과정에서 유난히 커졌으며, 뇌 심리화 체계의 대장이라 할 배내측 전전두피질과 직접 연결되어 있으며, 보상 체계와 연관되어 있을 뿐만 아니라 공포행동의 감소와도 관련이 있고, 보살핌 행동과도 관련한다'고 한다. 또한 '중격부에는 다수의 옥시토신 수용체가 존재하는데, 옥시토신 수용체의 밀집도는 어릴 때 보살핌을 얼마나 받는가에 따라 달라진다'는 점을 강조하였다.[155]

한편, 인간이 공감능력을 가진 것은 이른바 거울 뉴런과 깊은 상관관계가 있는 것으로 알려져 있다. 잘 알려진 것처럼 거울 뉴런의 발견은 우연이었다고 한다. 크리스티안 케이서스는 '원숭이가 작은 물건을 잡을 때 특정 뉴런이 반응하는지 검사하려고 건포도를 집어 줬는데, 실험자가 건포도를 집어 들 때도 특정 뉴런이 발화하는 것을 발견하면서 거울 뉴런이 발견되었다'고 말한다.

그럼 특정 뉴런은 뇌의 어느 부분에 위치할까? 바로 전운동피질이다. 크리스티안 케이서스는 '거울 뉴런은 다른 사람의 행동을 보는 것에 반응하는 뇌의 시각영역으로부터 신호를 받는데, 이 연결을 통해 시각언어와 운동언어로 번역된다'고 말한다. 그는 '운동체계는 거울 뉴런이 있는 전운동피질을 포함한 일차운동피질과 고차운동영역으로 구성되는데, 일차운동피질의 뉴런들이 특정 근육군과 연결되어 있기에, 거울 뉴런은 우리가 관찰한 것을 근육이 수행할 수 있도록 해준

---

155. 『사회적 뇌 인류 성공의 비밀』, 매튜 D. 리버먼 지음, 최호영 옮김, (주)시공사 (2015), 229, 236~238, 240쪽.

다'라고 분석한다. 이는 '관찰학습 즉 다른 사람을 관찰함으로써 배울 수 있는 문화전이'가 어떻게 가능한지 보여준 것이라 할 수 있다.

그는 '우리의 두뇌가 타인과 연결되어 있다는 것, 우리는 전적으로 우리 자신만을 처리하는 두뇌가 아니라 타인을 느낄 수 있는 두뇌를 가지고 태어나며, 다른 사람들과 공명하도록 만들어졌음을 보여준다'고 주장하였다. 또한 이것이 가진 교육적인 함의는 '우리가 어떤 일을 하는 방법을 설명할 때, 그 기술을 시연하는 것은 언어적 설명을 보완하는 중요한 교육적 수단'이라고 제안하였다.[156]

최근 공감 능력이 중요한 인간지능의 하나로 받아들여지고 있다. 자밀 자키는 '경험이 공감의 양상을 결정한다'는 점을 강조한다. 그는 '잔혹한 환경은 아이들이 지닌 공감을 왼쪽 끝으로 몰고 가지만, 친절한 환경은 다시 원래 위치로 돌려놓는다'라는 낙관적인 견해를 내놓는다. 그러나 동시에 '도덕적 분리' 현상도 경고한다.

즉 '남에게 해로운 일을 하는 사람들은 자신을 못 견디게 하는 상태를 피하고자 자신으로 인해 피해받은 사람들을 비난하거나 비인간화하는 도덕적 분리 상태로 넘어갈 수 있음'을 지적한다. 그는 '감정과 이성은 끊임없이 대화를 나누며, 감정은 생각에 기초하여 만들어진다'라고 주장한다. 즉 '생각을 달리함으로써 다르게 느끼기를 선택할 수도 있다'는 것이다.

이 말은 사람들이 '공감을 선택할 수도 있고, 공감을 회피할 수도 있는 이유가 있다는 것'을 의미한다. 중요한 것은 '공감을 회피하는 사람들은 그렇게 하는 과정에서 자신에게 해를 끼치게 되는데, 이는 타인에게 공감하는 사람들이 그렇지 않은 사람들보다 친구를 더 쉽게

---

156. 『인간은 어떻게 서로를 공감하는가』, 크리스티안 케이서스 지음, 고은미·김잔디 옮김, 바다출판사(2018), 29, 31, 76~78, 83, 86쪽.

시키고, 더 큰 행복을 느끼고, 우울증에도 좀 덜 시달리는 것으로 확인된다'라고 주장하였다.[157]

공감을 받지 못했을 때, 사회적 연결로부터 배제되었을 때 인간은 고통을 받는 것으로 확인된다. 그렇기에 공감 능력은 중요하다. 인간의 뇌는 사회적 고통에 매우 민감하게 반응한다. 프로이트의 이론을 뇌과학을 통해 설명하고자 시도한 레오나르드 플로디노프도 이 지점을 강조한다.

"사회적 연결은 인간 경험의 기본적 속성이기 때문에, 그것이 박탈되면 인간은 고통을 느낀다. 사회적 거절의 고통을 육체적 손상의 고통과 비교해서-'감정을 다치다'와 같이- 표현하는 언어가 많은데, 이것은 그저 비유만이 아니다. 뇌 영상 연구에 따르면, 물리적 고통에는 두 요소가 있다. 두 요소는 뇌에서 서로 다른 구조와 연관된다. 한편 사회적 고통은 전방 대상피질(앞띠다발겉질)이라는 뇌 구조와 연관되는데, 이것은 물리적 고통의 감정적 요소에 관여하는 부분이기도 하다."[158]

플로디노프는 '사회적 고통과 물리적 통증의 연관성은 우리의 정서와 몸의 생리적 과정들이 연관되어 있고, 사회적 거부는 정서적 고통

---

157. 『공감은 지능이다』, 자밀 자키 지음, 정지인 옮김, (주)도서출판푸른숲(2021), 58~61, 87, 91, 94쪽.
158. 『"새로운" 무의식: 정신분석에서 뇌과학으로』, 레오나르드 플로디노프 지음, 김명남 옮김, 까치글방(2013), 115쪽.

만이 아니라 물리적 존재에도 영향을 미친다'라는 점을 강조한다. 또한 '사회적 관계의 결핍은 건강을 해치는데, 이른바 사회관계망 지수가 낮은 사람들 즉 정기적이고 친밀한 접촉이 낮은 사람들의 사망률은 사회관계망 지수가 높았던 사람들보다 높다'고 지적한다. 그는 '진화의 과정에서 사회적 지능은 인간의 생존에 결정적이었을 것이며, 타인의 생각과 감정을 이해하려는 욕구와 능력 즉 마음이론theory of mind이라 불리는 능력은 대체로 민첩하고 자동적인 무의식적인 과정을 통해 이루어진다'는 점을 강조한다.

또한 그는 '마음이론을 재는 척도 중 하나는 의도성인데, 나의 의도를 아는 1차 의도성을 넘어서 타인의 의도를 아는 것 즉 2차 의도성은 가장 기초적인 능력이며, 다른 사람이 또 다른 사람의 생각에 대해 어떻게 생각하는지 추론하는 3차 의도성 그리고 문학작품 등에서 사용하는 4차 의도성으로 발달할 수 있다'라고 설명하였다.[159]

인간의 뇌가 사회적 뇌라는 것은 인간의 발달은 한 개체의 고립된 성장과 발달이 아니며, 집단의 구성원으로 사회적인 성장과 발달을 하는 존재임을 다시 확인해 주는 것이다. 아는 인간의 뇌는 고정불변한 것이 아니라 그를 둘러싼 자연환경, 사회환경, 그가 맺는 관계를 통해서 발달함을 의미한다. 이때 간과하지 말아야 할 것은 인지와 감정은 분리될 수 없다는 것이다. 지나 리폰도 이 지점에 주목하였다.

"'사회성'은 우리의 가장 새롭고 가장 세련된 행동 방식 중
하나로 인식되지만 여전히 매우 기본적인 정서적 반응에 기

---

159. 『"새로운" 무의식: 정신분석에서 뇌과학으로』, 레오나르드 플로디노프 지음, 김명남 옮김, 까치글방(2013), 117~122쪽.

반을 두고 있다. 이는 우리 뇌의 너 오래된 부분 중 하나인 편도체amygdala의 활동과 연관된다. 편도체는 아몬드 모양의 구조인데, 좌우 반두 양쪽의 겉질 밑에 묻혀 있다. 편도체는 정서의 지각과 표현에서 핵심 역할을 맡고 있다.

사회적 기술과 관련하여 편도체는 정서적 표정, 특히 위협을 신호할 가능성이 있는 표정을 고속으로 처리하는데, 도움을 주는 듯하다. (중략) 한편 우리의 뇌 중에서 가장 새로운 부분 중 하나인 이마앞엽겉질perfrontal cortex은 자기반성과 자기정체성 같은 추상적 과정의 통제에 관여한다. 즉 '나'를 기반으로 한 유도장치로서 방향을 제시하고 우리에게 좋을 수도 있고 나쁠 수도 있는 선택지를 선별하여 우리의 호불호를 만족시킨다. 이에 더하여 '타인', 즉 우리 자신의 사회적 네트워크 중 일부일 수도 있고 아닐 수도 있는 저 밖의 접촉 대상을 식별하는 데도 관여한다. 이 체계는 우리의 사회적 마음 읽기 기술, 타인과 그들의 생각, 바람, 믿음을 이해하는 능력과 연계된다. 이런 과정은 우리의 기억 창고로 연장된다."[160]

지나 리폰은 더욱 중요한 것은 뇌 발달의 문제는 사회경제적 지위에 영향을 받는다는 점을 지적한다. 우리는 앞에서 뇌가 사회적 고통을 신체적 고통처럼 받아들인다는 점을 확인한 바 있다. 우리가 사회적 고통을 당할 경우에 '뇌에서 주로 활성화되는 영역은 앞띠다발겉질anterior cingulate cortex와 섬엽insula인데, 앞띠다발겉질은 우리의 사회

___
160. 『편견 없는 뇌』, 지나 리폰 지음, 김미선 옮김, 다산북스(2023), 171~173쪽.

적 네트워크에서 신호등 같은 역할을 한다'고 한다. 또한 '섬엽은 앞띠다발겉질과 협력하여 어울려야 할 상황과 피해야 할 상황을 식별하는데, 특히 섬엽과 연관되는 정서 중 하나가 혐오'라고 한다.

그런데 '낮은 자존감을 가진 사람들이 배제와 같은 사회적 고통을 당했을 때 이 두 부위는 더 활성화된다.' 문제는 '사회경제적 지위가 공간 인지, 언어와 같은 기술뿐만 아니라 일부 형태의 기억과 정서 처리에서, 심지어 지능지수와 젠더, 인종과 같은 특징을 참작할 때도 주요한 요인이 될 수 있다'는 점인데, 예를 들면 '교육 접근성과 언어 환경, 저소득, 형편없는 식사, 제한된 의료 서비스 접근 기회와 연관된 스트레스가 그 요인이 될 수 있다'는 것이다.[161]

인간의 뇌는 사회적이다. 사회성은 인간의 뇌를 더 크게 만들었고, 더 커진 뇌를 가지고 인간은 문화를 일구었다. 다른 사람들과 협력하는 것은 인간의 본능이고, 다른 사람들과 소통하면서 새로운 것을 배우는 것 또한 인간의 본성이다.

그렇다면 발달을 개별적인 것으로 상정하고, 주어진 문제의 주어진 정답을 주어진 시간에 안에 찾게 하는 문제 풀이 훈련, 게다가 끊임없이 다른 이와 경쟁을 강요하는 입시경쟁교육은 인간의 본성에 역행하는 것이고, 인간의 발달을 가로막는 것이 아닌가? 우리는 언제까지 발달에 역행하는 교육 현실에 침묵하고 동조할 것인가?

이 책의 3부 2장에서 우리는 청소년들의 뇌가 어린이의 뇌와도, 성인의 뇌와도 다른, 급격한 변화를 겪고 있음을 살펴보았다. 그렇다면 사회적 뇌라는 관점에서 청소년기에는 어떤 교육이 필요할까? 애니

---

161. 『편견 없는 뇌』, 지나 리폰 지음, 김미선 옮김, 다산북스(2023), 178, 180, 182~184쪽.

머피 폴은 다음과 같이 제안한다.

　"십 대들의 뇌는 사회적·정서적 신호에 더 민감해진다. 십
대들에게 가장 달콤한 보상은 또래 친구들에게 인정과 관심
을 받는 것이다. 새롭고 복잡하고 가치 있는 대인 관계 생태
계의 도움으로 청소년기의 사회적 뇌는 거의 항상 '켜져 있
는' 것처럼 보인다.

　(중략) 그런데 그러한 발달이 이뤄지는 바로 그 시기에, 우
리는 십 대들이 학교에 도착하면 사회적 뇌는 꺼두고 사회적
의미나 맥락이 전혀 없는 추상적인 정보에 집중하라고 그들
에게 말한다. (중략) 학생들은 지루해하고, 산만해지고, 일탈
하고, 심지어 반항한다. 물론 청소년들이 하루 종일 사회생활
만 하도록 내버려 둘 수는 없다. 하지만 우리는 청소년들이
배워야 할 내용을 보다 더 효과적으로 학습할 수 있도록 그
들의 급성장하는 사회성을 활용할 수 있다. 어떻게 활용할 수
있을까? 한 가지 효과적인 방법은 학업과 관련된 내용이 우
선시되고 중심이 되는 사회적 관계에 그들을 참여시키는 것
이다. 즉 그들이 다른 사람들을 가르치도록 하는 것이다."[162]

애니 머피 폴의 제안은 마을교육공동체가 지향하는 교육상과 다르
지 않다. 나는 마을교육과정은 그것이 학교가 주도하는 마을연계교육
과정이든 마을이 주도하는 마을학교교육과정이든 단지 마을을 담을
뿐만 아니라, 어린이·청소년이 능동적인 배움의 주체로 마을을 이롭게

---

162. 『익스텐드 마인드』, 애니 머피 폴 지음, 이정미 옮김, (주)알에이치코리아(2022),
　　307~308쪽.

하는 활동, 지역사회 참여 활동으로 이루어져야 한다고 목 놓아 외쳐오고 있다. 다행스럽게도 현재 전국에서 〈청소년자치배움터〉와 같은 형태로 청소년 주도형 교육활동을 하는 사례들이 조금씩 늘어나고 있다.

　사회적 관계로부터 청소년들을 분리시키는 교육은 사회적 뇌를 가지고 있는 인간의 본성이 맞지 않으며, 청소년들의 발달단계에도 맞지 않는다. 언제까지 어린이·청소년들을 훈육과 통제의 대상으로 보고, 심지어 자신의 욕망을 실현하는 도구나 대상으로 보려 하는가? 이를 극복하지 않은 한 모두가 불행해질 뿐이다. 이제 우리는 협력을 통한 발달, 사회적 뇌를 가진 인간의 발달이라는 관점에서 다시 한국 교육을 돌아보고 근본적인 변화를 꾀해야 한다.

4부

마을과 함께 읽고 쓰고 걸으며

1장.

마을교육학습공동체

마을교육공동체는 무엇일까? 인천마을교육공동체 활성화 지원에 관한 조례에는 "마을교육공동체란 주민자치와 교육자치의 결합으로 마을이 아이들의 배움터가 되고, 마을에서 아이들이 자라도록 교육청과 지방자치단체 그리고 학부모와 시민사회가 협력하고 연대하는 교육생태계를 말한다"라고 정의하고 있다.

교육생태계가 조성되려면 무엇보다 학교가 지역사회와 함께하려는 자세를 가져야 한다. 그렇지 않으면 교육기본법에서 제시하는 교육 이념인 "홍익인간弘益人間의 이념 아래 모든 국민으로 하여금 인격을 도야陶冶하고 자주적 생활 능력과 민주시민으로서 필요한 자질을 갖추게 함으로써 인간다운 삶을 영위하게 하고 민주국가의 발전과 인류공영人類共榮의 이상을 실현하는 데에 이바지하게 함을 목적으로 한다"는 이 문장의 현실화는 결코 이루어 낼 수 없을 것이다. 또한 교육이라고 말하고 지식과 기능을 전달하는 것으로 협소하게 이해하거나, 교육이라고 적고 입시라고 읽는 세태를 결코 극복할 수 없을 것이다.

학교는 그 탄생에서부터 지역과 분리될 수 없었다. 학교는 지역 안에 있으며, 학교는 시민들이 내는 세금으로 운영된다. 학교에서 일하는 사람들의 임금도, 학교 건물의 건립과 운영에 필요한 경비도 모두 시민들의 세금이다. 그런데도 학교는 마치 세상과 동떨어진 특별한 것이라는 생각을 버리지 않는 사람들도 여전히 있는 것 같다. 그러나 세상은 바뀌고 있다. '2022 개정교육과정 총론'만 봐도 명확히 드러난다. 총론에서는 교육과정을 개정해야 하는 배경을 다음과 같이 밝히고 있다.

> "첫째, 인공지능 기술 발전에 따른 디지털 전환, 감염병 대유행 및 기후·생태환경 변화, 인구 구조 변화 등에 의해 사회의 불확실성이 증가하고 있다. 둘째, 사회의 복잡성과 다양성이 확대되고 사회적 문제를 해결하기 위한 협력의 필요성이 증가함에 따라 상호 존중과 공동체 의식을 함양하는 것이 더욱 중요해지고 있다. 셋째, 학생 개개인의 특성과 진로에 맞는 학습을 지원해 주는 맞춤형 교육에 대한 요구가 증가하고 있다. 넷째, 교육과정 의사 결정 과정에 다양한 교육 주체들의 참여를 확대하고 교육과정 자율화 및 분권화를 활성화해야 한다는 요구가 높아지고 있다."

위 내용에서 언급하는 상호 존중과 공동체 의식의 함양과 개개인의 특성과 진로에 따른 맞춤 교육을 과연 학교 혼자서, 지역사회(마을)과 분리된 채 수행할 수 있을까? 총론에서는 교육과정의 의사 결정 과정에 다양한 교육 주체들의 참여 확대를 언급하고 있다. 여기서 궁금증이 생긴다. 교사 외에 다양한 교육 주체들은 누구인가?

교육은 교사만 할 수 있으며, 그래야 한다는 생각을 고집하는 사람들은 교사 외의 교육 주체가 있다는 것을 인정하기 어려울 것이다. 비전문가인 사람들이 교육에 참여하는 것은 있을 수 없는 일로 받아들여지기 때문일 것이다. 그런데 '전문가'인 교사들만의 힘으로 과연 교육기본법에서 언급하는 '자주적 생활 능력과 민주시민으로서 필요한 자질을 갖추게' 할 수 있을까? 단언컨대 불가능하다. 우리 아동·청소년들은 학교에서만 자라나지 않는다. 더 많은 시간을 가정과 지역에서 생활한다는 점을 직시해야 한다. 교육과정 총론에서도 교육과정의 구성의 중점에서 이를 분명히 하고 있다.

> "교육과정 구성의 중점은 다음과 같다. 가. 디지털 전환, 기후·생태환경 변화 등에 따른 미래 사회의 불확실성에 능동적으로 대응할 수 있는 능력과 자신의 삶과 학습을 스스로 이끌어가는 주도성을 함양한다. 나. 학생 개개인의 인격적 성장을 지원하고, 사회 구성원 모두의 행복을 위해 서로 존중하고 배려하며 협력하는 공동체 의식을 함양한다. 모든 학생이 학습의 기초인 언어·수리·디지털 기초소양을 갖출 수 있도록 하여 학교 교육과 평생 학습에서 학습을 지속할 수 있게 한다. 라. 학생들이 자신의 진로와 학습을 주도적으로 설계하고, 적절한 시기에 학습할 수 있도록 학습자 맞춤형 교육과정 체제를 구축한다. 마. 교과 교육에서 깊이 있는 학습을 통해 역량을 함양할 수 있도록 교과 간 연계와 통합, 학생의 삶과 연계된 학습, 학습에 대한 성찰 등을 강화한다. 바. 다양한 학생 참여형 수업을 활성화하고, 문제해결 및 사고의 과정을 중시하는 평가를 통해 학습의 질을 개선한다. 사. 교육과정 자율화·분권화를 기반으로 학교, 교사, 학부모, 시·도 교육청, 교육부 등 교육 주체들 사이의 협조체제를 구축하여 학습자의 특성과 학교 여건에 적합한 학습이 이루어질 수 있도록 한다."

위 내용 중 사항을 보면, 교육 주체들 간의 협조체제를 구축하는 것을 언급하고 있다. 현재 226개 기초지방자치단체 중 무려 205개의 자치단체가 교육청 혹은 교육지원청과 함께 다양한 이름의 협력사업을 하고 있다. 혁신교육지구라는 이름으로 출발하여 지금은 미래교육지구라는 이름을 쓰는 곳도 있고, 인천처럼 교육혁신지구라는 이름을 사용하는 곳도 있으며, 행복교육지구라는 이름을 쓰는 곳도 있다. 이 교육 주체 중에는 관청도 있고 교사도 있고 학부모도 있다. 또 '등'으로 표기되었지만, 다수의 마을교육활동가 혹은 마을교사들이 있다. 그리고 이들 마을교육활동가(마을교사)의 다수는 학부모와 시민이다. 그렇기에 학부모와 시민들의 교육적 역량을 높이는 것이 너무도 중요하다.

학부모들이 그저 '내 아이의 성적과 내 아이의 성공'에만 목을 매는 한 교사와 학부모의 협력은 일어날 수 없다. 학부모, 학생, 시민들이 스스로 교육이라는 상품(서비스)을 제공받는 소비자로 호명하고 인식하는 한, 학교와 마을의 협력은 형성될 수 없다. 이는 역으로 교사와 학교가 스스로 교육 서비스의 공급자로 인식하는 경우에도 마찬가지이다.

그렇다면 학부모와 시민들의 교육적 역량은 어떻게 높일 수 있을까? 앞에서도 지적했지만 예를 들어 연예인급의 유명한 강사를 초빙하여 대규모 동원형 강좌를 자주 진행하면 교육에 대한 학부모와 시민들의 관점이 바뀌고, 교육적 역량이 높아질 수 있을까? 나는 이런 방식에 대해 매우 회의적이다. 물론 때로는 공공정책의 선전과 홍보를 위해 대규모 강좌가 필요하다. 그러나 그것에만 의존하는 한계는 너무도 명확하다. 물론 이런 행사를 치르면 수백 명의 청중이 앉아 있으니 사업이 성공적으로 진행되는 것처럼 보일 수 있다. 그런데 실상 그 자리에 있는 청중은 수동적인 강의(때론 퍼포먼스)의 소비자로 전락할 뿐이다. 그야말로 요식적인 전시성 행사에 그칠 가능성이 높다. 퍼포먼스 달인들의 화려한 언변에 한두 시간이 금방 지나가고, 때때로 감동의 물결이 다가온다. 그러나 딱 거기까지이다. 자녀와의 소통 문제로 어려움을 겪는 학부모가 유명 강사의 강의를 듣는 동안 닭똥 같은 눈물을 뚝뚝 흘리며 반성하다가도 집으로 가면서는 아이에게 학원에 가라고 닦달하는 모습을 얼마나 많이 보아왔던가? 다시 강조하지만 서비스를 제공하고 청중이 소비하는 방식으로는 사람들의 생각이 바뀌고, 교육적 역량과 시민적인 역량이 커질 수 없다.

세상이 바뀔 때는 사회구성원 다수가 세상을 바라보는 관점이 달라질 때이다. 관점의 변화는 단번에 일어나지 않는다. 인간의 뇌는 편의성을 추구하고 그 때문에 착각에 사로잡히기 쉽다. 때로는 집단적인 착각에 빠지기도 하며 자신이 속한 집단의 편견을 자신의 주체적인 사고의 결과라고 믿기도 한다. 어떻게 하면 고정관념과 편견을 극복하는 교양을 가진 시민이 될 수 있을까? 그 좋은 방법 중 하나는 시민들의 자발적인 학습공동체를 장려하여 책을 읽고 토론하고 글을 쓰는 문화를 만드는 것이다.

앞에서 말의 발달이 생각의 발달을 이끌고, 낱말 의미의 발달이 사고의 발달을 이끈다는 것을 살펴보았다. 이것이 책을 읽고 글을 쓰는 것이 중요한 이유이다. 또한 학습공동체가 중요한 이유이다. 학습공동체는 기본적으로 책을 읽는다. 책을 읽는 사람은 기본적으로 어휘를 풍부하게 사용한다. 사용하는 낱말의 수가 많다는 것은 그만큼 인지적인 능력이 높아질 수 있음을 의미한다. 낮은 문해력은 실상 낮은 독서량을 반증하는 것이기도 하다. 리사 펠드먼 배럿은 『감정은 어떻게 구성되는가?』에서 감정도 구성된다고 주장한다. 풍부한 감정을 가지려면 다양한 감정의 개념을 획득해야 한다고 주장한다. 그런데 이는 풍부한 독서와 다양한 배움 그리고 경험을 필요로 한다는 것이다.

책을 읽는 것은 기본적으로 타자를 만나는 것이다. 소크라테스가 지적하였듯이 문자언어는 쌍방향 소통은 불가능하다. 하지만 우리는 책을 통해 저자를 포함해 저자가 인용하는 수많은 사람의 생각과 삶을 접할 수 있다. 타인의 생각을 받아들이기도 하지만 의문을 품기도 하고 때론 물리치기도 하는 과정을 거치며 읽는 이의 사고는 넓어질 수 있다.

또한 읽은 내용을 글로 옮기는 과정을 통해 생각이 깊어진다. 입말과는 달리 글말을 쓰는 과정은 고도의 추상적인 사고의 산물이다. 우리는 생각하고 생각하며 또 생각해야 한다. 이 과정에서 깊은 성찰이 이루어진다. 그런데 이 읽기와 쓰기의 장점이 더욱 극대화되는 것이 학습공동체이다.

학습공동체에서는 혼자 하기 어려운 책 읽기가 가능하다. 서로 이끌어 주고, 격려하고, 이야기를 나누다 보면 어느새 두꺼운 책도 다 읽게 된다. 때론 충분히 이해하지 못한 내용도 다른 이의 도움을 통해서 해결한다. 또 내가 읽은 것을 다른 사람에게 설명하는 과정에서 불분명했던 것도 명확해지고, 내가 아는 것과 모르는 것, 어설프게 알고 있는 것이 확인된다. 이를 통해 개념적 사고를 하게 된다. 복합체적 사고에 머물던 것에서 개념적 사고로 진전하게 된다.

학습공동체에서는 구성원들이 토론을 통해 생각을 공유하는 집단적인 활동을 한다. 인간은 언어를 통해서 다른 뇌(인간)들과 소통하고 이를 통해 집단지성을 창출할 수 있다. 머리 둘은 머리 하나보다 낫다. 이는 협력의 과정이다. 협력에 기초한 학습을 통해 우리는 교양과 덕성을 가진 시민으로 성장한다.

학습공동체의 중요성은 이미 경영학 분야에서도 주목해 온 것이다. 대표적인 논자가 피터 센게이다. 센게는 '학습조직이 따라야 할 규율로 첫째 시스템적 사고, 둘째 개인적 숙련, 셋째 정신 모델, 넷째 공유 비전 구축, 다섯째 팀 학습'을 들면서, '팀 전체의 지능이 팀에 속한 개인의 지능을 넘어서며, 개별 구성원도 팀에 속하지 않았을 때보다 훨씬 빠르게 성장한다'는 점을 강조하였다. 센게는 '학습 규율은 각각이 생각하고 타인과 상호작용하고 더불어 배우는 방식으로 이는 경영 기술이라기보다는 예술에 가까우며, 다섯 가지 규율이 하나의 조합을 이루어야 함'을 강조하였다.[163]

한편, 문화역사적 활동이론의 제3세대 활동이론가로 명명되는 위리에 엥게스트룀은 팀을 넘어서 놋워킹knotworking을 제안한다. 문화역사적 활동이론은 '인간의 일상생활 속에서 일어나는 사회적 활동의 구조와 과정을 분석하고 이해하기 위해 다양한 학문 분야에서 활용되는 사회과학적 접근방법이다. 엥게스트룀은 '인간 활동 체계를 구성하는 생산, 분배, 교환, 소비의 인프라가 다양한 방식으로 내재해 있으면서도, 각각 다른 목적을 위해 존재하기에 공동체 형성의 관점에서는 생산을 먼저 고려하는 것은 적절하지 않으며, 분배, 교환 등도 중요하다'라고 말한다. 그렇다면 놋워킹knotworking은 무엇일까? 엥게스트룀은 이에 대해 다음과 같이 설명한다.

"놋knot 개념은 평상시 같으면 느슨하게만 연결되었을 행위자들 또는 활동 체계들 간에 일어나는 협력적 업무 수행

---

163. 『학습하는 조직』, 피터 센게 지음, 강혜정 옮김, (주)에이지이십일(2014), 27~36쪽.

의 조직화된 형태를 의미한다. 그것은 생동감 넘치고, 널리 번지며, 즉흥적으로 이루어지기도 한다. 놋워킹의 특징은 서로 분리되어 있는 것처럼 보이는 활동의 *끈*들을 서로 묶고 풀고 다시 묶기를 반복하는 행동으로 표현할 수 있다. 협력적 업무의 매듭을 묶고 푸는 일이 특정 개인이나 조직 내 특정 집단의 통제하에 이루어지는 것이라고 볼 수는 없다. 통제권의 중심은 없다.

놋워킹의 주도자는 매 순간마다 달라진다. 따라서 조정과 통제의 중추를 미리 설정하면 놋워킹을 제대로 분석할 수 없다. 놋 워킹에 참여한 개인들 또는 집단들은 별개의 것일 뿐이며, 그들이 단순히 더해진 집합체라고 보는 관점 역시 부적절하다. 불안정적인 놋 그 자체가 분석의 대상이 되어야 한다."[164]

센게의 논의는 전통적인 기업조직의 위계적인 문화, 혹은 경쟁 중심의 문화를 협력적인 문화로 전환시켜 능률을 극대화하는 경영 이론이라고 할 수 있다. 그런데 엥게스트룀의 주장은 경영학의 영역에서 다루어지나 그 적용 범위가 기업에만 머물지는 않는다. 센게가 주장하는 논의의 핵심은 학습조직(공동체)이 개별자의 고립적인 노력이나, 개별자 간의 경쟁보다 훨씬 효율적이라는 것이다.

그런데 엥게스트룀의 논의는 여기서 좀 더 나아간다. 하나의 활동 체계만이 아니라 활동 체계 간의 상호작용이 확장된 학습을 만든다는 것, 묶이고 풀리는 과정이 반복되면서, 중심이 없으면서도 협력이

---

164. 『팀의 해체와 놋워킹』, 위리외 엥게스르룀 지음, 장원섭·구유정 옮김, 학이시습 (2014), 289쪽.

이루어지는 놋워킹은 마치 뇌의 네트워크적인 작동 방식, 생성과 소멸을 반복하는 생태계와 닮아 있기도 하다. 그리고 흥미롭게도 놋워킹은 질 들뢰즈와 펠릭스 가타리의 리좀rhizome 개념과도 유사한 측면이 있다.

들뢰즈와 가타리는 인간의 사고를 나무의 형태로 은유하는 것에 반대한다. 대신 리좀이라는 덩굴식물에 비유한다. '나무 형태의 이미지가 주는 중심화된 체계와 위계적인 구조를 비판하며, 위계적이 아닌, 수평적이고 중심 없는 체계'에 대해 언급한다. '사유는 결코 나무형태가 아니고, 뇌는 결코 뿌리 내리거나 가지 뻗고 있는 물질이 아니며, 불확실한 확률과 불확실한 신경체계이고 그 자체로 다양체이며, 나무라기보다는 풀'에 가깝다고 주장한다. '리좀은 시작하지도 않고 끝나지도 않으며, 언제나 중간에 있고 사물들 사이에 있는 것으로 나무가 혈통이라면 리좀은 결연관계일 뿐'이라는 것이다.[165]

엥게스트룀의 놋워킹과 들뢰즈와 가타리의 리좀 개념은 마을교육공동체의 비정형적인 특징과 닮았을 뿐만 아니라, 학습공동체의 특징을 잘 보여준다. 학습공동체를 통한 교육활동은 관청이 시민을 동원하는 교육방식과 거리가 한참 멀기 때문이다. 이는 매우 자발적이고 주체적인 학습활동이다.

학습공동체는 가르치는 자와 배우는 자로 명명되는 이분법적 구분을 넘어선다. 모두가 가르치는 사람이고 모두가 배우는 사람이다. 서로 배우고 서로 가르치는 관계이다. 여기에는 위계가 작동하지 않는다. 때로는 리더가 있을 수 있지만 리더는 권력자가 아니다. 그야말로

---

165. 『천 개의 고원』, 질 들뢰즈·펠릭스 가타리 지음, 김재인 옮김, 새물결(2001), 38, 48, 55쪽.

탈중심적이다. 느슨한 것 같지만 결속력을 가지고 있으며, 단단한 것 같으면서도 매우 부드럽다. 각 구성원의 개성이 존중되면서도 지향점을 향해 응집되기도 한다. 그러나 그것은 경화된 관료주의 조직과는 다르다.

학습공동체는 어쩔 수 없이 들어야 하는 동원식 교육이 아니다. 특정한 시간과 특정한 장소에 얽매일 이유도 없다. 학습공동체 구성원들의 공통적 관심사를 가지고 매우 유연하게 학습이 진행된다. 일방적으로 가르치는 사람도 없고, 일방적으로 주도하는 사람도 없다. 모두가 동등하며 수평적이고 연대적이다. 주어진 문제의 주어진 정답을 찾는 문제 풀이 훈련도 아니고, 때론 정답이라는 것이 처음부터 존재하지도 않는다. 협력에 기초하기에 협력이 깨지면 작동될 수 없다. 그 자체가 작은 공동체인 학습공동체들이 서로 소통하고 연대하면서 거대한 공동체를 만들게 된다.

이는 시작과 끝이 분명한, 위와 아래가 분명한 관료주의적 조직문화, 서로 끊임없이 경쟁하고 갈등하는 자본주의 시장 질서와도 결을 달리한다. 그렇다. 우자와 히로우미가 '교육과 의료는 시장적인 기준의 지배를 받아서도, 관료적인 기준에 의해 관리되어서도 안 된다'[166]고 지적했듯이, 학습공동체는 시장적이고 위계서열적인 기존의 교육방식과는 근본적으로 차이가 있다.

한편, 학습공동체는 단순하게 지적인 호기심을 채우는 취미활동을 넘어설 수 있게 해준다. 일반적으로 독서동아리가 취미활동으로 책을 읽으면서 구성원 간의 친목을 도모하는 것으로 그치는 것에 비해 학습공동체는 실천공동체CoP를 지향한다. 그렇다면 실천공동체는 무엇

---

166. 『사회적 공통자본』 우자와 히로후미 지음, 이병천 옮김, 필맥(2008), 13쪽.

인가?

실천공동체의 개념 정의는 매우 다양하다. 실천공동체를 '동일한 관심 영역을 가진 사람들이 참여와 상호작용을 통해 지식의 공유와 학습을 통해 성장하는 공동체로 정의하는 경우도 있고, 사회적 책무성을 기반으로 참여함으로써 자신의 정체성과 역량을 만들어 나가는 공동체'로 정의하기도 한다.

구성요소를 중심으로 유목화하면 '첫째, 구성원들의 협상을 통해 결정된 실행이나 지식의 영역인 주제Domain, 둘째, 구성원들이 호혜성을 바탕으로 그들만의 고유한 정체성의 형성하는 상호참여Mutual engagement, 셋째, 구성원들이 함께 개발하고 공유하는 다양한 형태의 공유자산-지식knowledge, 방법method, 도구tool, 이야기stories, 사례cases, 문서documents 등-인 실천Practice, 넷째, 면대면 혹은 가상 공간 등 실천공동체 구성원들의 참여가 이뤄지는 공간 및 시간적 학습환경 Learning Environment' 등이 된다.[167]

실천공동체는 자신이 속한 작은 공동체(학교, 회사, 단체)는 물론이고 지역사회(마을), 더 나아가 국가 및 사회 전체의 변화를 추구한다. 다양한 비영리민간단체, 자원봉사단체, 사회적협동조합, 주민자치회, 마을교육학습공동체도 광의의 실천공동체 활동이라고 할 수 있다. 앞에서 피터 센게의 논의에서 '시스템적 사고'가 언급된 바 있다. 그렇다면 본 이 시스템적 사고를 기업 내의 혁신을 도모하여 적용하는 것을 넘어서 지역사회를 바꾸려는 실천공동체에 적용할 수 없을까?

센게의 이론을 토대로 데이비드 피터 스트로는 관습적인 사고와 시스템적 사고를 다음과 같이 표로 정리하여 비교하였다.[168]

---

167. 「실천공동체의 개념 변화 과정에 대한 연구」, 박보람·정진철, 평생교육학연구, 26권 2호(2020).

관습적인 사고	시스템적 사고
문제와 원인 간 관계가 명백하며 쉽게 추적해서 밝혀낼 수 있다.	문제와 원인 간 관계가 직접적이기 않으며 명백하지도 않다.
문제의 원인은 조직 안팎의 다른 요인에 있으며 그것이 바뀌어야 한다.	누구나 부지불식간에 스스로 문제를 유발할 수 있으며, 행동을 바꿔서 문제를 해결할 수 있는 상당한 통제력과 영향력도 가지고 있다.
단기적인 성공을 위해 계획한 정책은 장기적인 성공도 보장할 것이다.	임시방편으로 만들어진 정책에는 대부분 의도하지 않은 결과가 뒤따른다.
전체를 최적화하려면 각 부분을 최적화해야 한다.	전체를 최적화하려면 부분들 간의 관계를 개선해야 한다.
여러 독립적인 계획을 공격적으로 동시에 다룬다.	조직화된 몇 가지 핵심적인 변화가 장기간 진행될 때만 광범위한 시스템 변화가 나타날 것이다.

데이비드 피터 스트로는 시스템적 사고가 '지속가능하고 획기적인 변화'를 줄 수 있다고 주장한다. '첫째, 시스템적 사고는 사람들에게 변화의 동기를 부여하며, 둘째, 시스템적 사고는 협업을 촉진하며, 셋째, 시스템적 사고는 조직적으로 협의한 쟁점에 사람들을 집중시키며, 넷째, 시스템적 사고는 지속적인 학습을 자극한다'고 한다.

또한 시스템적 사고의 이점으로 '첫째, 시스템적 사고는 서로 최선을 다하고 있다는 것을 확인하면서 신뢰를 쌓아 상호 보완적인 활동을 뒷받침하며, 둘째, 시스템적 사고는 소통을 위한 공유된 언어의 제공, 공동의 이해의 형성, 지지하는 목표와 보상의 구별, 이해 당사자들의 격차를 메우는 방법 등을 통해 공동의 어젠다 개발을 지원하며, 셋째, 시스템적 사고는 질적 데이터와 양적 데이터 모두에 주목하고, 여러 시간적 범위에 걸쳐서 상황을 다르게 평가하고, 의도된 결과와 의도치 않은 결과를 모두 살피기에 공동의 평가 체계에 영향을 미치

---

168. 『사회 변화를 위한 시스템 사고』, 데이비드 피터 스트로 지음, 신동숙 옮김, 힐데와소피(2022), 32쪽.

며, 넷째 시스템적 사고는 장기적인 맥락에서 단기적 결과를 해석하기에 지속적으로 소통의 질과 일관성을 높인다'고 제안하였다.[169]

스트로는 이 시스템적 사고를 적용한 사례로 미국 아이오와주의 아이들을 위한 협력, 미시간주 칼훈 카운티의 노숙 문제 해결을 위한 10년 계획, 사우스다코타주의 지역 소멸을 막기 위한 주택개선 사업, 코네티컷주의 유아 발달 프로젝트, 콜로라도 이글 카운티의 아동 지원 프로젝트, 아이오와주 북동부지역의 건강한 음식 제공 프로젝트 등을 소개하였다.

스트로의 제안은 마을교육학습공동체를 포함하는 마을교육공동체 활동은 물론이고 교육청과 지방자치단체의 협력사업이나 기업의 CSR[170] 혹은 CSR[171]과 연계하는 비영리단체 사업을 준비하거나 진행할 때, 그리고 무엇보다도 다양한 마을교육활동가를 비롯한 공동체 활동가들의 역량을 높이는 교육과정에 적용할 수 있을 것이다. 즉 마을을 이롭게 하는 것이 마을교육공동체가 지닌 지향이라면 시스템적 사고에 근거하여 마을교육공동체의 활동 계획 및 교육과정을 만들 수 있을 것이다.

학습공동체가 실천공동체를 지향한다는 것은 학습의 과정 자체가 공동체가 어떤 실천을 준비하기 위해 진행되는 경우일 수도 있고, 이미 실행 중인 실천 활동의 질을 높이고자 학습을 수행할 수도 있으며,

---

169. 『사회 변화를 위한 시스템 사고』, 데이비드 피터 스트로 지음, 신동숙 옮김, 힐데와소피(2022), 41~50쪽.

170. Creating Shared Value: 기업이 수익 창출 이후에 사회 공헌 활동을 하는 것이 아니라 기업 활동 자체가 사회적 가치를 창출하면서 동시에 경제적 수익을 추구할 수 있는 방향으로 이루어지는 행위 출처: 트렌드 지식 사전.

171. Corporate Social Responsibility: 기업 활동에 영향을 받거나 영향을 주는 직간접적 이해 관계자에 대해 법적, 경제적, 윤리적 책임을 감당하는 경영 기법으로 주로 기부와 같은 사회공헌으로 나타남. 출처: 트렌드 지식 사전.

때론 학습 수준에서 시삭했지만 사회적 책무성을 가진 실천 활동으로 진화해 갈 수 있음을 의미한다. 이 과정에서 학습공동체에 참여한 사람들의 시민적 역량이 높아지는데 이러한 사례들은 꽤 많다. 그중 일부를 소개해 본다.

먼저 재난에 대응한 학습공동체 사례이다. 재난이 발생했을 때 사람들은 어떤 대응을 할까? 우선 재난으로 인해 물리적 피해를 복구하기 위한 즉각적인 대응을 할 것이다. 다음 재난을 겪은 사람들의 정신적 상처를 회복하기 위한 노력을 할 것이다. 마지막으로 재난의 원인이 무엇인지 찾고, 재발을 방지하기 위한 대안을 찾고자 할 것이다. 이 중 큰 재난을 겪은 사람들의 정서적인 회복에서 학습공동체가 일정한 역할을 할 수 있다.

2007년 태안 기름유출 사건을 기억하는가? 한국의 대표적인 환경 재난 사건이라고 할 수 있는 기름유출 사고로 태안반도에서 제주 인근까지 연안 바다가 오염되고, 태안군의 경우 내륙 깊숙한 해안선까지 기름띠가 형성되었다. 당시 태안군의 8개 읍면 중 소원면이 가장 피해가 컸는데, 정부의 초동대책 미흡과 보상 지연 등의 문제로 지역 갈등이 컸던 곳이기도 했다.

이 문제를 해결하는 과정 중 주민자치회가 학습공동체로 기능하였다. '재난으로 인한 주민들의 우울과 무기력을 극복하기 위해 주민자치회는 주민 눈높이에 맞는 문화예술교육을 운영'하였고, 지역의 문화유산인 '강령탈춤을 주민들과 함께 배우고 축제로 만들어 내는 역할도 하였'다고 한다. 이 과정을 통해 주민들은 재난을 이겨낼 수 있는 자신감을 얻고 지친 심신에 위로를 얻게 되었다고 한다. '소원면 주민들은 프로그램 개발과 운영에 있어 지역주민들의 일상에 관련된 소소한 부분까지 정보를 공유하여 무형식·비형식의 학습을 창출하고 반

복적인 학습과정을 통해 학습 주체들이 성장을 이루었다'고 한다.[172]

이 사례는 주민자치회가 학습공동체로 기능한 것을 보여준다. 우리는 학습공동체를 몇몇이 모여서 책을 읽는 것으로만 보는 협소한 시각에서 벗어나야 한다. 즉 학습공동체는 그 공동체가 처한 문제를 해결하는 방법이 된다는 것을 이해해야 한다.

다음은 학습공동체가 지역사회의 문제를 해결하는 실천공동체로 발전한 사례이다. 2022년 구미시의 '인문마을공동체 조성사업'에 참여한 학습공동체에 대한 두 곳에 관한 연구에서 보이는 사례이다. 한 지역은 '공동주택 아파트의 고질적인 특성과 문제점, 공동주택의 관리를 담당하던 아파트 위탁업체와 입주자대표회의, 주민들과의 갈등과 분쟁으로부터 시작'되었고, 다른 한 지역은 '마을의 상징인 돌배 단지 숲 조성지 앞에 대형 축사 건축 허가가 나면서 마을이 축산단지가 되는 것을 막기 위한 위원회'가 구성된 것이 지역학습공동체 결성의 계기가 되었다.

이 연구에는 지역학습공동체를 태동기, 정착기, 확산기로 구분하여, 태동기에는 '학습공동체의 구체적인 목표와 방향성, 활동프로그램을 개발하고 실천하는 등 기본 체제를 형성하기 시작'하며, 정착기에는 '학습공간이 확장되거나 새로운 공간으로 구축된다. 그리고 지역학습 콘텐츠 개발과 학습동아리가 활발하게 움직이는데, 활발한 학습과 활동이 확장됨으로 관계집단과의 갈등이 발생하기도' 한다. 또한 확산기에는 '학습과 활동이 마을 공동사업을 통해 자발적인 형태로 확대 운영되며, 마을과 관련한 축제가 학습과 활동을 중심으로 확장되고, 다른 지역의 공동체와도 상호작용하는 연결 네트워크가 확장된다'라고

172.「환경재난지역에서의 주민주도형 학습공동체 형성과정 연구: 태안군 소원면 사례를 중심으로」최영희, 공주대학교 교육대학원 석사논문(2014).

분석하였다.

이 연구에서는 지역학습공동체가 '구성원들은 활동으로 인한 정보와 학습을 통해 지역의 문제를 해결하고 성장의 발판을 마련하고, 개인의 작은 관심과 불편함에서 시작된 학습과 활동 경험들이 사회 연계적 참여로 확장'되는 데 기여하고 있음을 보여주었다.[173]

세 번째는 학습공동체로 출발하여 실천공동체로 발전한 사례로, 수원 YMCA 생명밥상교육학습동아리를 사례로 한 연구이다. 학습공동체가 시작될 당시 '학습주제인 안전한 먹거리에 대한 커리큘럼이나 제도화된 교과서가 존재하지 않기 때문에 참여자들 스스로 도서를 선정하고 학습하게' 되었다. 참여자들은 학습과 토론을 통해 '먹거리가 신체적, 정신적 건강에 긍정적인 변화를 이끈다는 것을 체험하고, 개인의 건강뿐만 아니라 환경과 유기체적인 관계에 있음을 깨닫게 되었다'고 한다. 이후 '이웃들에게 생명밥상의 중요성을 알리기 위한 실천 활동으로 학부모 먹거리 교육, 학교로 나가는 먹거리 교육'을 하였고, '로컬푸드의 중요성을 알리는 캠페인 활동, 이웃 초청 토크콘서트, 벼룩시장 등의 행사에서 안내문 배포 등 다양한 활동을 통해 생명밥상의 중요성을 알리는 실천을' 하면서 학습공동체에서 실천공동체로 발전한 사례라 할 수 있다.[174]

넷째, 학부모들이 학부모회 활동을 통해 학습공동체에서 실천공동체로 발전한 사례이다. 경기도 소재의 한 중학교 학부모회 사례에 대한 연구에서는 흥미롭게도 학부모회를 '학교의 교육환경 발전이라는

---

173. 「지역학습공동체 형성 과정과 동인 연구」, 권해인, 대구대학교 대학원 박사논문 (2023).

174. 「실천공동체로 성장한 학습동아리 사례연구: 수원 YMCA 생명밥상교육 학습동아리」, 한진아, 아주대학교 교육대학원 석사논문(2016).

조직의 전략적 이슈를 과제로 다루는 자율적으로 결성된 모임이자, 문제해결을 위해 지식공유의 필요나 학습의 필요성을 느껴 모인 자발적 소모임'으로 정의하였다. 나아가 '학부모회가 교육공동체로 구성원 간의 수평적인 관계를 기초로 하여, 만일 오늘 내가 누군가의 도움을 받아야 한다면 다음은 내가 누군가를 돕는 문화를 형성하였다'고 평가하였다.

연구에서는 '학부모 교육의 모든 과정을 학부모회가 주관하고 있었으며, 자신들의 교육적 요구를 반영한 커리큘럼으로 학부모교육을 구성하는 자발성을 발휘하였다'고 한다. 또한 '학부모회뿐만 아니라 마을 주민들, 지역의 봉사 활동까지 자신들의 경험과 깨달음을 아낌없이 나누어 마을교육거버넌스 형성에도 기여할 수 있었다'고 평가하였다.[175]

다섯째, 인천교육청 마을교육공동체 활성화 지원사업의 하나인 마을교육학습공동체의 사례이다. 2019년 마을교육지원단과 함께 마을교육공동체 팀이 만들어진 후, 2020년부터 마을교육학습공동체 지원사업이 시작되었다. 줄임말로 '마학공'이라고도 부르는 이 지원사업의 목적은 '마을교육활동가들을 형성하고 역량을 높이기 위한 것'이다. 처음에도 그랬지만 지금도 이 사업의 취지를 올바르게 이해하지 못하는 사람들로 인해 여전히 적지 않은 어려움을 겪고 있다. 그럼에도 불구하고 마을교육학습공동체를 통해 마을교육활동가들이 꾸준히 발굴되고 성장이 이루어지고 있음은 분명하다.

마을교육학습공동체 지원사업은 민간보조금 방식으로 진행되며, 5명 이상으로 구성된다. 이들이 마을교육을 주제로 하는 학습공동체를 운영하고자 하면 공모 심사를 통해서 100만 원 전후의 예산을 지원

---

175. 「학부모회 교육실천공동체의 성장 과정과 학습의 의미 연구: 경기도 소재 A 학교 학부모회 활동을 중심으로」, 옥정선, 서강대학교 교육대학원 석사논문(2020).

한다. 그래서 2020년 40개, 2021년 97개, 2022년 101개, 2023년 81개가 지정되었다. 대상은 인천 관내에 거주 혹은 활동하는 단체나 개인으로 하였는데, 단체는 마을교육공동체사업에 대한 실천 의지와 성장 가능성을 갖춘 비영리단체, 비영리법인, 도서관 및 평생학습관 등록 동아리 등이며, 개인은 학교나 지역사회에서 아동과 청소년 및 마을교육공동체 사업에 참여하거나 관심을 가진 교원, 학부모, 마을교육활동가 등이다.

인천의 155개의 읍·면·동에 마을교육학습공동체가 만들어지는 것을 목표로 하여 동일 행정동에 거주 또는 활동하는 사람으로 구성을 권장하되, 회원 중 일부는 타 행정동 거주자가 포함되는 것이 가능하였다. 도로 하나 건너면 행정구역은 다르지만 실상 같은 동네에서 만나서 활동하는 분들이기에 관청의 기계적인 규정 때문에 마을교육학습공동체 지원을 받지 못하게 해서는 안 될 것이다.

다른 공모사업과는 달리 마학공은 현장간담회(컨설팅)를 병행하고 있다. 마학공마다 모임 시간이 천차만별이다. 상반기에는 마학공 운영자를 위한 온라인 연수를 통하여 마을교육공동체의 가치와 철학을 공유할 수 있도록 하며, 하반기에는 워크숍을 통하여 1년간 진행한 활동을 공유하는 자리도 마련하고 있다.

2022년에는 마학공에 참여한 분들이 읽은 책의 서평집을 발간했고, 2023년에는 마학공 활동들을 원고로 취합하여 소책자를 만들었다. 때론 마학공 자체 프로그램으로 혹은 마학공들이 연합하여 인천의 곳곳을 탐방하는 걷기 활동도 한다. 그야말로 마학공은 아카이브와 더불어 '읽고 쓰고 걷는 모임' 그 자체이다.

현재 마을교육학습공동체를 통해 성장한 분들은 교육청과 교육혁신지구를 운영하는 기초지방자치단체(2023년 기준 7개, 미추홀, 부평,

계양, 중구, 서구, 남동구, 연수구)와 함께하는 마을학교에 참여하기도 하고, 마을연계교육과정의 협력강사로 참여하기도 하며, 주민자치위원이 되어 마을교육자치회를 만드는 데 중요한 역할을 하기도 한다. 이런 점에서 마을교육학습공동체는 인천마을교육공동체의 근간이 되는 사업이다.

하지만, 단언컨대 만일 향후 마을교육학습공동체와 같이 마을교육 활동가들을 발굴하고 역량을 강화하는 지원사업이 어떠한 이유로든 위협받는다면 인천마을교육공동체의 지속가능성도 크게 위협받을 것이다. 기둥이 상했는데 집이 멀쩡할 수 없다고 생각하면 쉽사리 납득될 것이다.

마을주민들은 마을교육학습공동체를 통해 마을교육공동체의 가치와 철학을 모색하면서 자신들의 관심 분야, 예를 들어 놀이활동, 생태교육, 민주시민교육, 성평등교육, 마을역사 등에 대한 전문성을 강화한 분들은 학습활동을 넘어서 실천 활동을 모색하고 있다. 그야말로 실천공동체CoP로 전환하는 것이다. 이들은 단지 취미로 독서를 하는 것이 아니라, 마을교육활동가로 성장하기 위해 공동체적 학습을 하는 것이고, 실천공동체를 스스로 만들어 나가고자 안간힘을 쓰고 있다. 마학공을 통해 학습을 통해 성장하는 마을교육활동가, 실천공동체를 지향하는 마을교육활동가가 만들어지고 있다.

이상에서 살펴보았듯이 마을교육학습공동체는 중요한 활동이다. 때문에 다시 반복하여 강조하지만 이러한 마을교육학습공동체와 같은 지원사업들이 축소되거나 사라진다면 마을교육공동체도 축소되거나 심지어 사라질 위기를 맞이할 것이다.

2장.

마을교육공동체 아카이브

인천광역시교육청의 홍보자료에서는 읽·걷·쓰를 '읽기로 지식과 지혜를 쌓고, 걷기로 신체적 건강과 사유하는 힘을 기르며, 쓰기로 자신 및 타인과 소통하고 공감하기'로 정의하고 있다. 마을교육공동체 활동 중 아카이브 활동은 앞에서 언급한 '마학공'과 더불어 읽·걷·쓰 활동 그 자체이다.

그 이유로는 첫째, 아카이브 자체가 기록 활동이며, 쓰기 활동이다. 둘째, 공동체 아카이브는 그 자체로 소통과 공감의 산물이다. 셋째, 아카이브는 배움의 과정이자 그 결과는 배움의 텍스트가 될 수 있다. 특히 마을교육공동체 아카이브는 지역의 생태, 지리, 역사, 문화, 사람들을 담을 수 있다. 넷째, 아카이브의 과정은 현장에 직접 가는 것을 전제로 하며, 특히 마을교육공동체 아카이브는 마을의 곳곳을 발로 걸어 다니면서 할 수 있어 걷기 활동이다. 이 장에서는 마을교육공동체 아카이브의 중요성과 사례를 중심으로 그 의미를 찾아보고자 한다.

① 공동체 아카이브

아카이브Archive란 사전적으로는 '역사적 가치 혹은 장기 보존의 가치를 가진 기록이나 문서들의 컬렉션을 의미하며, 동시에 이런 기록이나 문서들을 보관하는 장소, 시설, 기관 등을 말한다. 또한, 아키비스트Archivist란 기록연구사로 기록을 관리하는 전문가'를 뜻한다.

기록학의 영역에 있던 아카이브가 대중적으로 확산된 것에는 지방 자치단체의 마을공동체사업이나 도시재생사업이 기여한 바가 크다고 할 수 있다. 이는 마을아카이브라는 형태로 진행된 바가 있으며 관련 연구도 어느 정도 진행된 바 있다.

서울특별시 마을공동체 종합지원센터에서 발간한 「마을아카이브 교육교재」에서는 '공동체아카이브는 사회 지배 이데올로기나 거대 담론들에 숨겨지고 은폐된 사람들에 대해 관심을 쏟고, 이면에 숨겨진 새로운 가치체계를 발견하려는 시도'이자, '공동체 스스로 아카이브를 생성하고 관리하는 일련의 활동들은 지나온 역사를 물리적 실체로서 형상화하고, 주민 구성원들 스스로 정체성을 형성하여 사회적 변화로서의 확산 가능성을 지니고 있다'고 의미를 부여한 바 있다.[176]

여기서 주목할 지점은 공동체 스스로 자신들의 활동과 역사를 형상화하고 이것이 주민 구성원의 정체성을 형성하는 것이 사회적 변화로 이어질 수 있다는 가능성을 가진다는 점이다. 아카이브가 역사적 가치나 장기 보존의 가치를 가진 기록이나 그것을 보관하는 시설이라고 할 때, 그 주체가 국가기관일 경우 그 기록은 권력자 혹은 기득권 세력의 관점에서 이루어진 것일 수 있다. 이에 비해 마을아카이브는 마을에 정주하는 주민들이 주체가 되어 아카이브를 하고 그것을 통해 자신의 정체성을 형성하고 통치의 대상이 아니라 지역의 주체로 자신의 정체성을 형성할 가능성을 갖는다고 할 수 있다. 즉 마을아카이브는 통치의 대상이었던 주민이 시민적인 주체로 탄생하는 여러 경로 중의 하나가 될 수 있다.

---

176. 「마을아카이브 교육교재」, 서울특별시 마을공동체 종합지원센터(2013).

이런 문제의식은 민중 자신의 기록이라는 측면에서 사회의 지속가능한 발전과 연관성을 가진다. 즉, '마을아카이빙은 지배층 중심의 기록에서 벗어나 민간 영역에서 기록을 재생산하는 것으로 민중을 역사의 전면에 올려놓는 일이고 그들 스스로가 역사의 주체임을 가시화하는 것이다. 이를 통해 주민과 융합하여 민중사를 복원하고 민주주의를 실현하는 장이 되는 것'이다.[177] 또한 그동안은 '기록관리가 중앙정부나 중앙권력에 초점을 맞추거나 국가 전체를 지향했다면 이제는 지역을 중심으로 문화와 삶에 초점을 두어야 한다는 것'을 의미한다.[178]

한편, 기록보다는 문화자원이라는 표현을 선택할 수도 있다. 이때 '문화는 지식, 신앙, 예술, 도덕, 법률, 관습 등 인간이 사회의 구성원으로 획득한 능력 또는 습관의 총체이며, 인간의 창조적 행위의 결과로 나타나는 유형, 무형의 산물'을 의미한다. 따라서 문화자원은 '보전·발굴·활용의 측면에서 문화적 가치를 내포하고 있는 유형·무형의 여러 자원'으로 정의하기도 한다.[179]

또한 아카이브는 집단의 기억과 밀접한 연관을 갖는다. 아카이브는 단순한 기록이 아니다. 그것은 '사람들의 기억들, 이야기들, 기록들이 서로 경쟁하는 공간'이다. 그런 점에서 '아키비스트는 그 지적 공간 안에서 소통과 언어를 매개하는 역할을 하는 사람들'이다. 그 이유는 기록에 담긴 기억이 메시지를 담고 있기 때문이다.

모든 기록은 '사회구성원의 현재적 해석, 즉 지향성을 포함한다. 또 아카이브는 단순한 정보나 지식을 전승하는 역할을 넘어설 수 있기에

177. 「마을문화 활성화를 위한 방안 '마을기록관'을 제안한다」, 김덕묵, 기록학연구 제 33호, 한국기록학회(2012).
178. 「지역 아카이빙을 위한 기록화 방안 연구」, 권순명·이승휘, 기록학연구 제31호, 한국기록학회(2009).
179. 「지역기록자를 위한 아카이빙 길잡이」, 경기도사이버도서관(2018).

아카이브는 사회 갈등으로 인해 발생한 비극적인 사건에 대한 기억의 소멸에 저항하고 유지하는 역할을 할 수 있는 기능을 갖는다'고 한다. 예를 들어 '아카이브를 통한 집단기억은 비극적 사건이 일어난 역사적, 사회적 장소·공간·문화적 경관을 담아'내기도 한다. 그 결과 아카이브는 '특정 사건에 대한 망각을 종용하는 사회와 권력에 대해 저항하면서, 기억의 소멸을 막는 보루로서 기능할 수 있다'는 것이다.[180]

이런 관점에서 본다면 아카이브는 사회적인 실천이며, 시민적 권리 확대의 산물이라고 할 수 있다. 사실 한국에서 정부나 공공기관의 기록만이 아니라 민간의 기록도 수집되고 관리되게 된 것은 비교적 최근의 일이다. 2006년 기록관리법이 전면 개정, 시행되면서 개인 또는 단체가 생산하고 취득한 민간기록물 중 보존할 가치가 있는 기록물도 수집 관리할 수 있는 법적 근거가 마련된 것이 그 시초이다.

공공기록물 관리에 관한 법률 43조
민간기록물 관리체계 구축은 국가적으로 영구히 보존할 가치가 있다고 인정되는 민간기록물과 주요 기록정보자료를 국가지정기록물로 지정 또는 수집하고 이를 위하여 실태조사와 소재 정보 데이터베이스 구축 등의 관리체계를 구축하여야 하며, 수집된 기록물이 지식정보자원으로 활용될 수 있도록 하여야 한다.

더욱 중요하게는, 민간의 기록이라는 것은 일상적인 것들이 기록의 대상이 된다는 것을 의미한다는 것을 주지해야 한다. 대중(민중)들의

---

180. 「기억, 기록, 아카이브 정의(正義)」, 장대환, 명지대학교 기록정보과학전문대학원 석사논문(2019).

일상들이 역사적인 것, 가치 있는 것으로 다루어지고 기록될 수 있다. 그 이유는 아카이브의 기록은 사회 구성요소들의 단순한 총합이 아니라 사회 전체에 대한 총체성을 반영해야 하기 때문이다. 지배자들의 역사만 역사가 아니다. 피라미드를 파라오 혼자 세운 것이 아니고, 글로벌 거대기업도 총수 혼자 만든 것이 아니다. 1997년 IMF 외환위기와 2008년 금융위기에 얼마나 많은 국민의 혈세가 공적자금이라는 명목으로 기업들에 흘러들어갔는가? 이런 측면에서 본다면 과거에 외면되었던 민중들의 삶도 중요한 기록의 주제가 될 수 있다. 예를 들어 정부의 공적 기록 가운데는 노동자문화를 연구하는 데 도움을 주는 기록이 있을 수 있으나, 노동자문화를 더 깊이 이해하려면 정부의 노동 행정 관련 기록뿐만 아니라 노동자의 일상적 삶을 포착할 수 있는 기록되어야 한다. 즉 '거인의 아카이브에 난쟁이의 아카이브로, 보통 사람들의 작은 역사에 주목해야 함'을 의미한다.[181]

내가 마을교육공동체 아카이브에서 주목하는 것 중 하나는 바로 일상적인 것들이 아카이브의 주제가 될 수 있다는 점이다. 이 책의 1부 2장을 다시 상기해 보자. 비고츠키는 인간이 고등정신기능을 갖기 위해서는 개념적 사고능력을 가져야 한다고 했다. 개념은 일상적 개념과 과학적 개념으로 나뉘는데, 일상적 개념을 획득하는 경로와 과학적 개념이 형성되는 경로는 다르다. 일상적 개념이 경험의 산물이라면 과학적 개념은 체계적인 교수-학습을 통해 얻어진다. 그런데 이 둘은 서로 영향을 준다. 과학적 개념 발달은 자연발생적 즉, 일상적 개념이 일정 수준에 도달했을 때 가능하다. 그리고 과학적 개념은 외부에서 이식되는 것이 아니라 교수자와 학습자의 협력적 관계, 즉 사회적 실

181. 『일상 아카이브의 발견』 명지대학교 인간과기록연구단 편, 선인(2012), 23~24쪽.

천의 산물이다.

이런 관점에 근거한다면 우리는 일상적인 것들의 중요성을 간과해서는 안 된다. 사소한 것처럼 보이는 것들, 때론 무의미한 것처럼 보이는 것들 속에서도 우리는 사회·경제·정치·문화적 맥락을 읽어낼 수 있으며, 그런 독해 능력을 지닐 때만 현상을 넘어 본질에 도달할 수 있으며, 깨어있는 시민이 될 수 있다. 그런데 일상적인 것 즉 현상적인 것이 없이는 과학적인 것, 즉 본질에 도달할 수 없다. 현상과 본질은 같지 않지만, 둘은 밀접한 상관관계를 갖는다.

마을은 일상의 시·공간이다. 바로 그 일상적인 시·공간인 마을을 외면하고 교과서에만 의존해서는 어린이·청소년의 전인적인 성장과 발달을 이루어 낼 수 없다. 더욱이 입시경쟁 교육으로 오로지 시험 문제에 나오는지 안 나오는지에만 관심을 갖는 문제 풀이 훈련으로는 더욱 불가능하다.

민주시민, 깨어있는 시민을 양성하려면 우리는 우리 주변의 일상적인 것들에 대해 관심을 가져야 한다. 일상적인 개념과 과학적 개념의 결합은 일상의 시·공간인 마을과 학교와의 결합으로 가능하다. 왜냐하면 삶이 총체적이듯 배움도 총체적이어야 하기 때문이다. 우리 주변의 일상적인 것들에 관심을 가지고 사물들, 사건들, 사람들을 만나는 것은 '읽고 쓰고 걷는' 활동을 하는 것, 그것이 곧 마을교육공동체 아카이브이다.

② 읽고 걷고 쓰는 활동의 종합. 마을교육공동체 아카이브

지역마다 이름은 다양하지만, 교육청과 기초지방자치단체의 협력사업인 교육혁신지구의 3대 사업은 민·관·학 거버넌스, 마을연계교육과정, 마을학교이다. 마을연계교육과정과, 마을학교에서 운영하는 교육과정을 마을교육과정이라고 부른다.

"마을교육과정은 두 가지로 유형을 구분할 수 있다. 첫째는 마을연계교육과정이다. 이는 학교에서 마을의 사람들, 마을의 기관들과 협력하여 교육과정을 운영하는 것이다. 마을에는 특정 분야에서 학교의 교사들보다 전문성을 가진 사람들이 있으며, 기관들도 특수한 영역에서는 높은 수준의 전문성을 가질 수 있다. 때문에 이들과의 협업은 교육과정을 다양화하고 풍부화해서 보다 높은 수준의 양질의 교육을 학생들에게 제공할 가능성을 연다.

그런데 마을연계교육과정은 마을의 도움과 협력에 기초하지만 그 주도성이 여전히 학교와 교사에게 있으며, 현실에서 학교는 국가수준 교육과정에 충실할 수밖에 없기에 이는 형식적 교육Formal Education의 연장선에 있다고 할 수 있다. 둘째는 마을주도교육과정이다. 이는 마을에서 마을교육활동가(마을교사)나 아동청소년기관 등이 중심이 되어 운영되는 교육과정을 말한다.

이는 일종의 비형식교육Non Formal Education이라 할 수 있다. 마을주도교육과정은 비형식교육의 특징인 학습자 주도성확보, 교수자와 학습자 간의 민주적인 관계, 학교 경계를 넘어서는 교육활동, 교과서에 얽매이지 않는 자유로운 교육과정 등을 특징으로 한다. 그런데 마을주도교육과정이 실효성을 가지려면 마을교육활동가 등 마을의 교육력이 지속적으로 향상되어야 하며, 특히 교수-학습에 대한 역량을 키우기 위한 체계적인 지원과 자구적인 노력 그리고 학교교육과정과의 연계성이 확보되어야 한다."[182]

이러한 마을교육과정이 활성화되기 위해서는 마을의 인적 역량과 물적자원의 목록화가 필요하다. 그동안 마을교육 자원목록을 만드는 방식은 마을을 대상화하는 경우가 없지 않았다. 교육을 상품으로 설정하는 프레임은 우리의 사고를 지배한다. 교사와 학교를 공급자로 설정하고 학부모와 학생을 소비자로 설정하는 프레임에 익숙해진 사람들은 마을교육에서도 이를 반복한다. 이번에는 학교가 소비자고 마을이 공급자이다. 위치가 바뀌었을 뿐이다.

여기에 교육과정은 교사만 운영할 수 있다는 오랜 고정관념이 작동하면서 마을은 관청의 사업적 필요에 의해 활용할 수 있는 대상으로 오인되기 시작하였다. 이는 무의식적으로 사용하는 언어 안에 그대로 투영된다. 예를 들어 인적자원이라는 표현을 고집스럽게 사용하는 것이 대표적이다. 그야말로 말이 사고를 규정하고, 생각이 말로 표현되는 생생한 사례이다.

마을을 대상으로 보게 되면 마을교육 자원목록을 제작하는 방식에도 마을 사람들은 마을교육프로그램을 가지고 제공하는 서비스 공급자가 된다. 예를 들어 내가 깃대종flagship species에 대해서 강의를 할 수 있는 사람이라고 하자. 만일 내가 학교의 마을연계교육과정이나 마을학교의 마을주도교육과정에 참여하려면 내가 가진 콘텐츠를 프로그램으로 만들어 관청이나 학교가 선택할 수 있도록 보기 좋게 제공해야 한다. 마을을 담은 그러한 콘텐츠들이나 프로그램들은 책자가되든, 홈페이지가 되든 어딘가에 담기게 된다. 그 후 구매자(교사, 학부

---

182. 『마을에서 자라는 아이들, 함께 성장하는 우리』, 김태정 외, 양천나눔교육사회적
협동조합(2019), 87~88쪽.

모)들은 그 목록을 보고 인터넷 쇼핑을 하듯이 선택하여 마을연계교육과정과 마을학교에서 구매한다. 우리 사회에서 번번한 이런 방식이 과연 최선일까?

필자도 이런 오류를 범하였다. 2014년도 서울의 한 기초지방자치단체에서 혁신교육지구업무를 했을 때 마을교사들을 모집하여 연수를 시키고 마을을 담은 마을교육 콘텐츠를 프로그램으로 만들게 하여 학교에 전달하고자 하였다. 나만 그런 일을 한 것이 아니라 다른 기초지방자치단체에서도 비슷한 방식으로 자원목록 만들기를 했다. 교육지원청들도 했다. 처음에는 초등 3~4학년 마을 탐방 수업을 위하여 지역의 관공서, 역사유적 등을 담은 자원목록을 만들었다. 거기서 조금 더 나아가 마을교사들이 가지고 있는 교육프로그램에 대한 자료집을 만들어 학교에 제공하기도 하고, 학교의 마을연계교육과정 담당교사들을 불러서 마을교육 프로그램을 만든 마을교사들과 만나는 자리도 만들었다. 그야말로 마을교육 프로그램을 소개하는 시장market을 만든 것이다. 학교의 호응도 좋았다. 마을연계교육과정 운영에 필요한 정보를 얻을 수 있었기 때문이고, 학부모들도 마을학교의 프로그램을 접하고 호기심을 갖기도 하였다. 그러나 맹점이 남았다. 과연 이 과정에 어떤 협력이 일어나는가? 어떤 공동체적 관계가 형성되는가?

그래서 고민 끝에 찾아낸 것이 시민참여형 아카이브이다. 관청과 학교가 소비자가 되고 마을이 공급자가 되는 마을교육이 아니라 민·관·학이 함께 협력하여 마을의 지리, 역사, 생태, 문화를 배움의 주제로 삼을 수 있도록 찾아 교육자원으로 기록화하는 활동, 마을교육공동체 조성을 위해 실천하는 활동가들의 이야기를 기록하는 활동을 해보자는 것이다.

이런 문제의식을 지니고 2020년 인천교육청 마을교육공동체 팀 사업의 하나로 마을교육 아카이브 구성에 도전하였다. 팀의 구성원들을 공개적으로 모집하였더니 마을교육에 참여하는 시민, 학교 교사, 도서관 사서 등이 참여하였다. 아카이브에 대한 개념이 생소한 분들도 있어서 국립민속박물관 학예사를 초대하여 강의도 하고, 실습도 하였다. 코로나 기간이었기에 대면과 비대면을 병행하였다. 학교 선생님은 사라져가는 어촌계의 이야기를 아카이브하였고, 다른 분들은 인천의 마을학교들을 직접 방문하여 기록 활동을 하였다. 이렇게 아카이브 관련 전공자만 기록 활동을 하는 것이 아니라 교사와 마을사람들이 기록 활동의 주체가 되는 것이다. 이런 문제의식은 2022년 마을교육자료 제작으로 이어졌다. 마을교육에 참여하시는 분들이 인천 마을교육공동체에 참여하는 교사, 활동가, 주민자치위원 들을 만나서 사진을 찍고 인터뷰한 기록을 모아 자료집을 발간했다.

필자는 마을교육공동체포럼이라는 비영리단체의 임원 활동도 하고 있다. 때문에 마을교육공동체 아카이브를 단체의 연수 주제로 제안하였고, 2021년과 2022년 마을교육공동체 아카이브 학교를 비대면 방식을 중심으로 진행하였다. 전국에서 다양한 마을교육활동가들이 모였고, 자신들이 살아가는 마을의 지리, 역사, 생태, 문화 그리고 마을교육공동체 활동 그 자체를 아카이브의 대상으로 삼고 실습하는 교육을 진행하였다.

다양한 방식으로 아카이브 하는 사례들을 공유하는 자리도 마련하였다. 판화로 마을을 기록하는 분, 사진과 글로 기록하는 분, 민속지학적 구술면접을 중심으로 사람들의 이야기를 기록하는 분, 아카이브 협동조합을 운영하는 분, 그림으로 마을을 기록하는 분 등 다양한 사례를 찾았다. 그렇게 마을교육공동체 아카이브를 배운 분들은 마을연계교육과정, 마을학교 프로그램을 만들 때 아카이브를 접목하기 시작하였고, 심지어 단체활동의 하나로 마을 아카이브 자료집을 만드는 분들도 생겼다. 정말 가슴 벅찬 감동이 있었다.

동시에 주말을 이용해 틈틈이 전국의 마을교육활동가들을 만나기 시작했다. 활동가들을 만나서 인터뷰를 하고 그 영상을 마을교육공동체TV 제작을 하는 분들에게 전달했다. 그 영상들은 유튜브 마을교육공동체TV를 통해 볼 수 있다. 최근 필자는 제작진의 제안으로 한국의 교육운동가들을 만나서 기록하는 활동을 시작하였다. 인터뷰 시나리오도 쓰고, 직접 인터뷰어interviewer 역할도 할 예정이다. 제작진은 영상전문가들이 아니다. 평범한 시민들이 마을교육공동체에 애정을 가지고 자발적으로 시민참여 채널을 운영하는 것이다. 돈이 되지도 않는데도 열정과 소명의식을 가지고 마을교육공동체 활동을 기록하고자 헌신하는 분들이다. 정말 대단한 분들이다.

이런 경험에 기초해 본다면 이제 마을교육자원목록을 만드는 방식에도 변화가 필요하다. 마을교육공동체가 추구하는 교육의 상이 마을을 주제로 하며(마을 관련 교육), 마을의 사람과 기관 등과 협력하고(마을을 통한 교육), 마을의 지속가능한 발전을 위해 실천하는 민주시민을 양성하는 것(마을을 위한 교육)이라고 할 때, 마을에 관한 것들을 마을 사람들이 찾아 기록하는 과정 자체가 마을을 위한 것이며, 마을교육공동체 아카이브 자체가 마을교육공동체라는 생태계를 만들어 가는 과정이라고 할 수 있다. 또한 이 과정은 그 자체로 읽고, 쓰고, 걷는 활동이다.

관청 중심의 마을교육자원목록 제작을 우선으로 하는 방식을 넘어서 민·관·학이 협력하여 마을교육공동체 아카이브를 해야 한다. 이 과정에서 마을의 교육력이 높아질 수 있다. 마을교육공동체는 마을의 교육력을 복원하고 마을의 교육력을 신장시켜 마을을 통한 배움을 실현하는 것이다.

앞서 언급했듯이 학교의 노력만으로는 어린이·청소년의 전인적인 성장과 발달을 이루기가 어렵다. 학교와 마을이 협력해야 한다. 이 협력이 실효성을 가지려면 마을의 교육력이 담보되어야 한다. 그런데 이런 경우 마을주민들끼리만 모여 자구적인 노력을 한다고 해서 교육력이 높아지지 않는다. 교육활동에 참여하는 이들이 서로 가르치고 배울 수 있어야 한다. 그렇다고 그것이 특별한 것이 아니다. '마을을 배움의 주제로 설정하고 마을을 보다 이롭게 하겠다'는 정도의 공통 분모만 있다면 협력은 얼마든지 가능하다.

여기에 마을교육공동체 아카이브의 중요성이 도출된다. 누가 누구를 가르치는 방식이 아니라 함께 마을을 탐구하고 기록하는 활동을 통해서 우리는 교육 상품의 공급자와 수요자라는 낡은 그리고 반교육적인 프레임을 넘어설 수 있다. 함께 자료를 찾고 사람을 만나면서 우리는 읽게 된다. 마을의 지리, 생태, 역사, 문화를 알려면, 사람들을 만나려면 어떤 식으로든 현장으로 이동하게 된다. 즉 걷게 된다. 그리고 그렇게 읽고 걸어서 획득한 내용을 기록하는 과정에서 글을 쓰게 된다. 이것이야말로 읽고 걷고 쓰는 활동이다. 누군가 나에게 마을에서 읽고 쓰고 걷는 실천을 어떻게 종합할 수 있을지 묻는다면 나는 주저 없이 마을교육공동체 아카이브를 추천할 것이다.

③ 마을교육공동체 아카이브와 도서관의 역할

마을교육공동체 아카이브는 초등학교의 마을탐방 활동과 중학교의 자유학기제와 연계하여 운영이 가능하다. 초등학교에서 마을탐방의 일환으로 마을교육 아카이브를 한 사례를 찾는다면 서울 은평구 마을기록학교 〈마을탐험대〉를 들 수 있다. 당시 은평뉴타운 사업이 추진

되면서 급격한 변화를 겪은 은평구는 옛 은평마을의 원형을 기록으로 남기고 마을을 중심으로 한 주민들의 생활공동체를 복원하고자 하는 움직임이 있었다. 그 속에서 '배움과 돌봄을 통합하는 마을 속 학교'를 목표로 지역과 학교의 연계 활성화를 위해 시도한 〈마을탐험대〉 활동이 진행되었다.

2013년 첫 결과물로 1950~60년대 은평마을에 처음 이주하여 줄곧 거부하고 있는 원주민들의 이야기를 모아 '진관동 이야기'라는 책자가 발간되었고, 2014년에는 아탐나(아줌마들의 동네 탐방 나들이)라는 모임을 만들어 아이와 엄마가 함께 마을을 탐방하고 기록한 결과물인 '불광동 이야기'가 발간되었다.

그리고 2015년 은평구가 혁신교육지구로 지정되면서 〈마을과 학교의 만남〉이라는 교육 콘텐츠 사업을 추진 지역-학교 간 연계 활성화를 모색하였는데, 이때는 미디어를 활용하여 마을을 기록하는 작업이 있었다. 당시 마을교사로 주강사 1명과 보조강사 4명이 참여하고 담임교사(초등)와 과목교사(중학교)와 팀-티칭 방식으로 운영했다. 그런데 은평구의 마을교육 아카이브는 그 뒤로 이어지지 못했다. 마을교육 아카이브를 지속적으로 추진할 수 있는 주체를 형성하지 못했고 아카이브에 필요한 예산을 안정적으로 마련하지 못했기 때문이라고 한다.[183]

중학교 자유학기제를 활용하여 마을과 학교가 함께 아카이브를 한 또 다른 예로 서울 용산구 해방촌 아카이브 활동을 들 수 있다. 그 특징은 학교와 마을이 함께 우리 마을기록단을 구성한 점인데, '성인들을 대상으로 한 마을기록학교뿐만 아니라, 아이들과 우리 마을 지도 그리기, 마을 연표 만들기 등 기록하는 놀이 프로그램도 진행하고,

---

183. 「학교-마을 연계 교육프로그램으로 활용가능한 '마을아카이빙' 방법론 개발」, 이현주 외, 서울특별시교육청 교육연구정보원 교육정책연구소(2017).

영상기록학교를 열어 교육도 진행하였다.' 또한 '2021년 우리마을 기록은 마을 기록키트 〈우리마을 탐구생활〉을 만들었는데, 상점 간판 수집, 마을 소리 수집, 장소 탁본 등을 담은 지역 예술 교재이며, 특히 간판 수집은 젠트리피케이션으로 빠른 변화를 겪고 있는 해방촌에 대한 기록'이라고 한다. 또한 'n개로 읽는 마을, 토박이 주민들의 이야기로 엮은 「해방촌 사람책」 등의 자료집도 만들었다.'[184]

마을교육공동체 아카이브에서 빼놓을 수 없는 주제는 도서관이다. 도서관은 아카이브에 최적화되어 있다. 마을교육공동체 아카이브는 시민들이 아카비스트가 되어 마을의 생태, 지리, 역사, 문화 그리고 사람들을 기록하는 것도 중요하지만 그것들을 분류하고 보관하고 전시하는 것도 중요하다. 마을마다 존재하는 공공도서관, 사립작은도서관이 그런 역할을 할 수 있다.

이미 지금의 도서관은 단순히 책을 빌려주거나, 자습하는 독서실 기능을 넘어서고 있다. 이는 '라키비움 Larchiveum: Library+Archives+Museum' 으로 표현된다. 이는 라이브러리(도서관), 아카이브(기록관), 뮤지엄(박물관)의 기능을 융합해서 만든 합성어로 과거와 현재의 다양한 자료를 수집 관리 활용하는 문화기관을 뜻한다. 즉 '도서관의 열람, 검색, 분류 기능과 아카이브의 조사, 수집, 보존 기능, 박물관의 체험, 전시, 연구의 기능을 통합적으로 관리하는 시스템 구축을 지향하는 것'이 라키비움이다.[185]

만일 공립도서관과 사립작은도서관들이 협력하고, 더 나아가 학교

---

184. 「마을아카이브 활동을 통한 마을공동체 성장에 대한 연구: 용산 해방촌을 중심으로」, 송안나 외, 숙명여자대학교 연구보고서(2021).

185. 「성미산 마을 아카이빙 체계 방안에 관한 연구」, 최윤진, 명지대 기록정보과학전문대학원 석사논문(2011).

와 도서관이 협력하여 마을교육공동체 아키비스트를 발굴하고 양성하고 이들이 마을의 지리, 생태, 역사, 문화 등을 아카이빙하고 그 결과를 앞서 언급한 마을연계교육과정으로 운영하기도 하고 도서관 공간을 활용하는 전시회나 마을학교를 운영한다면 어떤 변화가 일어날까? 함께 마을을 읽고, 마을을 걷고, 마을을 쓴다면 그야말로 마을교육공동체를 만들어 가는 것 아닌가?

지역의 작은도서관들이 비록 공공도서관에 비해서 시설, 재정, 인력 등에서는 조건이 열악하지만 자발성을 가지고 마을에 더욱 밀착하여 활동할 가능성은 충분히 있다. 그렇다면 관청이 적극적으로 지원하면서 생활권역에서 마을교육공동체 아카이브를 할 수 있지 않을까? 만일 여기에 주민자치회와 학교, 그리고 읍면동이 함께한다면 그야말로 일상의 아카이브를 활성화할 수 있지 않을까?

이런 사례는 이미 존재한다. 경기도 용인시 느티나무도서관은 지역 도서관이 갖는 장점 즉 시민들의 높은 접근성을 살려 지역 내의 커뮤니티를 형성해 왔다고 평가받는다. '즉, 외적인 동력으로 다소간에 인위적으로 시작되는 마을 만들기에서 벗어나서 공동체에 속해 있는 당사자가 스스로 만들어 가는 활동을 기록하고 있으며, 도서관 외의 다른 기관, 단체 등과의 네트워크를 만들고 다양한 지역사회 참여 활동을 펼치면서 또 그것을 기록하였다.' 즉 도서관이 지역과 지역민의 활동을 아카이브함으로 지역사회를 활성화하는 데 기여하고자 한 것이다.[186]

민간이 운영하는 작은도서관이 지역을 아카이브한 사례로 홍동 밝맑도서관을 들 수 있다. 충남 홍성군 홍동면에 있는 이 도서관은 풀

---

186. 「도서관 기반 지역 공동체 아카이브의 사례-느티나무도서관 사례를 중심으로」, 안다영, 한국외국어대 정보·기록학 석사논문(2019).

무학교 개교 50주년인 되던 2008년에 기념사업 일환으로 설립이 추진되었다. 당시 주민 참여와 풀무학교와의 협력으로 도서관이 만들어졌는데, '홍동면 마을공동체를 이끈 풀무학교 및 지역 협동조합의 실천 기록을 아카이브하는 역할을 하고 있다'고 한다. 뿐만 아니라, '유기농업의 확산과 발전을 위한 학습지원, 농촌지역 문화 다양성을 높이기 위한 프로그램 운영과 다목적 부대 시설을 갖추어 홍동면의 문화 거점 공간으로 기능하고 있다'고 평가된다.[187]

마을교육공동체 아카이브는 아직도 갈 길이 멀다. 아카이브를 여전히 전문가들의 영역으로 인식하는 경향도 극복해야 하고, 시민 기록가들을 발굴하고, 아카이브 활동을 계속할 수 있도록 행정적 재정적 지원도 있어야 한다.

책을 읽고, 글을 쓰고, 사회적 걷기를 실천하는 교양 있는 시민은 저절로 만들어지지 않는다. 이를 위해서는 보다 높은 자발성을 가지고 마을교육공동체 활동, 마을교육공동체 아카이브에 참여할 수 있는 시민들이 있어야 한다. 그 시민들은 과연 누구일까? 바로 마을교육활동가들이다.

---

187. 「농촌 중심지 공유공간과 커뮤니티의 상호작용에 관한 연구」, 황바람, 서울대학교 대학원 박사논문(2019).

3장.

유기적 지식인과
마을교육활동가

읽고 쓰는 활동은 단순히 지식을 습득하는 것을 넘어서 성찰적 사고를 불러일으키기에 교양을 가진 시민을 형성하는 경로가 될 수 있다. 또한 걷는 활동은 개인의 육체적 정신적 건강은 물론이고, 사회적 걷기를 통해 건강한 공동체문화의 조성과 좀 더 지속가능한 사회를 만드는 데도 기여할 수 있다. 그런데 이것이 확산되려면 관청의 힘만으로는 불가능하다. 왜냐하면 읽고 쓰고 걷는 활동은 제도의 영역 안에서도 이루어질 수 있지만 비제도적 영역 즉 우리의 일상생활 영역에서도 이루어질 때만 문화로 자리 잡을 수 있기 때문이다. 때문에 관청은 이런 활동에 관심을 가지는 깨어있는 시민들과 협력하지 않으면 안 된다. 그러면 그 깨어있는 시민들은 누구인가? 마을교육활동가들도 그 깨어있는 시민들에 포함될 수 있다.

나는 마을교육공동체에 참여하는 시민들을 마을강사라는 단어 대신 마을교육활동가라고 부른다. 그런데 마을을 소비나 활용의 대상으로 여기는 사람들 혹은 마을교육을 돈벌이로 생각하는 사람들은 이 활동가라는 표현을 꺼린다. 특히, 마을교육을 마을사람들을 싼값으로 쓰는 일회성 프로그램이라는 인식을 갖고 바라보는 입장에서는 자신들에게 고분고분하지 않고, 때론 잘못을 조목조목 짚어내는 활동가들이 매우 불편할 것이다.

그러나 현실에서 이런 활동가들을 만나는 것은 생각처럼 쉽지 않다. 왜인가? 그것은 교육혁신지구가 시작된 지 10년이 훌쩍 넘었지만 아직도 민과 관이 수평적인 관계가 아니기 때문이다. 활동가를 발굴하고 양성하기보다는 강사를 만드는 데 주력했기 때문이다. 그 결과 사업예산이 줄어들자 사람들이 마치 썰물처럼 빠져나가는 현상이 나타나게 되었다.

마을교육에 참여하는 분들은 대체로 선의를 가지고 참여한다. 선의가 없으면 그 적은 강사비를 받으면서 누가 발품을 팔겠는가? 그런데 그렇게 적은 강사비가 책정된 공모사업이라고 할지라도 '만일 관청에 듣기 싫은 소리를 했다가는 사업에서 배제될 수도 있다'는 불안을 느끼는 것도 불편한 사실이다. 그러다 보니 간혹 어처구니없는 행정 중심의 편의주의적 행태로 인해 화가 나도 어쩔 수 없이 참는 경우가 많다. 이런 상황이 타개되지 않는데 과연 민·관·학 거버넌스가 제대로 작동될 것이며, 마을교육공동체가 지속가능한 발전을 도모할 수 있을까?

원래 마을교육공동체는 관료 중심의 제도교육의 한계, 교육을 상품화하는 신자유주의 경쟁교육의 한계를 극복하려는 대안적 교육 운동에서 출발하였다. 공동체육아, 공동체방과후활동 그리고 대안학교가 대표적인 예이다.

한편, 마을교육공동체의 기원을 일제하 민족교육운동에서 찾는 연구도 있다. 당시 오산학교 등 민족학교들은 일본제국주의가 요구하는 황국신민이 아닌 민족해방운동을 이끌 독립운동가들을 기르는 것을 목적으로 하였으며, 학교와 마을이 긴밀한 협력관계를 이루는 공동체를 만들고자 하였다.[188]

---

188. 『지속가능한 마을, 교육, 공동체를 위하여』, 강영택 지음, 살림터(2022), 82~83쪽.

그런데 현실의 마을교육공동체는 어떠한가? 마을교육에 참여하는 사람 중에 마을교육공동체의 가치와 철학에 대한 이해가 불충분하거나 관심이 부족한 분들이 과연 없을까? 마을교육을 통해 얻을 수 있는 강사비 등 수입이 오히려 목적이 되어버린 경우는 과연 없을까? 혹은 마을교육을 본인의 입신양명을 위해 필요한 경력(명함에 한 줄 넣는 이력)의 하나 정도로 이용하는 사람들은 과연 없다고 말할 수 있을까?

현재의 입시경쟁 교육이 해소되지 않는 한 마을교육은 분명한 한계가 있다. 예를 들어 혁신학교가 고등학교에서 확장되는 것이 어려운 것처럼, 마을연계교육과정도 마찬가지로 학년이 높아지면 적용에 어려움을 겪고 있다. 왜인가? 입시에 당장 도움이 되지 않으니 외면받는 것이다. 그래서 입시경쟁 교육을 만드는 대학서열체제를 해소하지 않으면 안 된다. 그런데 마을교육에 참여하는 이들이 말로는 "어린이·청소년의 전인적 발달을 위해, 미래 역량이 자라날 수 있도록 돕기 위해 마을교육공동체에 참여한다"고 하면서 정작 대학서열체제와 입시경쟁 해소에 대해서는 아무런 관심도 기울이지 않는다면 과연 마을교육공동체가 확산되고 지속가능한 힘을 만들 수 있을까?

한편 2010년 혁신교육지구가 시작되고 확산되면서 마을교육공동체가 교육청과 지방자치단체의 정책사업으로 배치되었다. 그 결과 전국적으로 빠르게 확산될 수 있었다. 하지만 2022년 지방자치단체 선거 결과에 따라 교육청과 지방자치단체 정책의 우선순위에 변화가 생기거나 강조점이 달라졌다. 심지어 관련 조례가 개악되고 관련 예산이 삭감되고 관련 부서가 사라지는 등으로 부침(浮沈)을 겪고 있지 않은가? 마을교육공동체의 운영 원리는 민·관·학 거버넌스이다. 마을교육공동체가 지속가능하게 하려면 거버넌스의 한 축인 민(民)이 제 역할을 해야 할 것이며, 그런 역할을 할 수 있는 역량을 가져야 할 것이다.

그 중심에는 깨어있는 시민으로서 마을교육활동가들이 있을 것이다. 나는 마을교육활동가는 안토니오 그람시의 유기적 지식인 개념에 비교적 가까운 사람들이라고 생각한다. 그렇다면 그람시가 말한 유기적 지식인이란 무엇인가?

그람시는 자본주의 사회에서 지식인은 기업가의 필요와 결부되어 창출되는 존재로 보았다. 사실 지식인은 자본주의 이전에도 존재하였다. 서양 중세의 경우 봉건영주계급의 이익에 봉사하는 지식인들의 대표적인 예로 성직자를 들 수 있다. 그들은 교리를 무기로 삼아 지주의 농노에 대한 착취를 정당화하는 역할을 성실히 수행하였다. 지배를 합리화하는 지식인의 역할은 현재까지도 이어지고 있다. 그런데 중세까지만 해도 지식인의 숫자는 제한적이었고, 지식인의 형성 또한 매우 배타적이며 폐쇄적인 방식으로 이루어졌다. 또 과학 발전의 한계로 지식의 총량도 제한적이었다.[189]

그러나 근대 자본주의의 성립과 함께 지식인의 개념 자체도 바뀌게 되었다. 무엇보다 지식인의 범주가 확대되었다. 이는 자본주의 생산력의 발전에 걸맞게 지식의 양이 늘어났고, 그에 연동되어 지식인층도 확장되었기 때문이다. 사전적인 정의에 따르면 지식인은 '지적 노동에 종사하는 사람으로 학자·예술가·교사·변호사·기술자·일부 사무직원·의사·저술가·저널리스트 등을 지칭한다. 또 사회가 계급으로 분열되어 정신노동과 육체노동의 분리가 나타나면서 주로 정신노동에 종사하는 사람'들을 의미한다. 그런데 그람시는 지식인을 '생산 분야는 물론이고 문화, 정치 행정의 분야에서 조직화 기능을 행사하는 사회

---

189. 『생각의 역사1』, 피터 왓슨 지음, 남경태 역, 들녘(2009), 540-541쪽.

계층을 의미'하는 깃으로 보았다.[190]

그람시는 지식인의 가장 중요한 기능은 '정당화의 전문가'로서의 역할이라고 보았다. '지식인은 이 능력을 통해서 자기 계급의 특수이익을 전체 사회의 이익으로 대변하는데, 그 결과 역사상 특정 시점에서는 특수이익과 일반이익이 일치할 수 있다'고 지적한 것이다. 그람시는 '지식인이 지배계급에 봉사하는 가장 중요한 방식 중 하나는 상이한 사회집단들을 동질화하여 하나의 역사적 블록으로 결집하는 것'이라고 주장하면서 당시 농촌 부르주아 계급적 출신을 가진 이탈리아 남부 중산층 출신의 지식인들이 '농업노동자들에 대한 강력한 반감을 가지고 농민층의 정치적 소요에 대해서도 제동을 거는 데 기여'했음을 지적하였다.[191] 그람시는 지식인의 사회적 기능에 대해 다음과 같이 날카롭게 지적한다.

> "지식인과 생산 세계의 관계는 기본적인 사회집단의 경우에서처럼 직접적이지 않으며, 다양한 수준에서 사회의 전체 구조에 의해, 그리고 지식인이 바로 '기능인'으로 되어 있는 복합적인 상부구조에 의해 '매개'된다. 즉 '시민사회'라고 불릴 수 있는 것, 즉 흔히 '사적'이라고 불리는 유기체들의 총체와 '정치사회' 혹은 '국가'로 불릴 수 있는 것이 그 두 가지이다. 이러한 두 가지 수준은 한편으로 지배 집단이 사회 구석 구석에서 행사하는 '헤게모니' 기능과 다른 한편으로 국가와

---

190. 『그람시와 민족국가』, 리차드 벨라미·대로우 쉐흐터 지음, 사회문화연구소 역, 백의(1995), 202쪽.

191. 『국가, 계급, 헤게모니』, 「그람씨와 지식인 문제」, 제롬 카라벨 지음, 임영일 편역, 풀빛(1985), 187쪽.

'법률상'의 정부를 통해 행사되는 '직접적인 지배'나 통치 기능에 조응한다. 문제의 그 기능은 정확히 구조적이고 연관적이다. 지식인은 사회적 헤게모니와 정치적 통치의 하위 기능을 수행하는 지배 집단의 '대리인'이다."[192]

그람시는 지식인은 '통치의 하위 기능을 수행하는' 사람들이라고 보았다. 그 때문에 지식인이 독립성, 자율성을 갖는다는 생각에 반기를 들었다. 모든 지식인이 지배를 정당화하는 지배 집단의 대리인에 불과하다면 더 나은 세상을 꿈꾸는 것은 불가능할 것이다. 그런데 잘 생각해 보면, 지식은 지식인만의 전유물이 될 수 없음이 분명하다. 그렇기 때문에 특정한 사람들만 지식인이라고 규정하는 것 그 자체를 근본적으로 다시 검토해야 한다. 그래서 그람시는 다음과 같이 지적하였다.

"모든 사람은 지식인이지만, 모든 사람이 사회에서 지식인의 기능을 하는 것은 아니라고 할 수 있다. (중략) 모든 형태의 지적인 관계를 배제할 수 있는 인간의 활동이란 존재하지 않는다. 즉 호모 파베르는 호모 사피엔스로부터 분리할 수 없다. 결국 모든 사람은 그의 직업적인 활동 이외의 부분에서도 어떠한 형태로든지 지적인 활동을 한다. 즉, 그는 '철학자'이며 예술가이고 멋을 아는 사람이며 세계에 대한 특수한 구성에 참여하고 도덕적 행동에 대한 의식적 방침을 견지하며, 따라서 세계에 대한 구상을 유지하거나 그것을 변용시키는 데, 즉 새로운 사고방식을 창출하는 데 기여하고 있다."[193]

---

192. 『옥중수고2』, 안토니오 그람시 지음, 이상훈 옮김, 거름(1999), 21쪽.
193. 『옥중수고2』, 안토니오 그람시 지음, 이상훈 옮김, 거름(1999), 18쪽.

자본주의 사회는 육체노동과 정신노동의 분리를 종용慫慂한다. 그 결과 대부분의 사람은 육체노동을 천시하고 정신노동을 가치 있게 여긴다. 아마도 이는 고된 일을 하는 노동자에 비해 상대적으로 육체를 덜 쓰는 관리직이나 전문직으로 일하는 사람들이 더 많은 수입을 가져가는 불평등한 사회구조 때문일 것이다. 그런데 순수한 육체노동, 순수한 정신노동이 존재할 수 있을까? 그람시 말대로 도구를 사용하는 사람과 생각하는 사람은 분리되지 않는다.

운전을 예로 들어보자. 운전할 때 우리의 뇌는 끊임없이 외부의 자극과 정보를 해석한다. 동시에 손과 발을 부지런히 움직인다. 이처럼 인간의 모든 노동은 본질적으로 정신활동에 기반한다. 정신노동과 육체노동을 분리하는 것은 정신과 육체가 분리될 수 있다는 전근대적인 발상에 근거한다(이에 대한 비판은 3부 1장을 참조하길 바란다).

그 어떤 노동도 육체만 혹은 정신만으로는 수행될 수 없다. 내가 지금 글을 쓰는 현재도 나의 육체의 일부분인 뇌는 쉴 없이 작동되며 정신활동을 수행하고 있으며, 눈은 화면을 줄곧 응시하며, 나의 손가락은 자판을 쉴 새 없이 두드리고 있다. 그람시 말대로 나는 호모 파베르이며 동시에 호모 사피엔스이다.

모든 사람은 지식인이라는 그람시의 관점은 매우 중요하다. 이는 모든 사람은 평등하고 모든 노동은 존중되어야 함을 의미한다. 농사짓고 가축을 기르는 사람의 지식과 아이들을 가르치는 교사의 지식과 아픈 사람을 치료하는 의사의 지식 중 어느 것이 더 위에 있다고 할 수 있는가? 모두가 우리가 살아가는 데 필요한 노동이 아닌가? 언젠가 한국의 대학서열체제의 정점에 있는 대학의 학생들에게 강의하는 중에 물었다. "당신들을 가르치는 교수의 수업행위와 당신들이 공부하고 생활하는 건물을 청소하는 분들의 노동과 당신들이 먹을 밥을 짓는 식당에서 일하는 분들의 노동 중 어느 것이 더 위에 있다고 생각하는가?" 일부의 학생들은 교수의 수업행위가 더 위에 있다고 했다. 그런데 몇몇 학생들이 모든 노동은 각각의 고유한 가치가 있다고 답했다. 맞다. 인간의 모든 노동은 모두 소중하다.

그러나 적지 않은 사람들은 노동에 위계가 있어야 하고, 사람 간의 위계가 있어야 한다고 생각한다. 또 가난한 사람은 게으르고 능력이 없기에 가난한 것이고, 부유한 사람은 부지런하고 능력이 있기에 부자라고 생각한다. 많은 사람들은 부모의 사회적 경제적 지위가 자녀에게 대물림되는 불평등한 사회라는 것을 애써 이를 외면하려 하고, 심지어 강한 자가 약자 위에, 부자가 가난한 사람들 위에 군림하는 것은 자연의 섭리이기에 받아들여야 한다고 생각한다. 많은 사람이 이런 생각을 하기에 불평등한 사회는 바뀌지 않고 계속 유지될 수 있다. 그렇다면 사람들의 이런 사고방식을 가지게 된 이유는 무엇일까? 그람시는 이를 '동의'와 '상식'이라는 개념을 통해 설명하였다.

발달한 선진 자본주의 사회에서의 지배 행위는 중세 사회처럼 직접적인 물리적 억압이 정면에 등장하지 않는다. 즉 지배자들은 경찰, 군대와 같은 강제력(억압적 국가장치)만 가지고 대중을 통치하지 않으며, 어떤 식으로는 지배에 대한 동의를 얻어 낸다. 지배하는 사람이 지배당하는 사람의 동의를 얻어 내는 과정에서 전통적인 지식인이 역할을 한다. 여기에 미디어도 제 역할을 하고, 학교, 종교, 법도 가세한다.

이에 대해 알튀세르는 이데올로기적 국가장치라고 명명했다. 이렇게 강제와 동의가 같이 작동되면서 헤게모니가 형성된다. 헤게모니는 '지배 집단이 인구의 다수로부터 합의를 얻어 내는 것인데, 이는 지배 집단이 생산 영역에서 지니는 위치와 기능으로 인한 특권과 대중의 믿음에 생겨난 합의'로 생겨나는 것이다.[196] 왜 지배받는 사람들은 자신을 지배하는 사람들의 세계관을 받아들이고 심지어 그것을 믿는 지경에 이르게 되는 것일까?

노숙하는 처지에 있는 사람이 종합부동산세를 도입하는 것에 반대하는 것이나, 가난한 사람들이 부자들을 위한 정책을 펴는 정당에 투표하는 것, 자식들이 전쟁터에 끌려가 죽을 수도 있는데 전쟁을 일으키려는 정치인과 정당을 지지하는 것 등을 어떻게 설명할 수 있을까? 그것은 사람들이 세상을 바라보는 방식 즉 세계관은 각 개인의 스스로의 철학적인 사유와 판단이 아니라 실상은 언어, 상식과 양식, 민속 등 여러 경로를 통해 지배하는 사람들의 세계관이 내면화되기 때문이다. 그람시의 주장을 들어보자.

> "무엇보다도 먼저 모든 사람에게 고유한 '자생적 철학'의 영역과 특성을 규정함으로써 모두가 철학자라는 점이 밝혀져야 한다. 이런 철학은 첫째, 언어 자체에 담겨 있다. 언어란 규정된 생각과 개념을 담고 있는 총체성이지 결코 내용을 결여하고 있는 문법적 단어의 총체가 아니다. 둘째, '상식'과 '양식'에 담겨 있다. 셋째, 대중종교와 또 '민속'이라는 이름으로 집합적으로 묶이는 신념, 미신, 의견, 사물을 보는 방식, 행위방식 등의 전 체계 속에 담겨 있다."[195]

여기서 우리는 그람시가 '철학이 언어 자체에 담겨 있다'라고 말한 것에 주목할 필요가 있다. 위 인용문에서 그람시는 사람들의 철학 즉

---

194. 『국가, 계급, 헤게모니』, 「그람씨 사상에 있어서 헤게모니와 의식」, 조셉 페미아, 임영일 편역, 풀빛(1985), 154쪽.
195. 『옥중수고2』, 안토니오 그람시 지음, 이상훈 옮김, 거름(1999), 161쪽.

세계관은 언어에 영향을 받는다는 걸 지적하고 있다. 이 지점은 생각과 말의 관계, 낱말 의미의 발달과 생각의 발달 간의 관계를 추적한 비고츠키의 논의가 떠오르게 한다. 뇌과학자들이 지적하듯이 인간은 언어를 통해 세계에 대한 모형을 구성하고 그것을 마치 실재하는 세계처럼 받아들인다. 그람시는 언어가 세계관을 반영할 뿐만 아니라, 언어를 사용하는 수준에 따라 세계에 대한 인식의 수준도 달라질 수밖에 없음을 지적한다.[196]

한편, 그람시는 철학 즉 세계관은 상식 혹은 양식에 담겨 있다고 보았다. 그는 상식 또는 양식이 가진 장점에 주목하였다. 그는 '비록 경험적이고 한정적이기는 하지만 상식 속에는 실험주의적 척도와 사실에 대한 직접적 관찰이 담겨 있음'을 강조하였다.[197]

> "말하자면, 비판적 자각 없이 산만하고 삽화적인 방식으로 '사고'하는 것이 좋은가 하는 질문에 이르게 되는 것이다. 바꿔 말하면 외적 환경, 곧 태어남과 동시에 자동적으로 모든 사람이 속하게 되는 많은 사회집단 가운데 하나에 의해 기계적으로 강제된 세계관을 받아들이는 것이, 과연 더 나은 것일까를 묻게 되는 것이다.
>
> (중략) 또 다른 한편으로는 다음과 같은 물음도 생기게 된다. 즉 의식적이고 비판적으로 자신의 독자적 세계관을 마련

---

196. 『옥중수고2』, 안토니오 그람시 지음, 이상훈 옮김, 거름(1999), 163쪽.
197. 『옥중수고2』, 안토니오 그람시 지음, 이상훈 옮김, 거름(1999), 192쪽) 그런데 유의할 것은 그람시가 '상식'과 '양식'을 구분했다는 점이다. 그람시에게서 '상식은 어떤 사회에서나 일반적으로 수용되는 가정이나 신앙 등이 조리 없이 나열된 것이라면 양식은 실천적이고 경험적인 상식을 의미'한다.

하여 자신의 정신노동에 부합하는 독사적 활동 영역을 선택하고 그리하여 세계사 창조에 적극적으로 참여하여 자신이 자신의 안내자가 되어 인격 형성을 외적 자극에 수동적으로 나태하게 맡겨 버리기를 거부하는 것이 더 바람직하지 않을까 하는 물음이다."[198]

그람시가 보기에 상식은 '비판적 자각 없는 산만하고 삽화적인 사고'로 자신이 속한 사회집단이 제공하는 고정관념을 통해서 자신도 모르게 형성된다. 그람시는 상식을 만드는 '외적 환경은 마을이나 지역일 수도 있고, 자신의 말이 곧 법으로 통하는 종교지도자일 수도 있고, 점쟁이일 수도 있고, 무능하고 우둔한 지식인일 수도 있다고' 지적하였다.[199] 그 결과 사람들은 때론 미신에 휘둘리기도 한다. 우리가 바로 이러한 비판의식 없는, 산만하고, 단편적인 사고를 벗어나려면 그람시의 주장처럼 의식적이고 비판적인 세계관을 가지려고 노력해야 한다. 동시에 외부 환경에 수동적으로 자신을 내맡기는 나태함을 거부해야 한다. 내가 읽고 쓰기를 강조하고 동시에 사회적 걷기를 강조하는 이유도 바로 여기에 있다. 우리는 통치의 대상, 관리의 대상이 아니라 주권자로 살아가야 한다.

그렇다면 상식은 어떻게 변화할 수 있을까? 상식을 단지 양식으로 대체하면 되는 걸까? 그렇지 않다. 왜냐하면 상식 안에 양식의 맹아가 있기 때문이다. 그람시는 '철학 혹은 철학적이라는 용어는 본능적인 격정을 극복하는 뜻을 품고 있는데 바로 이것이 상식 속에 존재하는 건강한 핵이며, 이 부분을 곧 양식'이라고 하였다. 때문에 '상식적

---

198. 『옥중수고2』, 안토니오 그람시 지음, 이상훈 옮김, 거름(1999), 161~162쪽.
199. 『옥중수고2』, 안토니오 그람시 지음, 이상훈 옮김, 거름(1999), 162쪽.

대중 철학과 소위 '과학적' 철학을 분리할 수 없다'고 지적하였다.[200] 또한 그람시는 다음과 같이 주장하였다.

> "실천 철학은 출발점에서부터 기존의 사고방식과 구체적 사상을 전복하는 논쟁적, 비판적 외양을 띠지 않을 수 없다. 따라서 무엇보다도 먼저 '상식'을 비판하지 않을 수 없지만, '모든 사람'이 철학자임을 밝혀내기 위해서 또한 상식에 기초를 두고 출발할 수밖에 없다. 즉 한순간에 과학적 사고방식을 각자의 개별적 사람 속에 주입하는 것이 아니라 점진적 개혁을 통해 기존의 활동에 '비판적'일 수 있게 만드는 것이다."[201]

여기서 우리는 그람시 특유의 변증법적인 사유 방식을 발견할 수 있다. 그는 사물을 고정불변한 것으로 보지 않았으며, 사물 안에 대립되는 요소가 상존하고 그로 인한 모순의 대립과 갈등, 그리고 변화가 일어남을 놓치지 않았다. 상식은 그저 양식으로 대체되는 것이 아니다. 상식 안에 양식이 들어 있다. 때문에 상식과 양식을 기계적으로 분리할 수 없다. 또한 상식을 벗어나는 것은 외부로부터의 주입이 아니라 주체 스스로 기존의 것을 비판적으로 사고할 수 있게 하는 능력을 점진적인 과정을 통해서 가질 때만 가능하다.

그렇다면 상식 안에 있는 '건강한 핵'은 어떻게 양식으로 전환할 수 있을까? 이 전환의 과정을 추동하는 것은 어떻게 가능한가? 바로 여기서 유기적 지식인이 등장한다. 그람시는 '지식인들이 대중을 위한 지식인으로서 대중과 유기적으로 관계를 맺을 때, 곧 대중의 실천적 활

---

200. 『옥중수고2』, 안토니오 그람시 지음, 이상훈 옮김, 거름(1999), 167~168쪽.
201. 『옥중수고2』, 안토니오 그람시 지음, 이상훈 옮김, 거름(1999), 170~171쪽.

동에서 생겨난 문제와 원리들을 유기적으로 구성하고 완성해야' 새로운 사회를 위한 기틀이 마련될 수 있을 것으로 보았다.[202] 이를 위해서는 '대중으로부터 직접 배출된 새로운 형태의 지식인이 형성되어야 하며, 이 지식인과 대중의 관계는 실과 바늘의 관계'처럼 되어야 한다고 강조하였다.[203] 바로 대중으로부터 배출된 유기적 지식인의 역할은 '단순한 연설자로서가 아니라 건설자, 조직가, 영원한 설복자로서 실제 생활에 능동적으로 참여하는 것'에 있음을 강조하였다.[204]

전통적인 지식인은 지배자들의 이익을 위해 봉사하는 역할을 한다. 그들은 지배자들과 결합된다. 이에 비해 유기적 지식인은 대중들의 이익을 위해 봉사한다. 그들은 대중들과 결합한다. 이 새로운 지식인은 대중과 유기적으로 결합해 있다.

이 새로운 지식인 즉 유기적 지식인의 예로 전봉준을 들 수 있다. 한국 근대화를 이끈 동학혁명의 지도자였던 전봉준은 몰락한 양반 출신이었다. 잔반 출신이었기에 지배계급에 편입될 수 없었다. 먹고살기 위해서는 아버지를 따라 유랑 생활을 하기도 했다. 그럼에도 그는 학식을 갖춘 지식인이었으며, 1891년에는 고부의 말복장터에서 서당과 약방을 운영하기도 했다.[205] 그러던 그가 1894년 낡은 봉건적 질서를 혁파하고 외세의 침공에 맞서 싸운 동학혁명의 지도자가 되었다.

한편, 모든 사람이 철학자이고 모든 사람이 지식인이라는 관점에서 보면, 지배층의 이익에 봉사하면서 안락한 삶을 살아가는 전통적인

---

202. 『옥중수고2』, 안토니오 그람시 지음, 이상훈 옮김, 거름(1999), 170쪽.
203. 『옥중수고2』, 안토니오 그람시 지음, 이상훈 옮김, 거름(1999), 183쪽.
204. 『옥중수고2』, 안토니오 그람시 지음, 이상훈 옮김, 거름(1999), 18~19쪽.
205. 『전봉준 혁명의 기록』, 이이화 지음, 생각정원(2014).

지식인이 아닌, 피지배층 출신의 지식인이 등장할 수 있다. 전통적인 지식인이 볼 때는 자신보다 낮은 계층으로 여겨지던 사람들, 예를 들어 노동자, 농민 출신들로부터 유기적 지식인이 등장할 수 있다.

필자는 노동자 출신 유기적 지식인이라고 할 수 있다. 필자의 부모님들은 사회적으로 낮은 계층의 출신이었다. 빈농 출신인 부모님은 먹고살기 위해 가난한 시골을 벗어나고자 십 대 시절에 서울로 상경하였다고 한다. 초등학교 동창이었던 두 분은 서울에서 우연히 만나 첫 아들인 나를 낳았다. 어린 시절은 그리 풍족하지 않았다. 하지만 늘 사랑으로 대하는 어머니와 비록 무뚝뚝하지만 나를 늘 믿어주고 묵묵히 지원해 주었던 아버지의 도움으로 비교적 무탈하게 대학까지 졸업할 수 있었다.

학교를 졸업하고 나는 전업으로 시민운동을 하였으나, 먹고살기 위해 닥치는 대로 노동을 해야 했다. 나는 이제까지 주경야독晝耕夜讀하며 살아왔고, 일과 배움 그리고 사회참여 활동을 늘 병행하고자 하였다. 대학생 시절에는 학생운동, 청년 시절에는 노동운동, 장년에 접어들어서는 교육운동에 몸을 담았다. 지금도 나는 밥벌이를 위한 노동 시간 외에는 거의 모든 시간을 때론 혼자 학습하고, 때론 공동체 학습모임을 운영하고, 때론 다양한 교육 관련 단체(비영리단체, 협동조합, 학회)의 회원으로 활동한다. 나는 밤이든 주말이든 가리지 않고 사람들을 만나고 조직하고 교육하는 데 시간을 보낸다. 나는 나 스스로 노동자 출신 유기적 지식이라고 생각하며 앞으로도 그렇게 불리길 원한다. 이론적 실천가, 이것이 나의 정체성이다.

그러나 모든 사람이 나처럼 사는 것은 아니다. 부모나 자신이 노동자 출신, 농민 출신이라고 해서 꼭 대중의 편에 서는 유기적 지식인이 되는 것은 아니다. 오히려 자신의 안위와 영달을 위해 권력의 앞잡이

노릇을 하는 사람들도 있다. 일제가 반세기가 가깝게 한반도를 지배할 수 있었던 것은 바로 일본에 적극적으로 부역한 자들만이 아니라, 소극적으로 부역한 자들이 적지 않았기 때문이다. 그러나 일제에 저항했던 수많은 독립운동가도 있었다. 이들 중에는 출신배경이 조선시대 기득권세력인 양반 출신도 있었지만 다수의 사람들은 노동자, 농민들이었다. 일제하 노동쟁의, 농민항쟁, 독립전쟁을 이끌었던 사람들은 1894년 갑오개혁 이전에 중인 신분이거나 그보다 더 낮은 신분의 출신들이 많았다. 예를 들어 홍범도 장군은 포수 출신이었다.

해방 이후 현재까지 한국의 현대사를 돌아보면 '대중으로부터 직접 배출된' 유기적 지식인들이 민주화 운동을 이끌어 왔다. 일제 강점기처럼 양반 집안 출신의 우국지사憂國之士가 아니라, 노동자 집안 출신, 농민 집안 출신의 유기적 지식인들이 등장하였다. 이들은 전통적인 지식인과는 달리 지배자의 이익을 위해 봉사하거나, 현실과 유리된 채 혹은 현실을 외면하고 자신만의 세계에 머물지 않는다. 이들은 비록 전통적인 지식인에 비해 '가방끈은 짧을 수 있으나, 철저히 대중 속에 뿌리를 내린' 지식인으로 사회의 보편적 다수의 이익을 위해 현실에 능동적으로 참여하였다.

이는 이론과 실천이 통일된 삶을 지향하는 것이다. 기만과 위선을 일삼으며, 부귀영화를 얻기 위해 곡학아세曲學阿世를 부끄러워하지 않는 전통적인 지식인과는 달리 유기적 지식인은 그람시의 말처럼 새로운 사회를 건설하는 사람으로, 이를 위해 사람들을 끊임없이 조직하고 설득하는 사람이다.

이 유기적 지식인과 대중의 결합을 통해 사람들은 지배자들의 견해가 '상식'이라는 형태로 내면화된 상태에서 스스로 벗어날 수 있다. 그런데 이는 유기적 지식인이 일방적으로 가르치고 대중은 배우는 관계를 의미하지 않는다. 전통적인 지식인은 자신들이 진리를 전유하고 있다고 생각하며, 대중을 교화시키려 한다. 이와 달리 유기적 지식인은 그 스스로 대중과 결합되어 있는 존재이기에 교화 대신 서로 배우고 서로 가르치는 서로 배우는 협력적인 관계를 기초로 한다.

일상적인 경험, 현실에 기반하지 않은 지식은 죽은 지식에 불과하다. 또한 체계적이고 과학적인 학습과 결합하지 않는 경험은 쉽게 사라지기에 축적될 수 없다. 한편, 일상의 영역은 감각과 정서가 중요하다면 과학의 영역은 논리와 증명이 중요하다. 때문에 이 둘은 결합되어야 한다. 이를 놓친다면 그 지식은 진정한 지식이 될 수 없으며, 지식인과 대중은 결합될 수 없다. 그람시는 다음과 같이 지적한다.

> "대중적 요소는 '느낌'인 반면 항상 앎이나 이해는 아니다. 이에 반대 지식인적 요소는 '앎'이지만, 항상 이해는 아니며, 특히 느낌은 아니다. 그러므로 이 두 극단은 한편으로는 현학성과 무교양을, 다른 한편으로는 맹목적 열정과 분파주의를 대표한다. (중략) 지식인의 오류는 이해나 심지어 느낌 및 열정 없이도(지식 자체뿐 아니라 지식의 대상에 대해서) 알고 있다고 믿는 데 있다."[206]

그람시의 말은 비고츠키가 일상적 경험을 통한 일상적 개념과 체계적인 학습을 통한 과학적 개념의 상호의존성을 언급한 대목과 많이 닮아 있다. 대중들은 일상 속의 느낌으로 세상을 바라본다. 직관적인 힘이 가지는 강점도 있지만 동시에 한계도 분명하다. 지식인들은 자신

---

206. 『옥중수고2』, 그람시 지음, 이상훈 옮김, 거름(1999), 283쪽.

들이 배우고 익힌 체계로 세상을 재단하려는 경향이 강하다. 그래서 그들은 현실에 뿌리내리지 못하기에 그들의 앎은 진정한 앎이 아닐 수 있다. 그렇기에 이 둘은 결합되어야 한다.

그런데 이 유기적 지식인과 마을교육활동가는 무슨 상관이 있단 말인가? 이에 대해 답하면서 이 책을 마무리하고자 한다.

첫째, 마을교육활동가들은 제도교육의 경계를 넘나들 수 있다.

자본주의 사회의 학교교육은 그 태생에서부터 한계를 갖고 있다. 그람시, 알튀세르, 애플 등이 지적한 것처럼 제도적인 교육기관은 때론 명시적으로 때론 암묵적으로 그 사회의 지배층의 세계관을 자라나는 학생들에게, 심지어 성인이 된 이들에게 전달하고 내면화시키는 역할을 한다. 명시적인 방식은 교육과정 안에서 그런 내용을 다루는 것이다. 군사독재 시절에는 이런 일이 비일비재非—非再 하였다.

나처럼 어느 정도 나이가 있는 사람들은 아마도 반공反共 글짓기나 웅변대회를 기억할 것이다. 암묵적인 방식은 경쟁을 일상화하는 것이다. 자신의 성공을 위해서는 타인을 이용하고 위해할 수도 있는, 공감능력을 상실한 괴물들을 만들어 내는 것이다. 그 정점에 대학서열체제. 입시경쟁교육, 일제고사 등이 있다.

제도교육은 이런 경쟁교육에 정면으로 맞서지 않는다. 교육감 직선제가 도입된 후 용기 있는 교육감들이 맞섰지만, 제도교육의 성격 자체를 바꾸지는 못했다. 대통령을 비롯한 선출직들이 보수적인 성향의 인물들로 바뀌면 관료 시스템은 빠르게 다시 과거로 회귀한다.

이에 비해 마을교육활동가들은 제도 안에서 교육하는 사람들이 아니기 때문에 이데올로기적 국가장치ISA에 직접적으로 종속되지 않는다. 이들은 좀 더 자유롭게 제도교육의 한계를 넘나들 수 있다. 이들은 교육활동에 참여함으로써 어린이·청소년의 성장과 발달에 기여하고 있으나, 학교와 같은 이데올로기적 국가 장치의 구성원이 아니기에 상대적으로 자유롭다.

마을교육활동가들은 형식(제도)교육에도 마을연계교육과정을 통해 참여하지만 마을학교 등을 통해 비형식교육을 수행한다. 제도(형식)교육은 어떤 수준에서든 국가권력에서 자유롭지 못하다. 이는 교육과정 운영에도 마찬가지다. 아무리 교사가 자율성을 발휘하고자 하더라도 그것은 국가수준 교육과정의 범위 안에서 이루어지는 것이다.

또한 이미 제도 안의 존재가 된 교사(교수)들은 제도적으로 허용되는 것을 가능하면 넘어서려고 하지 않는다. 그것은 자신의 안위를 보존하는 것과 직결되기 때문이다. 소신을 지니고 교육과정을 운영하려는 사람들이 있어도 관료들로부터 압박을 당하고, 밖에서도 압박을 당한다. 얼마 전 1980년 12·12 군사쿠데타를 다룬 '서울의 봄'이라는 영화 관람을 한 것을 들어 학교장을 고소, 고발한 자들이 있었다. 바로 이러한 압박으로부터 결연히 대처할 수 있는 사람들이 많으면 좋겠지만, 현실은 그렇지 않다.

이에 비해 마을교육활동가들은 상대적으로 자유롭다. 마을에서 마을교육활동가들이 마련하고 진행하는 크고 작은 행사들이 벌어질 때는 학교나 관청에처럼 애국가 제창과 국기에 대한 맹세를 하지 않았다고 닦달을 하는 사람은 거의 없을 것이다. 교과서에 나오지 않는 주제를 마을학교의 교육 콘텐츠로 다루었다고 쫓아와서 항의하는 사람도 거의 없을 것이다. 학교처럼 정해진 시수에 맞추어 진도를 나가지 않아도 되니, 특정한 주제를 가지고 보다 오랜 시간을 탐구하는 교육활동도 가능하다.

예를 들어 마을학교에서 주말마다 지역의 깃대종(생태계의 여러 종

가운데 사람들이 중요하다고 인식하고 있는 종)에 관심을 가지고 정기적으로 현장을 방문하여 관찰하면서 사진을 찍고, 그림을 그리고, 보호 방안을 탐색하고 캠페인이나 쓰레기 줍기와 같은 실천 활동을 꾸준히 할 수 있다. 그뿐인가? 베리어프리barrier free(고령자나 장애인들도 살기 좋은 사회를 만들기 위해 물리적·제도적 장벽을 허물자는 운동) 관점에서 정기적으로 마을의 구석구석을 직접 발로 찾아다니면서 위험한 건축물, 도로 교통시설들을 관찰하고 문제가 있다면 그 개선 방안을 담은 마을 지도를 제작하고, 이를 관청과 지방자치단체 의원들을 대상으로 제안하고 지역 언론에 기고하며 캠페인을 하는 등의 실천 활동을 할 수 있다.

물론 교육자치(분권)와 학교 자치가 더욱 활성화된다면 이런 교육 활동을 학교에서도 일상적으로 충분히 실현할 수 있을 것이다. 그러나 안타깝게도 현재 한국 교육의 현실은 그렇지 않다. 그 때문에 비제도적 영역에 있는 마을교육활동가들이 학교와 협력하면서 교육의 다양성을 확보하는 역할을 하는 것은 정말 소중하다.

둘째, 마을교육활동가들은 실천공동체를 통해 깨어있는 시민이자 유기적 지식인이 될 수 있다.

제도권 안에 있지만 유기적 지식인으로 활동하는 교육자들이 아예 없지는 않다. 필자가 만난 분 중에는 현직 교사임에도 일과 이후에 마을사람들과 함께 마을학교를 운영하는 분도 있고, 주민자치위원이 되어 마을의 일에 적극적으로 참여하는 이들도 있다. 또 교사라는 직종의 협소한 이익에 매몰되지 않고, 청소년의 인권과 교사의 교권이 양립해야 한다는 문제 의식을 가지고 청소년인권운동을 하는 분들도 있다. 하지만 여전히 제도권 안에 있는 교육자 중 다수는 이런 활동을 낯설어한다. 이는 무엇보다도 교사들이 정치기본권을 갖고 있지 못하기 때문이다. 얼마 전 동료 교사의 억울한 죽음을 추모하는 집회에 참여하는 것조차도 징계 운운하는 시대착오적인 행태가 벌어지는 것을 보지 않았던가.

이에 비해 마을교육활동가들은 정치기본권을 가지고 있기에 제도권 안의 교육자들보다 상대적으로 자유롭게 실천공동체에 참여하거나 실천공동체를 조직하는 활동을 할 수 있다. 협동조합을 만들어서 사회적 가치 실현을 위해 실천하는 마을교육활동가들이 대표적인 사례이다. 예를 들어 필자가 조합원으로 있는 마을 기반 교육협동조합(사회적협동조합)은 마을교육활동가들이 만들었다. 이들은 방과 후 활동에도 참여하고, 학교의 돌봄이 채울 수 없는 빈 자리를 협동조합을 통해 돌봄센터도 위탁운영 하고 있다. 또 교육후견인 사업에 참여하여 교육복지 사각지대에 있는 어린이·청소년과 그 가족들을 위한 복지망 연계와 상담 활동도 지원하고 있다. 또, 농산촌으로 귀촌하여 마을교육활동을 하는 분들도 있다. 마을사람들을 설득하여 마을회관을 어린이를 위한 마을학교로 만들고, 농사일로 아이들을 챙기기 어려운 부모들을 대신하여 학교와는 다른 배움의 공간을 운영하는 분들이 적지 않다. 한편, 내가 만난 마을교육활동가 중에는 자신의 경제적 형편도 넉넉지 않음에도 동료들과 함께 돈을 모아 마을의 빈 상가를 임대하여 마을학교를 운영하는 분도 있다. 다달이 내야 하는 월세도 만만치 않은데 힘겹게 아르바이트하거나 일한 급여의 일부를 덜어내어 아이들을 위한 쉼터이자 배움터를 운영한다. 누가 시켜서 하는 것도, 특별한 이익을 얻는 것도 아니다. 옆에서 보고 있으면 눈물이 날 지경이다.

마을교육공동체에 대한 편견에 가득 찬 눈으로 보는 이들은 마을교육활동가들이 떼논을 벌 줄 아는데 사실은 절대 그렇지 않다. 공모사업으로 예산을 받지만 마을교육활동가들 중에는 단체 대표나 임원이라는 이유로 한 푼도 받지 못하고 자원봉사를 하는 분들도 있고, 일부 강사비를 받지만 오고 가는 비용으로 쓰고, 간간이 아이들 간식도 챙기다 보면 자기 돈이 더 드는 것이 마을교육의 현실이다. 오히려 앞의 사례처럼 자기 돈을 내면서 공간을 만들고 운영하는 분들도 있다. 그런데 이런 소중한 분들을 두고 마치 나랏돈을 빼먹는 범죄자처럼 취급하려는 자들이 있다. 참으로 안타까운 일이 아닐 수 없다.

왜 마을교육활동가들은 큰돈이 안 되고 오히려 재정적으로는 손해를 보는 경우도 있음에도 마을교육공동체에 참여하는 것일까? 강의(수업)를 나가서 돈을 버는 것이 목표인 분들은 관청의 공모사업이 사라지면 더 이상 활동을 하지 않는 경우가 많다. 그러나 강사가 아닌 활동가는 비록 먹고사는 문제를 해결하기 위해 아르바이트를 하고, 직장을 다녀야 하는 조건에서도 일과 이후에 그리고 주말에 마을교육활동을 한다.

도대체 왜인가? 내가 만난 마을교육활동가들은 대체로 공통점이 있었다. 그것은 '스스로 깨어있는 시민으로 여기거나 깨어있는 시민이 되고자 한다는 것'이다. 이들의 다수는 나처럼 학생운동, 시민운동을 한 이력이 거의 없다. 잘못된 교육 현실 특히 '경쟁교육의 폐해에 대한 문제의식을 지니고, 자신들의 수준에서 할 수 있는 실천을 모색'하다 보니 마을교육에 관심을 가지게 된 경우가 대부분이다. 나는 이 지점이 매우 중요하다고 생각한다.

물론 그중에는 마을연계교육과정의 협력강사나 마을학교의 강사활동을 매개로 아르바이트를 하는 것처럼 약간의 돈을 벌 수 있을 것이라는 기대를 하고 참여한 사람도 있다. 하지만 마을교육공동체를 접하면서 자신이 기존에 알고 믿었던 것들에 대한 근본적인 성찰이 일어나면서 활동가의 길로 접어든 분들도 있다. 내가 만난 활동가들의 특징은 '학습을 게을리하지 않는다'는 것과 마을교육을 통해 '(지역)사회를 어떤 식으로든 이롭게 해보자'는 태도를 보인다는 것이다. 비록 그것이 소박한 것일지라도 이들은 실천공동체를 통해 깨어있는 시민으로 성장하고 전환하고 있다. 이들이야말로 유기적 지식인이 아니겠는가?

셋째, 마을교육활동가들은 더 넓고 더 깊은 민주주의를 만드는 주체로 성장할 수 있다.

마을은 학교나 관청과는 다르다. 관에 있는 사람들은 위계적인 관료문화 속에서 생활하기에, 자신의 경험과 기준으로 마을을 대한다. 그러다 보니 마찰이 끊이지 않는다. 협치는 상대방을 이해하려는 노력이 전제되어야 하는데 관의 기준에 마을을 끼워 맞추려니 문제가 발생하는 것이다. 관의 필요에 마을을 소비하려 하면 할수록 마을교육공동체는 망가진다. 그러나 매우 불행히도 이런 생각을 고집하는 사람들이 적지 않다. 그 이유는 마을을 활용하지 않아도 전혀 불편하지 않기 때문이다. 국가교육과정이 바뀌고, 역량 중심 교육과정이 강조되고, 학교와 마을 간 협력의 중요성이 끊임없이 제기되지만 만일 그것을 무시할 수만 있다면 그렇게 하려는 것이 관료들의 속성이기 때문이다. '선출직은 바뀌어도 관료는 그 자리에 있다'는 말이 나온 것은 빈말이 아니다.

1987년 이후 민주화운동의 경력을 내세워 지방자치단체장이 되고 국회의원이 된 그 수많은 사람들이 있는데, 왜 대한민국은 이 모양 이 꼴이란 말인가? 선출직들이 그저 자리를 유지하는 데만 골몰하다 보니, 개혁을 소홀히 하거나 심지어 포기하는 것이 아닐까? 그 과정에서 관료와의 타협이 작동된다. 때문에 관료주의라는 고질적인 문제를 해결하지 못하는 한, 진정한 민주주의 즉, 분권과 지방자치 그리고 국가와 사회의 개혁은 불가능하다.

그간 한국 사회에서 이 문제를 정면으로 다룬 정치개혁은 제대로 시도된 적이 없다고 해도 과언은 아니다. 민주화 세력이 국가개혁, 사회개혁에 실패한 것은 무엇보다 '새 술을 헌 부대에 담았기' 때문이다. 1987년 민주화 이전까지 연이은 독재정권이 유지될 수 있었던 것은 독재정권에 항거한 사람들이 없어서가 아니다. 독재정권을 유지하는 힘은 독재자와 그 주변의 인물들이 가진 초인적인 능력 때문이 아니다. 독재를 유지할 수 있었던 것은 관료조직의 힘과 독재를 용인한 대중들의 수동성 때문이다.

더욱 큰 불행은 민주화세력들이 정권을 잡고 나서 국가장치를 그대로 둔 상태에서도 관료를 장악할 수 있다는 착각을 한 것이다. 중앙정부든 지방자치단체든 이들은 관료 일부를 교체하는 식으로 개혁하고자 했다. 선출직이 인사권을 가지고 관료들을 통제할 수 있다는 오만함에 빠지는 순간, 관료주의에 포박된다. 권력을 갖게 된 민주화 세력들은 관료는 관료 자신의 이익을 위해 예산을 늘리거나 줄이고 조직을 늘리면서 자신들의 자리를 확보하려 든다는 것, 관료의 힘이 커질수록 민주주의는 형해形骸된다는 점을 간과하였거나 알고도 자신의 안위를 위해 묵인한 것이다.

다행히 분권과 자치에 대한 아래로부터의 요구가 커지면서 중앙정부가 가졌던 권한의 일부가 지방자치단체로 이전되기도 하고, 주민자치위원회가 주민자치회로 전환되기도 하였으나, 여전히 중앙정부와 지방자치단체는 관료들의 손안에 있는 것이 냉정한 현실이다. 지금 중앙정부를 검찰 공화국이나 기재부 공화국이라고 부르고, 지방정부를 관료들이 지배하는 정부라고 부르는 이유가 여기에 있다. 그렇다면 관료주의를 어떻게 극복할 수 있을까? 그것은 주권자인 시민들이 관료들의 전횡을 통제할 수 있는 직접민주주의의가 확장될 때만 가능하다.

나는 여기서 압둘라 외잘란과 로자바의 민주적 연합체주의를 간단히 소개하고자 한다. 시리아 북동부에는 로자바(쿠르디스탄 서쪽을 뜻함)라는 쿠르드족의 자치정부가 있다. 정부라고는 하나 실상은 민주연합체이다. 그 중심에 압둘라 외잘란이라는 인물이 있다. 그는 현재까지도 터키(튀르키예) 임랄리섬의 독방 감옥에 있다고 한다.

그는 한때 '터키 쿠르디스탄 노동자의 창시자로 중앙집권적인 사회주의국가를 만들고자 한 인물이었으나, 1991년 구소련의 붕괴를 목도하면서 자신의 사상을 근본적으로 재정립하여, 하향식 권력구조를 해체하고, 페미니즘과 생태주의에 기반한 직접민주주의에 기반을 둔 정치제체를 모색'하였다. '민주연합주의는 자유 사회의 근간으로서의 보편적인 직접민주주의를 옹호하지만, 그를 전제조건으로 하지 않는 독특한 특징'을 갖는다. 민주연합체주의를 표방하는 로자바 자치정부는 '인종이나 종교와 관계 없이 지역에 사는 모든 사람에게 민주적인 권리를 부여하는 포용성, 젠더 평등을 포함한 모든 시민이 차별받지 않는 평등성, 공동체의 자치권을 인정하는 자율성, 인간사회와 자연이 상호의존성 및 자연보호를 추구하는 생태성이라는 원칙을 사회계약 형태의 헌법에 포함'하였으며, 직접민주주의를 구현하기 위해 '행정의 기능을 거버넌스의 통제하에 두고자 하였는데 그 기초는 평의회'라고 한다.

이 자치정부는 '코뮌, 구역neighborhood, 지구district, 주canton, 지방region의 5가지 서로 연동되는 단계들을 통해 기능'하는데, 그 중심에 코뮌이 있다. '코뮌은 30~200가구를 아우르는 심의기구로, 대도시에는 최대 500가구도 있는데, 한 구역neighborhood에는 보통 10~30개의 코뮌이 있으며, 각 코뮌은 15~50명으로 구성된다'고 한다. '코뮌에는 여성, 자기방어self-defense, 경제, 순교자들의 가족, 정의와 화해, 예술과 문화, 건강, 청소년, 스포츠 등의 위원회가 있어 주민들의 일상적인 문제를 다루는 역할을 한다'고 한다. '구역 평의회는 대체로 7~30개의 코뮌으로 구성되며, 지구는 도시와 주변 촌락을 아우르는데 구역 평의회를 대표하는 사람들이 지구 조정위원회를 구성'한다. '주는 지구평의회 대표자들로 구성된 인민회의People's Assembly를 구성하여 주의 중요한 사항을 심의하고, 그 위에 전체를 아우르는 시리아 민주평의회라는 거버넌스가 집행위원회와 사법위원회로 구성·운영'된다.[207]

압둘라 외잘란은 민주적 연합체주의의 원칙들과 관련하여 '첫째, 국가는 사회발전에 심각한 장애물이 되어 왔으며, 비효율적이라는 점, 둘째, 민주적 연합체주의는 비非국가 사회패러다임이자 동시에 민주주의 문화의 조직이라는 것, 셋째, 민주적 연합체는 풀뿌리 참여에 기반을 두며, 비록 자신의 대표를 민회에 보내지만 기본 의사결정은 풀뿌리에 있다는 것, 넷째, 자본주의 체제와 제국주의 세력이 민주주의를 강요해서는 민주주의가 파괴될 것이며, 쿠르드 전통사회의 연합체 구조에 맞는 풀뿌리 민주주의가 종족, 종교, 계급 차이를 해소할 수 있다는 것, 다섯째, 민주적 연합체주의 기존의 정치적 국경에 문제를 제기하지 않으면서도 쿠르디스탄의 4개 지역(이란, 터키, 시리아. 이라크)의 모든 쿠르드인에게 열려 있는 연방구조를 목적으로 한다는 것'을 천명한 바 있다.[209]

내가 외잘란과 민주연합체주의를 소개한 것은 이를 그대로 차용하

---

207. 『시민권력은 어떻게 세상을 바꾸는가』, 존 레스타키스 지음, 번역협동조합 옮김, 착한책가게(2022), 146~147쪽.

려는 취지에서가 아니다. 이것은 불가능하다. 그럼에도 우리는 민주연합체주의 안에 있는 발전된 민주주의의 맹아인 풀뿌리 참여와 자치에 관심을 두고, 새로운 상상과 도전을 할 필요가 있다.

현재 한국의 지방자치는 온전한 의미의 지방자치라고 할 수 없다. 한국의 민주주의는 여전히 대의제 민주주의 한계에 갇혀 있고 그 결과 관료들(선출직 포함)과 거대기업(독점자본)이 지배하는 사회가 되었다. 그리스어를 모태로 하는 민주주의의 본 뜻은 시민권력, 시민통치이다. 즉, 시민이 권력의 주인이고 통치의 주인으로 이는 자치를 통해 실현된다. 즉 민주주의는 자치 없이 작동되지 않는다. 그것은 가짜 민주주의이다. 이 가짜 민주주의를 민주주의라고 가르치고 배우고 있으니 문제이다. 또한 민주주의를 배우고 실천한 적이 없는 사람들이 민주주의를 말하고 가르치고 있으니 더욱 문제가 될 수밖에 없다.

제도 안과 밖에서 민주주의 교육이 제대로 이루어지려면, 우리 사회가 진짜 민주사회가 되려면 국가권력의 성격이 바뀌어야 한다. 국가권력과 국가장치는 같지 않다. 국가장치가 그대로 있는 한 국가권력의 수임자가 바뀌었다고 해서 국가권력의 성격이 바뀌지 않는다. 때문에 단지 대통령을 바꾸고, 지방자치단체장을 바꾸고, 국회의원을 바꾸고, 지방의회 의원을 바꾸는 것만으로 충분하지 않다. 민주주의가 사회의 운영 원리로 모든 영역에서 작동되면서 국가도 재구성하여야 한다.

국가가 재구성되기 위해서 그리고 민주주의가 사회의 운영원리로 자리 잡는 데는 앞으로도 상당한 시간이 걸릴 것이다. 그러나 결코 희망을 버리지 말아야 한다. 민주주의를 일상에서 경험하고 배울 수 있도록 해야 한다. 어린이·청소년을 위한 민주시민교육이 학교 안팎에서

---

208. 『압둘라 외잘란의 정치사상: 쿠르드의 여성혁명과 민주적 연합체주의』, 압둘라 외잘란 지음, 정호영 옮김, 훗(2018), 134~135쪽.

활성화되려면, 학교와 학교를 둘러싸고 있는 마을에서 민주주의가 작동되고 민주주의 교육이 일상화되어야 한다. 학교 구성원들이 수평적인 관계 속에서 학교를 민주적으로 운영할 수 있어야 하며, 마을도 관청과 주민 사이의 수평적 관계에 기초하여 마을을 민주적으로 관리하고 운영할 수 있어야 한다.

나아가 민주주의가 확장되면 모든 직원들이 회사의 주인이 되는 협동조합 방식의 기업 운영 방식이 확장될 것이며, 그만큼 경제시스템도 더욱 민주화될 것이다. 이를 통해 세상은 지금보다 더욱 평등하고 더욱 살만한 곳으로 바뀔 것이다.

나의 주장과 제안을 '말도 안 되는 헛소리'라고 비웃는 사람들이 있을 것이다. 그러나 세상은 조금씩 조금씩 앞으로 나아간다. 동학혁명의 전봉준과 같은 유기적 지식인들은 억압받는 농민들과 함께 분연히 떨쳐 일어났고, 결국 신분제 철폐를 이루어 내지 않았는가?

나는 민주주의를 선거 즉 투표하는 것으로 협소하게 이해하던 사람들의 생각도 머지않아 바뀔 것이라고 생각한다. 그러한 생각의 변화는 아직 정치기본권을 갖지 못하고 있는 제도 안의 교육자들 안에서도 일어날 것이고, 제도 밖에서 교육활동을 하는 분들 안에서도 변화가 일어날 것이라고 믿어 의심치 않는다. 이는 상상이나 희망이 아니다. 교장을 학교 구성원들이 민주적으로 선출할 수 있다는 생각, 학교 구성원들이 민주적인 협의 구조를 통해 학교를 함께 운영할 수 있다는 생각은 이제는 더 이상 낯선 것이 아니다. 나아가 읍·면·동의 책임자를 주민들이 선출하는 것, 주민자치회라는 주민대표조직에서 읍·면·동의 주요 현안을 심의하자는 제안도 곧 공론화될 것이다. 지금 한국에서는 주민참여예산제를 시작한 브라질 포르투 알레그리의 경험, 국민소환, 국민 발안, 국민투표가 활성화된 스위스 직접민주주의의 문제의식이 지방자치제도를 통해 제한적이나마 시도되고 있지 않는가?

지금 마을교육활동가들은 마을연계교육과정으로 학교에 가서 수업하는 강사 활동에서 조금씩 벗어나 주민교육자치의 영역으로 이동하고 있다. 아직은 맹아적 단계이기는 하나 마을교육자치회라는 생활권역의 민·관·학 거버넌스가 조금씩 전국 곳곳에서 만들어지고 있다. 경기도 시흥시, 전라남도 순천시, 그리고 인천광역시교육청 등이 그런 실험을 하고 있다.

마을교육자치회는 교육자치와 주민자치가 결합하는 장場이다. 이 마당 안에서 학교, 읍·면·동, 마을이 동등하게 만난다. 물론 여전히 행정의 관점으로 마을교육자치회라는 교육거버넌스를 바라보는 사람들이 적지 않지만, 생활권역에서 학교와 행정조직, 그리고 마을주민들이 정기적으로 소통하는 자리가 마련되고, 협의를 통해서 어린이·청소년의 성장과 발달을 지원하기 위한 공동의 실천 활동을 모색하는 실험이 시작되었다는 것은 그 자체로 의미가 크다.

마을교육자치회의 중심에는 주민자치위원으로 활동하는 마을교육활동가들이 있다. 이들이 없다면 마을교육자치회는 제대로 작동될 수 없다. 마을교육자치회를 통해 함께 논의하고, 함께 결정하고, 함께 집행하는 자치의 경험을 한다. 마을교육활동가만 그런 경험을 하는 것이 아니다. 마을교육자치회를 구성할 때 학생위원회를 만든다면, 어린이·청소년들도 살아있는 민주주의를 배우고 경험하게 될 것이다. 처음에는 업무로만 여겼던 담당 교사나 주무관들도 주민들과 소통하면서 지역의 현안을 함께 풀어가려고 노력하면서 자치의 중요성을 조금씩 경험하게 될 것이다.

물론 앞으로 갈 길도 멀다. 2020년 지방자치법이 전면개정되었지만 주민자치회 조항은 빠졌다. 또한 이미 1956년, 1960년의 지방자치선거를 통해 자치단체장과 함께 읍과 면 수준에서의 의원을 뽑고, 읍장 면장을 선출한 경험이 있으나 이를 아는 사람은 많지 않다. 때문에 대중적인 동의를 얻어 내는 데는 상당한 어려움을 겪을 것이다. 그러나 인구가 평균 2만 2천여 명이 되는 읍·면·동의 장을 시민들이 선출하지 못할 이유가 없을 것이다. 대통령도 뽑고, 국회의원, 시의원도 뽑는데 왜 읍·면·동 장은 왜 시민들이 직접 선출해서는 안 된다는 말인가? 물론 충분한 공론화와 합의가 필요할 것이다. 하지만 민주주의는 분권과 자치에 기반한다는 점에서 계속 미룰 문제 또한 아니다.

마을교육자치회가 꾸준히 늘어난다면 교육자치를 근본적으로 재구성할 가능성을 열 것이다. 현재의 교육자치는 완전한 자치라고 보기 어렵다. 하지만 얼마든지 우리는 새로운 시도를 할 수 있다. 만일 개별 학교가 민주적 교육공동체로 기능하고, 읍·면·동에 소재하는 학교들이 행정의 기본단위와 주민대표조직과 함께 마을교육자치회라는 협력적 거버넌스를 통해, 교육현안을 다루고, 여기서 논의되고 제안된 사안들이 교육지원청과 교육청 그리고 교육부(혹은 국가교육위원회)로 상향식으로 올라가서 교육정책이 결정되는 것을 상상하고 현실로 만들어야 한다. 시작은 바로 우리가 살아가는 마을에서 출발할 수 있다. 그리고 그 중심에 마을교육활동가들이 있다.

삶의 행복을 꿈꾸는 교육은
어디에서 오는가? ·······

● **교육혁명을 앞당기는 배움책 이야기** 혁신교육의 철학과 잉걸진 미래를 만나다!

● 비고츠키 선집 발달과 협력의 교육학 어떻게 읽을 것인가?

● 경쟁과 차별을 넘어 평등과 협력으로 미래를 열어가는 교육 대전환! 혁신교육 현장 필독서